秦观诗词

全鉴

〔北宋〕秦观◎著

赵埜均◎解译

中国纺织出版社有限公司 | 国家一级出版社
全国百佳图书出版单位

内 容 提 要

秦观,字太虚,后改字少游,人称淮海先生。"苏门四学士"之一,婉约词派的代表。其词"情辞相称",擅于"将身世之感,打并入艳情。"本书尽可能地收录了秦观的诗词作品,并加以注释、译文及赏析,能使读者得以一窥淮海词全貌,以飨诸位读者。

图书在版编目（CIP）数据

秦观诗词全鉴 /（北宋）秦观著；赵坴均解译. ——
北京：中国纺织出版社有限公司，2020.3
ISBN 978‐7‐5180‐7102‐9

Ⅰ.①秦… Ⅱ.①秦… ②赵… Ⅲ.①秦观（1049–1100）—宋词—诗歌欣赏 Ⅳ.①I207.23

中国版本图书馆CIP数据核字（2020）第002490号

策划编辑：张淑嫒　　责任校对：楼旭红　　责任印制：储志伟

中国纺织出版社有限公司出版发行
地址：北京市朝阳区百子湾东里 A407 号楼　　邮政编码：100124
销售电话：010—67004422　传真：010—87155801
http://www.c‐textilep.com
中国纺织出版社天猫旗舰店
官方微博 http://weibo.com/2119887771
佳兴达印刷（天津）有限公司印刷　各地新华书店经销
2020 年 3 月第 1 版第 1 次印刷
开本：710×1000　1/16　印张：20
字数：239 千字　定价：48.00 元

凡购本书，如有缺页、倒页、脱页，由本社图书营销中心调换

　　秦观，高邮（今江苏省扬州市）人士，字太虚，中年以后改字少游，别号邗沟居士，学者称为淮海先生，生于宋仁宗皇祐元年（1049 年），卒于宋哲宗元符三年（1100 年）。他是北宋时期的著名作家，"苏门四学士"之一，婉约词派的代表，词作深受读者的喜爱。

　　秦观的词作之所以受到读者欢迎，正如当时的人蔡伯世所说："子瞻（苏轼）辞胜乎情，耆卿（柳永）情胜乎辞，情辞相称者，惟少游一人而已。"换句话说，秦观本人感情丰富深沉，其驾驭文字的能力也足以很好地表达他的感情，在情辞相称的情况下，他的词作很能打动读者。这固是其取得在文学史上地位的原因之一。然而，他之所以在文学史上有如此重要的地位，在于其晚年能"将身世之感，打并入艳情。"（见《宋四家词选》）之故。

　　年轻时期的秦观就如同许多当时的士人一样，有着很大的抱负。后来，因为苏轼的赏识、提拔，所以让秦观有了进入中央施展长才的机会。然而，绍圣初年党争再起，秦观作为旧党的一员，必然遭到被贬的命运。他先在绍圣元年被贬杭州（今浙江省杭州市），在前往杭州的路上再被贬处州（今浙江省丽水市），绍圣三年又被贬郴州（今湖南省郴州市），隔年贬横州（今广西省南宁市附近），元符元年再被贬雷州（今广东省湛江市）。

纵观秦观的一生，虽然风光的日子不久，但是被贬谪之后的时间却极长，同时他也在这个时期受到了极大的折磨。曾经意气风发的少年，在这样的困境下，终于陷入绝望的深渊。固然，人应有面对挫折时尚能坚持永不放弃的勇气，但真正能做到的又有几人呢？虽然秦观做不到李白、苏轼那样的豁达，做不到屈原、杨震那样的刚烈，怎么看都像是一个失败者，但当一般人面对到这样的磨难的时候，能够不怀忧丧志的又有几人呢？

　　或许，有人会说，在这样的时代，"道不行，乘桴海上"是唯一的出路，但人生于世，又岂能只顾着独善其身？所以文人们即使知道局势黑暗，也都宁可抱着宁知不可为而为之的心情迈入仕途，或实现经世济民的理想，或共赴国难，即使最终有了悲惨的下场，却也算是人生使命的完成。所以秦观的经历虽然悲苦，但根据记载，他是"索水欲饮，水至，笑视之而卒"，所以他也算无憾地完成了他的人生。

　　或许我们可以改编一下清人赵翼的千古名句："身家不幸诗家幸"（原文为"国家不幸诗家幸"），坎坷的人生成就了秦观在文学史上的地位，也成为今日我们依然诵读他的词作的原因。本书尽可能地收录了所有目前能见得到的秦观的词作，并加以注释、译文及赏析，期能使读者得以一窥淮海词的全貌。同时，秦观的诗在当时也颇负盛名，只是被他的词的光芒所掩盖了，以致于至今市面上尚无关于秦观诗的读本。职是之故，本书也将选录百余首秦观的诗作，以飨读者。

　　受限于个人水平，本书内文可能间有错漏，亦祈识者指正为荷。

解译者

2019 年 8 月

目录

诗鉴

词鉴

（附）（录）

田居四首

鸡号四邻起，结束①赴中原②。戒妇预为黍，呼儿随掩门。犁锄带晨景③，道路更笑喧。宿潦④濯芒屦⑤，野芳簪髻根。霁色披窅霭⑥，春空正鲜繁⑦。辛夷⑧茂横皋，锦雉娇空园。少壮已云趋，伶俜⑨尚鸥蹲。蟹黄⑩经雨润，野马⑪从风奔。村落次第集，隔塍⑫致寒暄。眷言月占好，努力竞晨昏。

入夏桑柘稠，阴阴翳墟落。新麦已登场⑬，余蚕犹占箔。隆曦破层阴，雾霭收远壑。雌蜺⑭卧沦漪⑮，鲜飙⑯泛丛薄⑰。林深鸟更鸣，水漫鱼知乐。羸老厌烦歊⑱，解衣屡盘礴⑲。荫树濯凉飔⑳，起行遗带索。冢妇㉑饷初还，丁男耘有托㉒。倒筒备青钱㉓，盐茗㉔恐垂橐㉕。明日输绢租㉖，邻儿入城郭。

昔我莳青秧，廉纤属梅雨。及兹欲成穗，已复颓星暑。迟暮易昏晨，摇落多砧杵。村迥少过从，客来旋炊黍。兴发即杖藜，未尝先处所。褰裳㉗涉浅濑，矫首没孤羽。丛祠㉘土鼓悲，野埤㉘鸲鸡舞。雉子随贩夫，老翁拜巫女。辛勤稼穑事，恻怆田畴语。得谷不敢储，催科吏旁午㉚。

严冬百草枯，邻曲富休暇。土井时一汲，柴车久停驾。寥寥场圃㉛空，跕跕㉜乌鸢㉝下。孤榜傍横塘，喧春起旁舍。田家重农隙，翁妪相邀迓。班坐^㉞酾酒醪，一行三四谢。陶盘奉旨蓄，竹筯羞^㉟鸡禽。饮酣争献酬，语阕^㊱或悲咤。悠悠灯火暗，刺刺风飙射。客散静柴门，星蟾耿寒夜。

【注释】

①结束：装束、打扮。

②中原：田野。

③晨景：清晨的阳光。

④潦：雨后积水。

⑤芒屦（jù）：芒鞋。

⑥窅（yǎo）霭：深远、幽暗。

⑦鲜繁：鲜艳繁盛。

⑧辛夷：木兰科落叶乔木，高数丈，有紫、红、白等色，又称玉兰。

⑨伶俜：孤单貌。

⑩蟹黄：代指黄花。

⑪野马：浮游的云气。

⑫塍（chéng）：田埂。

⑬登场：谷物收割后运到场上。这里借指收获完毕。

⑭雌蜺（ní）：虹有二环时，内环色彩鲜盛为雄，名虹；外环色彩暗淡为雌，名蜺，即霓，今称副虹。

⑮沦漪：水面上的微波。

⑯鲜飙（biāo）：清新的风。

⑰丛薄：丛生的杂草。

⑱烦歊（xiāo）：炎热。

⑲盘礴（bó）：箕踞而坐。

⑳凉飔（sī）：凉风。

㉑冢妇：嫡长子之妻。

㉒本句描述的是熙宁四年（1071）王安石"免役法"的实行情况。此法实行后，原来必须轮流充役的农民可以选择以交钱代替服徭役。由官府出钱雇人充役。

㉓青钱：即青苗钱。王安石在熙宁二年（1069）推动"青苗法"，由政府在每年青黄不接的时候低利贷款予农民，待到夏日收成后将本息连同税捐一同缴纳给政府。

㉔盐茗：盐和茶。

㉕垂橐（tuó）：空囊。

㉖绢租：指税捐。唐代以前所收的税收以米谷、绢布等实物缴纳，中唐以后才一律改收银钱。

㉗褰（qiān）裳：撩起下裳。

㉘丛祠：密林中的神庙。

㉙埭（dài）：堵水的土坝。

㉚旁（bàng）午：纷杂的样子。

㉛场圃：农家种菜蔬和收打作物的地方。

㉜跕跕（dié dié）：坠落貌。

㉝乌鸢（yuān）：乌鸦和老鹰。均为贪食之鸟。

㉞班坐：列班而坐；依次而坐。

㉟羞：进献。

㊱阕：终了。

【译文】

公鸡一啼所有人都起床了，我束装准备前往田野。出门前让妻子预先准备食物，出门时叫孩子随手关上家门。我们在清晨的阳光中耕种着，欢声笑语持续不断。我用昨夜下雨积的水洗濯芒鞋，将路旁野花摘下别在头上。当天空中的蔚蓝取代了黑暗之时，空间中充满了春日繁花的颜色。玉兰茂盛地长在山上，雉鸟娇艳地立在园中。年轻力壮的鸟儿已经像云一样地飞起了，尚有几只还孤零零伏在地上。地上的黄花经过雨水的润泽更显鲜艳，天上的白云随着春风向着远处飘去。村落中的人渐渐聚集到田野上，隔着田埂相互问候。大家纷纷说着今年的时节好，我们要更加努力地耕作。

入夏之后桑树与柘树生得茂密，那浓密的树荫覆盖了整个村落。新熟的麦子已经收割了，剩下的蚕茧则还没来得及抽丝。太阳冲破层层的浓云，远处的山尖弥漫着明亮的烟雾。彩虹映射在水面的清波上，清新的微风从草丛上头吹过。林木深了鸟儿唱得更加嘹亮，河水急了鱼儿游得更加快乐。老人因为耐不住炎热，解开衣裳蹲坐在树下。树下吹起凉风，老人起身时把衣带忘在那儿了。妇人从田间送饭回来，现在男丁可以不用去服徭役而留在家乡照顾田地了。我倒出钱罐子准备交纳青苗钱，交了之后恐怕就没办法购买茶和盐了。明天是征税的日子，邻家的小儿也会一同入城缴纳税捐。

当我插秧的时候，仍是飘着细细梅雨的时节；到了要收成之时，已是满天星斗的夏末了。黄昏来得更早了，枯叶也飘落到捣衣石上。我们村子太远了所

以很少有客人前来，现在有客人来了我们马上煮饭欢迎。我兴致来了就拄起手杖四处漫步，用不着事先决定目的地。撩起衣服的下摆走在浅滩上，仰起头来吓跑落单的孤鸟。密林中的神庙传来了悲凉的鼓声，野外的土堤上有鹧鸪翩然起舞。幼童追着小贩看着各式儿童玩具，老人拜着巫女祈求神明保祐。一年下来农事如此辛劳，每次说起来就觉得十分悲伤。收成了米谷也不敢储存入仓，因为官吏无时无刻不在催促我们交税。

严冬时节百草枯萎不利农作，乡里因而有了大量的闲暇时间。每隔很久才须要自井中汲水，简陋的车子也早已停住休息。收打作物的院子已经空空如也，乌鸦和老鹰因没有猎物而纷纷落下。我见到有艘小船停靠在水塘边，然后忽然听到邻家传来舂米的声音。农家最重视农闲的时候，老人们相互邀请前往宴会。大伙儿依序坐好饮酒，行酒时总要数次推辞。每个人都将自己的食盘盛满，再用竹筷夹起了烧鸡。喝得微醺时人们争相敬酒，说着说着却渐渐开始发牢骚。飘忽不定的灯火渐渐暗了下来，刺骨的寒风飒飒地射向了每个人。客人都去了主人也就掩上了院门，此时只剩下星和月照亮整个寒夜。

【赏析】

秦观生长于高邮城东四十余里的武宁乡，家中并不富裕，只有"敝庐数间"、"薄田百亩"，以当时的生产力而论，只能自给而已，因此，秦观应该亦曾从事农作，与乡里的农民有过直接的接触。这一组诗，便是秦观早年生活经验的一部分总结。全组诗分成四首，每首分别描写一个季节的情况。在文章结构上，都是先写人们劳作的情形，再描绘写当时的风景，最后回归人的活动。其中最值得注意的是，作者并不是田园牧歌式地单纯讴歌农村风景及文人想象中的耕织生活。他总能在大段描述农村美景之后将视角转回农民身上，由农民之口说出他们在苛捐杂税下的生活，全面反应在一片和谐的表面下农民们的血泪——特别是王安石变法给农民带来的影响。虽然有批评者认为诗中部分模仿农民口吻的语句"多杂雅言，不甚肖农夫口角"，但亦不否认整组诗还是"深肖田家风景"。对于一个年轻的作者而言这种创作中的小瑕疵在所难免，我们更应重视的是这些诗中显现出来的关心民瘼的心性，这是中国传统文化对士大夫的要求，也是秦观一生的行事根本。虽然秦观是以文学而非政治留名，但请读者在阅读秦观诗词时一定牢记，秦观的文学中所蕴含的感情，与他对家国天下的情怀是分不开的。本诗诗风清新妩丽，画面生动，充分反应了当时人们的生活场景，同时具有文学及史学价值，是秦观前期的重要之作。

和显之长老①

禅子②观因缘，寸晷无复余。讲人治经论，艾夜犹未除。冷风奏哀松，寒月挂碧虚③。此意了不谕，悲哉同翳④如。

【注释】

①显之长老：即昭庆禅师，俗姓林，字显之，此时昭庆禅师正在高邮主持干明寺，秦观从之学习佛法。

②禅子：信佛者，此处指昭庆禅师。

③碧虚：青天。

④翳：遮蔽。禅宗主世间万事万物皆本于真如佛性，只要能排除杂念、明心见性，即可回归真我，进而成佛。此处秦观自叹未能排除杂念，故而未能大彻大悟。

【译文】

禅师看世间因缘极为透彻，一瞬间便已看清一切；当他读起佛经时，直至深夜也不停歇。冷风吹过松树，寒月高挂青天。我在这里却没能参透其中的玄理，此心为杂念所蔽，真是太悲哀了。

【赏析】

传统中国虽说是以儒学为根本，但其实士人们对佛、道两家也不陌生。从这首诗可以看出，秦观受到禅宗思想的影响，这也是秦观思想世界的另外一面。

吴兴道中

僶俛①荜门②下，十年守一方③。胡为御舟者，挽我置此傍。青山不肯尽，流水故意长。虽云道理远，瓦樽有酒浆。

【注释】

①僶俛（mǐn miǎn）：奋勉。

②荜（bì）门：寒门。

③此句言虽然十年寒窗苦读，但是未能如愿出仕的往事。

【译文】

昔日寒窗苦读，十年未能出仕。为什么驾舟的人，现在选在这里停泊呢？放眼望去尽是无尽的青山，欲问路程只有长长的流水。虽然到目的地还有很远的距离，幸好我随身带的壶里的酒还没喝完。

【赏析】

此诗作于熙宁五年（1072），当时孙觉为湖州知州，秦观应聘前去担任幕僚，此为秦观踏入宦途之始。诗中所述不知现在身在何处、不知前路还有多远的描写，既是前往湖州路上的即事，也是作者对于自己前途茫茫的感慨。

宿金山①

山南山北江水流，半空金碧②随云浮。我来仍值风日好，十月未寒如晚秋。山僧引客寻苍翠，历卷③参差④到平地。万里风来拂骨清，却忆人间如梦寐。夜深无风月入扉，相对老人如槁枝。流水与天争入海，共笑此心谁得知。下山却向中泠⑤望，番忆当时在屏幛。老母思儿且欲归，回首云峰已天上。

【注释】

①金山：山名，在今江苏省镇江市，山上有金山寺（又名泽心寺、江天寺、龙觉寺）。唐宋时期，金山是长江中的孤岛，后来由于河道变迁，现在的金山寺已在长江南岸，成为镇江市区的一部分。

②金碧：指金山寺。

③卷：弯曲，指山路。

④参差：崎岖不平，指山路。

⑤中泠（líng）：泉名，在金山寺外。

【译文】

长江自金山的南北两侧流过，山上的金山寺仿佛随着白云浮在空山。我来到这里的时候天气正好，虽然已经十月了，但是天气仍像秋天一样惬意。知客僧带着我观赏着翠绿的山树，走过了曲折崎岖的山路后终于到了寺院。开阔地带的清风一下扫去了我的杂念，我忽然觉得人世不过大梦一场。夜深风止之时月亮照进了窗中，与我同住的老人在月光下看着就像是一棵老树。隔天远望看到了长江与青天在海的那头相交，我们笑着说此刻的心情真是难以言喻。下山之后回头看到了中泠泉，不由得回忆在山上的时光。但因为母亲思念我了，我也急着回去，在回家的路上再度回望金山，金山已经在遥远的天边了。

【赏析】

金山在今江苏省镇江市，与秦观的故乡高邮（今江苏省扬州市）隔江相望，秦观来此游览应属常事；唯末句提及老母思儿，故推测可能作于秦观自孙觉幕中返乡探亲之时。全诗前四句描写当时金山的景色，次四句先描写进山入寺时心境的畅快之感，再次描写寺中夜晚之幽静及在山顶眺望的情景，最后描写下山后对金山寺的不舍及不得不离去的原因。从这样的叙事中可隐约看出诗人一面志在四方、一面又牵挂家中的情感。

奉和莘老①

童子何知幸最深②，久班籍湜③奉登临。挟经屡造芝兰室，挥尘④常聆金玉音。黄卷香焚春腕⑤晚，绛纱⑥人散夜萧森。明朝只恐丝纶⑦下，回首青云万里心。

【注释】

①莘（shēn）老：孙觉（1028—1090），字莘老，高邮（今江苏省扬州市）人，北宋官员，与苏轼、王安石友好。熙宁四年（1071）移守湖州。熙宁六年（1073）再徙庐州。熙宁九年（1076）以祖母丧守制回高邮。其后历任润州（今江苏省镇江市）、苏州、福州等地知事、太常少卿、秘书少监、右谏议、御史中丞。

②秦观自幼即拜孙觉为师，故称自童子时即受孙觉之相知。

③籍湜（shí）：指张籍、皇甫湜，唐代著名文学家，诗文师法韩愈。秦观以此自况，以韩愈比孙觉。

④挥尘：晋人清谈时，常挥动尘尾以为谈助，后因称谈论为挥尘。

⑥绛纱：绛帐。对师门、讲席之敬称。

⑦丝纶：诏书，指重新出仕。

【译文】

童年的时候尚且不知您对我的关爱最深，作为您的学生现在我待奉着您走遍各处。您带着经籍，无论在哪都诲人不倦，在和您谈论的时候，常常得以拜聆珍贵的教诲。焚着香火的书房现在已是春天的黄昏时分，夜幕将临，讲堂中的同学也都已经纷纷散去了。现在我最怕的是起用的诏书随时可能会下达，您将要再度离开这里、奔向前程。

【赏析】

中国人讲"天地君亲师"，孙觉正是秦观终其一生奉为师长的人物之一。此前秦观第一次离开故乡踏入仕途即是孙觉召他前去任幕僚，此诗极言孙觉对秦观师恩之大；《淮海集》中收有许多秦观与孙觉唱和的作品，亦可看出两人情谊之深。

别子瞻①

人生异趣各有求，系风捕影②祇怀忧。我独不愿万户侯，惟愿一识苏徐州③。徐州英伟非人力，世有高名擅区域。珠树④三株讵可攀，玉海⑤千寻真莫测。一昨秋风动远情，便忆鲈鱼⑥访洞庭。芝兰不独庭中秀，松柏仍当雪后青。故人⑦持节过乡县，教以东来偿所愿。天上麒麟昔漫闻，河东鸑鷟⑧今才见。不将俗物碍天真，北斗已南⑨能几人。八砖学士⑩风标远，五马使君⑪恩意新。黄尘冥冥日月换，中有盈虚亦何算。据龟食蛤⑫暂相从，请结后期游汗漫。

【注释】

①子瞻：即苏轼。

②系风捕影：比喻事情虚妄无据或难以办到，这里指的是功名利禄。

③苏徐州：当时苏轼任徐州知州，故得此称呼。

④珠树：神话中的神木，此处代指苏氏父子兄弟之才。

⑤玉海：喻人的学识博大精深。

⑥鲈鱼：乡思。

⑦故人：指李常（1027—1090），字公择，北宋时期诗人、藏书家。此句言系由李常向苏轼引见秦观。

⑧鸑鷟（yuè zhuó）：即凤凰。

⑨北斗已南：典出《新唐书·狄仁杰传》："狄公之贤，北斗以南，一人而已。"

⑩八砖学士：唐翰林学士李程的别名，此处用以喻苏轼之节操风度。

⑪五马使君：古代太守所乘车马为五马，使君亦为太守的别称。

⑫据龟食蛤：典出《淮南子·道应训》："卢敖游乎北海，经乎太阴，入乎玄阙，至于蒙谷之上，见一士焉，深目而玄鬓，泪注而鸢肩，丰上而杀下，轩轩然方迎风而舞。顾见卢敖，慢然下其臂，遁逃乎碑。卢敖就而视之，方倦龟壳而食蛤梨。"有隐士对于世事漠不关心之意。

【译文】

每个人的人生都有各自的追求，但如果追寻的是功名利禄的话，那除了忧愁外什么也得不到。我因此对于封侯完全没有兴趣，平生所愿只有能够认识苏东坡而已。先生的英伟浑然天成，在这个世间有很大的名声。这么高耸的神木岂是我可以攀登的？他的学识更是博大精深难以参透。昨夜吹起秋风触动了我的乡愁，因此兴起了出访的念头。芝兰不会只在小小的庭院中秀丽，松柏在经历了霜雪后依然长青。当老朋友来到我的家乡的时候，他引荐我来此处一偿宿愿。以前曾经听说天上有麒麟，今天方才亲眼见到人间的凤凰。先生的心境不为尘俗污染，在这个世界上能有几人能达到这样的境界？学士的风骨远近闻名，太守的恩情铭感在心。世上经历了许多年月依然飞满尘土，其中的人事兴衰早已数不清。我愿意放弃世间种种名利追随先生，还请先生示下与我下次见面的日期。

【赏析】

此诗作于熙宁十年（1077）四月，是时作者访苏轼于徐州，受到热烈欢迎，并与苏氏兄弟结下了终身的友谊。临别时秦观以此诗呈与苏轼，对于苏轼的道德文章及事功皆甚为仰慕，并且表达了希望日后能继续与他们交往的愿望。苏轼、苏辙等人阅后亦有诗回赠，其中，苏轼的诗云：

"夜光明月非所投，逢年遇合百无忧。将军百战竟不侯，伯郎一斗得凉州。翘关负重君无力，十年不入纷华域。故人坐上见君文，谓是古人吁莫测。新诗说尽万物情，硬黄小字临黄庭。故人已去君未到，空吟河畔草青青。谁谓他乡各异县，天遣君来破吾愿。一闻君语识君心，短李髯孙眼中见。江湖放浪久全真，忽然一鸣惊倒人。纵横所值无不可，知君不怕新书新。千金敝帚那堪换，我亦淹留岂长算。山中既未决同归，我聊尔耳君其漫。"

从中可以看出，苏轼甚为欣赏秦观的才华，两人的志向也甚为相投。终秦观一生，曾经屡次有诗文赞扬苏轼的能力。如《黄楼赋》中颂扬了苏轼治水的功劳，又如《次韵蒋颖叔南郊祭告上清储祥宫》这样颂扬皇恩的作品里也顺带赞扬了苏轼的文采，皆足见秦观对苏轼的推崇。此时秦观虽尚未出仕，但他与苏轼的这段缘分，加上他对苏轼的景仰之情，促成他日后成为"苏门四学士"之一，在政治上与苏轼站在同一战线上，也埋下了党争失败后被贬的祸根。

怀李公择①学士

一辞行旆②楚亭皋③，几为登临挂郁陶④。蓬断草枯时节晚，山长水远梦魂劳。流传玉刻⑤皆黄绢⑥，早晚金闺⑦报大刀⑧。宣室方疑鬼神事⑨，顺风行看驶鸿毛。

【注释】

①李公择：李常（1027—1090），字公择，北宋时期诗人、藏书家。

②行旆（pèi）：出行之旗帜。

③皋（gāo）：泛指岸边。

④郁陶：忧思积聚貌。

⑤玉刻：对刻本的美称。

⑥黄绢："黄绢幼妇"之简语，即"绝妙"之意。

⑦金闺：即朝廷。

⑧大刀：汉代将领李陵为匈奴所虏，汉武帝派任立政等到匈奴暗劝李

陵归汉，任立政见到李陵时边说话边用手摸自己的刀环。环、还音近，暗示李陵还汉，后遂用大刀头作为"还"的隐语。此句谓李常不久将返回朝廷。

⑨本句用汉文帝召贾谊问鬼神事的典故。

【译文】

在水边的亭子上辞别了你，几度重游此地都想起离别时的伤心。冬日将近，野草枯萎，山长水远，思念实深。你流传于世的著作得到了人们的好评，早晚朝廷会请你回去任职。尽管朝廷要的和你想的不一定一样，但还是祝愿你的仕途能够一帆风顺。

【赏析】

李常与孙觉皆是秦观的父执辈，且与苏轼等人关系也很密切，秦观在官场上的人际关系网便是由这几个人牵成的。这首诗写于元丰元年冬（1078）李常自齐州（今山东省济南市一带）移徙淮南西路（今安徽省中南部）之时。诗中除表达思念外，亦祝愿左迁的李常终有重用的一日。这样写诗赠与提携自己的前辈，是当时文人圈中的常事；而诗中用了大量的典故、极尽排比之能事，亦是秦观此时常用的写作手法。

答龚深之①

深巷茅檐日渐长，卧看花鸟竞朝阳。惜无好事携罇酒，赖有邻家振烛光。尚友②颇存书万卷，封侯正阙木千章③。错刀锦段相仍至④，小子都忘进取狂。

【注释】

①龚深之：龚原（1043-1110），字深之，自幼师从王安石，曾任国子直讲，因"备受生员金帛"而被罢官，退居广陵，与秦观结识。

②尚友：指与高于己者交游。

③此处用《史记·货殖列传》的典故，有"木千章"指此人富裕，但秦观"阙"（缺）之，即秦观家境清贫之意。

④此句中的"错刀"为王莽时铸造的货币，"锦段"即锦缎。此句言龚原对秦观的厚爱，时常赠以秦观各种财物。

【译文】

居住在深巷中的茅屋里迎来了春天，横卧着欣赏花、鸟在阳光中的形态。可惜好友未带一壶酒来共饮，但幸好邻居在需要时总会帮忙。您所拥有的书有万卷之多，我想迈入仕途却需要经济支持。幸好您赠与我不少财物，让我这后生小子敢发出想要封侯的狂言。

【赏析】

秦观写给当时乡居扬州的龚原的这首诗，主旨是表达感谢。对于家境仅能勉强自给的秦观，龚原的帮助自然是雪中送炭。而龚原之所以愿意帮助秦观，应是基于爱才之故，足见秦观的才气应已为众人所认可，只欠及第而已。秦观自己对此应也是心知肚明，加上青年时期的秦观，正如多数传统士人一样，总有着希望能够做一番大事的志向，秦观本人临老亦曾回忆过这时的志气："往吾少时如杜牧之强志盛气，好大而见奇，读兵家书，乃与意合，谓功誉可立致，而天下无难事。"而这首诗的末句中，正展现了这种青年时期亟盼建功立业、争取封侯的志向及气概。

次韵子瞻赠金山宝觉大师

云峰一变隔炎凉，犹喜重来饭积香①。宿鸟水干②迎晓闹，乱帆天际受风忙。青鞋踏雨寻幽径，朱火③笼纱语上方④。珍重故人敦妙契⑤，自怜身世两微茫。

【注释】

①积香：即香积，僧人所用的饭食。

②水干：水滨。

③朱火：灯火、烛火。

④上方：佛寺中方丈、住持的居处。

⑤妙契：神妙契合。

【译文】

　　到了白云缭绕的山上，一下就感觉不到世间的炎热，我又再一次重游旧地并且在这住下。破晓之际江边的鸟群纷纷起舞，江风吹起江上的船只急急航行。在雨中穿着青鞋寻找杳无人行的小道，在房丈的居室里题诗并且得到赞赏。很高兴能见到故人的心境与佛法契合，但是我的出路又在何方呢？

【赏析】

　　元丰二年（1079）三月，苏轼自徐州移知湖州，秦观与之同行，途中两人同游金山寺，并且互相唱和。苏轼诗云："谁能斗酒博西凉，但爱斋厨法豉香。旧事真成一梦过，高谭为洗五年忙。清风偶与山阿曲，明月聊随屋角方。稽首

愿师怜久客，直将归路指茫茫。"两相对照，苏轼是经历了多年宦途后的回首，觉得浮生若梦，将要追寻的是归路；秦观是经历了多年的应试却依然不第，未知自己的前路在何方，只能感叹自己的身世。其实，苏轼的遭遇也是秦观日后的遭遇，但对于一个初出茅庐的少年而言，他想的往往是自己将展翅高飞，不会想到飞得越高、摔得越重。当苏轼摔下来的时候，他仍然试图想找出一条归路；但当秦观在未展翅高飞之时，他问的不是出路，而是感伤。这样的差别既是文风的差异，也是性格的差异。由此可以看出，秦观的"千古伤心"之基调早在其尚未走到伤心处时便已奠定了。

泊吴兴西观音院

金刹①负城闉②，阒然③美栖止④。卞山⑤直穹窿⑥，苕水⑦相依倚。霜桧郁冥冥，海棕⑧鲜薿薿⑨。广除庇夏阴，飞栋⑩明朝暑。溪光凫鹜边，天色菰蒲里。绪风传昼焚，璧月窥夜礼。泄云⑪彗层空，规荷鉴幽沚⑫。舻艎⑬烟际下，钟磬林端起。謦牙⑭戏清深，嵌岌⑮扑空紫。所遇信悠然，此生如寄耳。志士耻沟渎⑯，征夫念桑梓。揽衣轩槛间，啸歌何穷已。

【注释】

①金刹：指佛寺。

②城闉（yīn）：城内重门，亦泛指城郭。

③阒（qù）然：寂静貌。

④栖止：寄居、停留。

⑤卞山：一作弁山，在吴兴县西北。

⑥穹窿：高大貌。

⑦苕（tiáo）水：又作苕溪，在今浙江省境内。

⑧海棕：树名，椰木的一种。

⑨薿薿（nǐ nǐ）：茂盛貌。

⑩飞栋：高耸的屋梁。

⑪泄云：飘散的云。

⑫幽沚：幽静之小渚。

⑬艅艎（yú huáng）：吴王大舰名，后泛称大船，亦作余皇。

⑭鳌（áo）牙：树木杈丫貌。

⑮嶔岑（qīn yín）：高大、险峻。

⑯沟渎（dú）：水沟，比喻困厄之境。

【译文】

庄严的观音院依偎着曲城，静静地矗立在那里。巍峨的下山直入苍穹，与苕溪相依相靠。挺立的桧木林显得那么深邃，青翠的海棕树生得如此茂盛。它们给夏日带来了大片的绿荫，与高耸的屋梁一起在清晨的阳光中投射成长长的影子。溪流里有鸭子徜徉着，蔚蓝的天色也倒映在池塘之中。微风带来了香火的烟雾，尚未落下的月亮也见证了僧侣的晚课。散落的云朵飘荡在无际的天空中，规整的荷花映照在幽静的水面上。迷茫的烟雾里驶来了一艘大船，钟和磬的声响也从林梢传来。林梢的枝丫清峻深刻，它高大地插入空中与天色交融。美景当前我却感到忧伤，这一辈子是多么短暂。有远大志向的人是不甘于困厄的，远行的人也总是想念着家乡。我站在廊间，提起了衣衫，长啸歌吟，久久不能自已。

【赏析】

本诗写于旅途过程之中。秦观自熙宁五年（1072）投入孙觉幕府后，到写作此诗时的元丰二年（1079），虽然中间曾经数次短暂回到家乡，但大致上都在外地宦游，使得这一时期秦观的诗作充满了在各地游历的记录。本诗使用大量篇幅描述观音院清晨的景色，先是点出观音院的位置，再描述观音院周围的环境：观音院处在青山绿水之间、绿意盎然。正是在这悠然的环境之下，升起了冉冉的香烟和僧人的颂经声，更加突显了此地恍若世外的特质。香火、烟雾、钟磬、僧人，当这一切似乎自成一个和谐的天地时，作者忽然笔锋一转，写自己感到忧伤了，感伤远离家乡多年至今却尚未能建功立业，剩余的时间究竟有多少也难以把握，因而久久不能自已。美景当前，兴发这样的情绪，不由得令人想到王羲之在《兰亭序》中所谓的"当其欣于所遇，暂得于己，快然自足，不知老之将至；及其所之既倦，情随事迁，感慨系之矣。向之所欣，俯仰之间，已为陈迹，犹不能不以之兴怀，况修短随化，终期于尽！古人云：'死生亦大矣。'岂不痛哉！"时间流逝、生也有涯，往往令人无限感慨，古今皆然。

德清①道中还寄子瞻

投晓理竿枻②，溪行耳目醒。虫鱼各萧散，云日共晶荧③。水荇④重深翠，烟山叠乱青。路回逢短榜⑤，崖断点孤翎。丛薄⑥开罗帐，沧漪写镜屏。疏篱窥窈窕⑦，支港泛笭箵⑧。远淑依微见，哀猱断续听。梦长天杳杳，人远树冥冥。旅思摇风斾，归期数月蓂⑨。何时燃蜜炬⑩，复听合前铃。

【注释】

①德清：县名，隶属湖州（今浙江省湖州市）。

②竿枻（gān yì）：竹篙和船桨。

③晶荧：明亮。

④水荇：荇菜。多年生水草，浮在水面。

⑤短榜：犹短棹，借指小船。

⑥丛薄：丛生的杂草。

⑦窈窕（yǎo tiǎo）：幽深、阴暗貌。

⑧笭箵（líng xǐng）：渔具的总称，亦指贮鱼的竹笼。

⑨月冥（míng）：即月英，借指时日。

⑩蜜炬：蜡烛。

【译文】

　　一大早我操着竹篙和船桨，在溪上行舟使我清醒。小舟行处虫和鱼都被驱散了，只见到明亮的朝云和朝阳。溪上的水草是多么青翠，远处的山岚也为山色增添了几分色彩。在河流的弯处和另一艘小船交错而过，同时望见断崖上也有一只孤独的大雁。荡过草丛后景色变得开阔，明镜般的水面泛起了一阵涟漪。从岸边的竹篱隙缝间看去远处一片幽深，我在码头处撒下了渔具。在远处的水面上依稀可以见到鱼儿的游动，同时耳中听到猿猴断断续续的悲鸣声。作罢一场梦，天色已渐黑；人漂泊到远处，树林也渐密。身为一个旅人，我想扬起归帆，但也只能数着时日，盼着归期的到来。不知道什么时候，我们才能再度在夜里点着蜡烛、共同听着风铃的响声呢？

【赏析】

　　此诗作于元丰二年（1079）夏，作者游湖州之后赴杭州，途中驾起一叶扁舟，悠游溪中时忽有感而作。本诗结构与前面的《泊吴兴西观音院》一样，都是先用较大的篇幅写景，最后再写自己的感触。如果说寺院给人的是庄严、幽远之感，则传统文学上渔父、渔舟等意象更常用来表达世外的逍遥生活。于是乎，驾着扁舟的秦观暂且成了一名渔父，任由溪流将他带往任意的方向，并且什么也不想地在舟上悠悠睡去，如此过了一天，岁月似是如此静好。然而，断崖上孤独的大雁、猿猴断断续续的悲鸣声，虽然都是远处的风景，但是为这幅悠闲的图画添增了些许不安定因素。终于，作者自己也指明，在小船上随流漂荡看似自由，其实他并不想沿着这个方向飘去。因为苦苦等不到合适的风向，所以只能在表面上聊作逍遥的姿态，但是心里仍有别的盼望。秦观此时的盼望，或是与故友重逢，或是回到故乡，或是希望能有所进取，这只有他本人才知道了。但无论如何，现在可以确定的是，他并不满意现状，希望能有所改变。

蓬莱阁

雄檐杰槛跨峥嵘①，席上风云指顾生。千里胜形归俎豆②，七州和气入箫笙。人游晚岸朱楼远，鸟度晴空碧嶂横。今夜请看东越分③，藩星④应带少微⑤明。

【注释】

①峥嵘：山势高峻貌。

②俎豆：本意为祭器，引申为崇敬之情。

③东越分：星域名，代指闽浙地区。

④藩星：藩镇之星，指程师孟，时任越州知州。

⑤少微：星名，亦可代指处士。

【译文】

雄伟的楼阁仿佛高峻的山岭，我们坐在楼中谈笑风生。言谈间气吞千里江山，伴着丝竹歌咏九州的风云。到了晚上我离开这座楼阁归去，回首仍然能看到红色的楼宇矗立在青绿的山上。今天晚上请看那东越方向的星空吧，藩星会带着些微星共放光明。

【赏析】

这首诗作于元丰二年（1079）夏，作者游湖州之后即赴越州。此诗为与越州知州程师孟的唱和之作，秦观先吟，程师孟次韵，云："半天钟鼓宴峥嵘，早晚阴晴景旋生。湖暖水香春载酒，月寒云白夜闻笙。金鳌破海头争并，玉鹭排烟阵自横。我是蓬莱东道主，倚栏先占日初生。"从程师孟的唱和之作中可以看出，两人的宴饮持续了半天之久，这说明两人之间相处相当融洽。秦观对程师孟还是比较推崇的，《蓬莱阁》一诗除了记载了两人间所交谈的是足以气吞山河的大事以外，尾联将程师孟比作天上的星宿，同时亦有冀望程师孟能提携自己的意思。程师孟对秦观亦是十分青睐，故而在次韵中以"日初生"比喻秦观。

一般而言，这种唱和之作往往很容易流于互相吹捧，若深究这两首诗的实质，亦有几分这样的味道。但是通览这两首诗，文中皆未直接指出对方的存在，使得这两首诗皆可以当作一般的写景诗来理解，这是秦观与程师孟的高明之处。唯程师孟本人虽然颇有政绩，之后又入《宋史·循吏传》，但当其生时仕途不顺，大半生涯皆仕官于当时的欠发达地区（今福建省、广东省一带），是以秦观的仕途，此时尚未到起色的时候。

游鉴湖①

画舫珠帘出缭墙②，天风吹到芰荷乡。水光入座杯盘莹，花气侵人笑语香。翡翠③侧身窥渌酒，蜻蜓偷眼④避红妆。蒲萄⑤力缓单衣怯，始信湖中五月凉。

【注释】

①鉴湖：即镜湖，在今浙江省绍兴市南部。

②缭墙：围墙。

③翡翠：鸟名，嘴长而直，生活在水边，以鱼虾为食。

④偷眼：偷偷地窥看。

⑤蒲萄：即葡萄，指葡萄酒。

【译文】

乘坐着挂着珠帘的画舫出了水榭的围墙，自然的风将我吹到长满荷花的地方。湖水的波光与杯盘相互辉映，鲜花与笑语着的佳人们一样芳香。水鸟停在栏干上看着酒杯里的美酒，蜻蜓偷偷地飞到佳人面前再急急地避去。当葡萄酒的酒劲过了，穿着单衣的我终于相信人们说的"湖中五月凉"这句话了。

【赏析】

鉴湖即后世人称"鉴湖女侠"的秋瑾的那个鉴湖，此时距离秋瑾的出生，尚有800年。在这座湖染上悲壮的色彩之前，它是一处灌溉工事，同时也是当地官绅乘着画舫、休闲娱乐的绝佳去处。秦观本诗极言湖上美景及宴饮盛况，写景虽然甚工但并无出彩之处，直到尾联忽而一转，作者感到了凉意，从而与之前的热闹产生了极大的对比。此言虽是描写当时的天气情况，但是恐怕也暗喻着作者当时仕途不顺、与满座达官贵人同座时的心情了。

霅上①感怀

七年三过白苹洲②，长与诸豪载酒游。旧事欲寻无处问，雨荷风蓼不胜秋。

【注释】

①霅（zhà）上：湖州的别称。

②白苹洲：地名，在湖州府霅溪东南。秦观于熙宁五年（1072）曾随孙觉居湖州，至元丰二年（1079）亦曾二度路过该处，故云三过。

【译文】

七年之间我三度经过白苹洲，之前经过这里的时候还和好友们载酒嬉游。当年的旧事现在已找不到人一同回味了，雨中的荷花、风中的蓼草，终于还是没能禁受得住秋天的到来。

【赏析】

此诗作于元丰二年（1079）八月。当时作者渡江至湖州问讯，听闻苏轼下诏狱之事，有感而发。此诗前半段回忆作者曾与苏轼等人在此同游的情景，后半段则言此时人事已非，同时亦以雨中的荷花、风中的蓼草自比，直言作者对于严酷的官场斗争的恐惧及无奈。

照阁

弥猴镜①里三身②现，龙女③珠中万象开。未若此轩人散后，水光清泛月华来。

【注释】

①弥猴镜：语出《五灯会元》。有人问洪恩禅师"如何得见佛性义"，禅师答云："如一室有六窗，内有一弥猴，外有弥猴，从东边唤猩猩，猩猩即应。如是六窗俱唤，俱应。"

②三身：佛教语，即法身、受用身、变化身。

③龙女：指菩萨。

【译文】

在弥猴镜中，我的三身被照得一清二楚；在菩萨的佛珠里，包含着世间的万象。但这样的情景，还是比不过人们散去之后，水面上映着月光来得令人能够贴近本心中的佛性。

【赏析】

此诗写于元丰二年（1079）八月，在作者一篇名为《龙井记》的散文中此事记载甚详，当时作者在杭州西湖边上的龙井寿圣院访问辩才法师请教佛学。此诗前半部描写辩才法师讲道之精妙有如醍醐灌顶，但真正触动作者情绪的是人散之后的月光、水光。禅宗讲顿悟，在这里，比起讲道，人散后的景致恐怕更能触动作者的本心，让他能够略有所悟吧。

次韵蔡子骏琼花

无双亭①上传觞处，最惜人归月上时。相见异乡心欲绝，可怜花与月应知。

【注释】

①无双亭：扬州名胜。

【译文】

当年我们在无双亭上饮酒的时候，每次最不愿意见到的便是月亮升起、人们归去的那一刻。当我们再次在异乡相见时，想起当年的种种，这样的伤心之感，陪伴着我们的花和月应该是能够体会的。

【赏析】

蔡子骏，生平不详，从本诗中可以推测他是秦观高邮的同乡，而从秦观其他诗作中可以推测他当时是越州管库，并不是任太重要的官职，亦是离乡背井、仕途不顺之人，他所写的《琼花》诗今亦佚失。相传隋炀帝开凿大运河就是为了到扬州看琼花。当秦观与蔡子骏同在异乡，目睹故乡的花卉之时，想起在故乡的情景，心中双双浮起了乡愁，酒也因而成了苦酒。前三句言事，末句点出此情此景发生于洁白的琼花与银白的皓月之前，将原本个人主观的经历具象化为一幅霜冷凄清的图画，可谓画龙点睛之笔。

竹诗

墨君①飒飒②风雨鸣，垂鸾舞凤翻青绶③。一竿珍重几百缗，奚啻渭川三万亩④。金锵玉戛宫佩声，婢行奴颜谢花柳。得意真从寂寞间，卓古高标压群丑。不须辨直致湘江⑤，便觉满窗凉意透。挺然叶节抱风孤，顿应君子虚心⑥受。雷迸箨⑦龙龙欲走，樱笋⑧纷纷徒适口。破除肉味⑨若闻韶⑩，王猷⑪笑咏还依旧。藉槛湘阴⑫净简书，接地春华幻尘垢。拂手笔端可有神，往来平安报良友⑬。前时无偶复无继，奇宝秘灵宜永久。

【注释】

①墨君：墨竹的雅称。

②飒飒：状声词，形容风声。

③青绶：本意为官印上的青色丝带，此处借指竹叶。

④此处用苏轼与文与可的典故。文与可为当世画竹名家，苏轼称其"胸有成竹"，世人亦纷纷持缣素前往求画，与可皆不屑一顾。后来苏轼有诗赠文与可云："汉川修竹贱如蓬，斤斧何曾赦箨龙。料得清贫馋太守，渭滨千亩在胸中。"事详见苏轼《文与可画筼筜谷偃竹记》。

⑤此处用湘妃竹的典故。传说舜帝南巡，崩于苍梧，其妻娥皇、女英亦泪尽而薨，所流的眼泪洒在竹子上形成斑点，世称湘妃竹。古来诗人常以湘江之竹不以岁久而减其斑迹而强调其择善固执之义。

⑥虚心：一心向往。

⑦迸箨（tuò）：谓笋破壳而长。

⑧樱笋：四月以后之笋称为樱笋。

⑨破除肉味：当与苏轼"宁可食无肉，不可居无竹"相对应。

⑩闻韶：《论语·述而》："子在齐，闻韶三月，不知肉味。"

⑪王猷（yóu）：王子猷，王羲之第五子，爱竹，尝谓"何可一日无此君？"

⑫湘阴：在今湖南省湘阴县，该处当时有黄陵庙，用以祭祀舜妃娥皇、女英。

⑬本句用"竹报平安"的典故，比喻平安家信。

【译文】

墨竹夹着飒飒的风雨声翩然起舞，翻起的竹叶宛若青色的丝带。画出的一竿竹枝比世间的财富还要珍贵，绘者胸中的天地又岂只渭川的三万亩土地而已？在锵锵戛戛的佩饰碰撞声中，谢绝了向权力低头的凡俗花柳。只有从寂寞中才能体会竹子的真精神，这样高洁不群的品行自能压倒汲汲营营的世间群丑。不须远赴湘江观那湘妃竹的坚忍，此处窗前的竹丛已足以让人感到一阵清凉。竹叶、竹节在风中傲然独立，正是君子一心向往的境界。新笋有如奔雷一般自壳中突破而出，四月的竹笋最适于品尝了。它让人有如听到上古的《韶》乐一样不再想到肉味，晋代王子猷对于竹子的歌诵直到今日依然没有过时。依凭黄陵庙的门槛洗净这支竹简，此时原本争奇斗妍的花柳已经归于尘土。手握竹笔书写，仿佛笔端有神灵一般，倏忽写就了数封书信，向好友们报知平安。这样的宝物以前没有、以后也不会再有，应当永久保存、流传。

【赏析】

本诗是一首题画诗，原画已佚失，原诗亦未收入《淮海集》中，但以诗中引用苏轼、文与可交游之事推测，所题之画当系与苏门诸子接近者的作品。开篇先言墨竹的身形，次言其价值。接着笔锋一转，歌颂竹子有如谦谦君子一般，在此浑浊之世中不与群丑同流合污。随着时间推移，竹子可能渐渐枯萎，但其所生出的竹笋、其所制成的竹简和竹笔却能流传下来，继续发挥余热。本诗虽是描写竹子的种种品德，但是也暗喻了画家本人乃至苏门诸子的操守及事业。

次韵子由①召伯埭②见别三首

孤蓬③短榜④泝河流，无赖⑤寒侵紫绮裘。召伯埭南春欲尽，为公重赋畔牢愁⑥。

青荧⑦灯火照深更，逐客舟航冷似冰。到处故应山作主，随方⑧还有月为朋。

冠盖纷纷不我谋，掩关⑨聊与古人游。会须匹马⑩淮西⑪去，云巘⑫风溪遂所求。

【注释】

①子由：即苏辙。

②召伯埭（dài）：即邵伯埭，在今江苏省扬州市江都区，相传为东晋太傅谢安所筑的堤坝。

③孤蓬：随风飘转的蓬草，常比喻飘泊无定的孤客。

④短榜：短棹，借指小船。

⑤无赖：无所依靠，忧心不乐。

⑥畔牢愁：《楚辞》篇名，扬雄作。《汉书·扬雄传》李奇注："畔，离也；牢，聊也。与君相离，愁而无聊也。"

⑦青荧：青光闪映貌。

⑧随方：不拘何方。

⑨掩关：关门。

⑩匹马：一匹马，借指单身一人。

⑪淮西：淮南西路，在现今安徽省中南部。当时秦观与苏洵共同的亲友苏轼、李秉彝等人皆在该处任官。

⑫云巘（yǎn）：耸入云霄之山峰。

【译文】

孤客乘着小船溯河而上，寒风吹过浸透了他的衣裳。邵伯埭一带的春天就要结束了，请让我再为你吟诵一首《畔牢愁》。

灯火在黑夜中明灭着，流落异乡的人在寒冷的夜里驾船航行。船会驶向何处受到山势的限制，但无论到哪都还有月亮伴着他一起旅行。

达官显宦皆与我无缘，故我姑且关上房门与古人交友。我应该骑着马到淮西一带去，高耸的青山和微风的溪流才是我的希求。

【赏析】

元丰三年（1080）春，苏辙在被贬前往筠州（今江西省西北部）的路上，途经扬州，与秦观见面，有诗三首云："蒙蒙春雨湿邗沟，篷底安眠昼拥裘。知有故人家在此，速将诗卷洗闲愁。""笔端大字鸦栖壁，袖里新诗句琢冰。送我扁舟六十里，未嫌罪垢污交朋。""高安此去风涛恶，还有庐山得纵游。便欲携君解船去，念君无罪去何求？"苏辙的诗中叙及了两人在扬州相聚期间的种种事情，同时亦感激秦观不以其待罪之身而与之疏远。秦观应和之作则作于分别之时，诗中勉励苏辙虽然不为朝廷所喜，但是"德不孤，必有邻"，除了好友随时都愿意与之肝胆相照外，亦祝福苏辙终能找到安身立命的处所。

次韵子由题斗野亭①

满市花风②起，平堤漕水③流。不堪春解手④，更为晚停舟。古埭⑤天连雁⑥，荒祠木蔽牛。杖藜聊复尔，转盼夕烟浮。

【注释】

①斗野亭：在今江苏省扬州市江都区邵伯湖畔。

②花风：即花信风。应花期而来的风。自小寒至谷雨，凡一百二十日，每五日一候，计二十四候，每候应以一种花的信风。

③漕水：即漕河，大运河从邵伯湖流过。

④解手：分手、离别。

⑤埭（dài）：堵水的土坝。

⑥连雁：雁飞行时相连成行，故称。

【译文】

城里吹起了阵阵的花信风，河堤外的运河水也不断地流淌。虽然不愿意与春色告别，但是因为天色晚了只得停下小舟。在古老的堤岸上，只见满天的大雁北去；望着荒废的祠堂里，树木早已大得能遮蔽住耕牛。我也只能就这样拄着手杖，转身看着黄昏时的炊烟袅袅升起。

【赏析】

当苏辙将要离开扬州之时，秦观送苏辙到邵伯埭上的斗野亭，苏辙先有诗云："细雨添春色，微风净闸流。徂年半今世，生计一扁舟。饮食随鱼蟹，封疆入斗牛。江波方在眼，转觉此生浮。"秦观再作本诗以为回答。在苏辙的诗中，表达了人在官场、身不由己的无奈。此时尚未步入官场的秦观，没法直接应答，故而诗中只能聊表依依不舍之情而已。

次韵子由题九曲亭①

萧瑟通池②闷③茂林，岸傍无复属车音④。涵春似恨隋家⑤远，涨晓疑连蜀井⑥深。斗草⑦事空烟冉冉，司花人⑧远树阴阴。劳生⑨俛仰成陈迹，纵有遗声可用寻。

【注释】

①九曲亭：扬州名胜，在蜀岗之麓，隋炀帝曾奏乐于此。

②通池：城墙外的濠沟。

③闷：幽深貌。

④属车音：侍从之车的声音。

⑤隋家：指隋朝，隋炀帝晚年长居江都（即扬州）。

⑥蜀井：井名，在蜀岗上。

⑦斗草：亦名斗百草，端午旧俗之一。隋炀帝时有曲名《斗百草》，这里借指炀帝因荒淫而亡国之事。

⑧司花人：即司花女。隋炀帝令宫女持花，号司花女。

⑨劳生：辛苦劳累的生活。

【译文】

原本的护城河现在已荒废成了茂密的森林，在河岸我们再也听不见皇家车队的声音。春色已晚，隋代的风华亦已离我们远去；破晓时分潮水上涨，似乎仍然与蜀冈上的那口荒废的井相连。隋炀帝斗百草的遗迹，此时只剩下几缕荒烟；宫中打理花木的宫女早已故去，此处的草木已生得十分高大茂密。如此经心的营建最终都成为过去，纵使关于当年盛况的传说还存留于世，追寻它也没有意义了。

【赏析】

秦观送苏辙至召伯埭斗野亭而止。离开高邮后，苏辙又作《扬州五咏》寄秦观，秦观亦一一次韵。受限于篇幅，本书只选其中三首，这首《次韵子由题九曲亭》即是这一组诗中的第一首。苏辙原诗云："稽老清弹怨广陵，隋家水调继哀音。可怜九曲遗声尽，惟有一池春水深。凤阙萧条荒草外，龙舟想象绿杨阴。都人似有兴亡恨，每到残春一度寻。"与秦观的唱和之作相较，苏辙的态度是较为入世地感慨朝代的治乱兴亡。秦观是否真能看得那么开虽然有待怀疑，但是面对朋友的伤心之言，作者除了安慰，又能说什么呢？

次韵子由题摘星亭①

昆仑左右两招提②，中起孤高雉堞③西。不见烧香成宿雾，虚传裁锦作障泥④。萤流⑤花苑飞星乱，芜满春城绿发⑥齐。长忆凭栏风雨后，断虹明处海天低。

【注释】

①摘星亭：在扬州城西，原址曾是隋代宫殿迷楼，临近观音阁。

②招提：梵语，原义为"四方"，后为寺院的别称。这里借指大明寺与观音阁。

③雉堞（zhì dié）：城墙。

④障泥：马具名，垂于马腹的两侧，用于防尘土。本句引用李商隐《隋宫》诗的典故："春风举国裁宫锦，半作障泥半作帆。"

⑤萤流：隋炀帝时曾经收集数斛萤火虫，夜游时放出以供玩赏。杜牧《扬州》诗中亦有"秋风放萤苑，春草斗鸡台"句。

⑥绿发：泛指草木。

【译文】

山上屹立了两栋楼——大明寺、观音阁，摘星亭就在它们高耸围墙的西侧。现在已经看不到当年香火鼎盛、香烟缭绕犹如晚雾一般的场景了，余下的只是隋炀帝裁下宫锦为马具的奢靡传说。萤火虫在花园中有如流星一般地乱飞，春天到了这里草木丛生显得一片荒芜。今天我们一同在雨中看了这样的风景，以后想起今日时，我一定会记得雨过天晴时天边挂着的那道彩虹。

【赏析】

这是秦观对苏辙《扬州五咏》之四的和诗，苏辙原诗云："阙角孤高特地迷，迷藏浑忘日东西。江流入海情无限，莫雨连山醉似泥。梦里兴亡应未觉，后来愁思独难齐。只堪留作游观地，看遍峰峦处处地。"正如前诗苏辙较秦观而言更加着重于治乱兴亡一样，这首诗苏辙更着重的是怀古。虽然秦观在诗中也有怀古的表达，但是更加注重对苏辙的思念之情。两人志趣不同，并无孰高孰低的问题，但从中我们可以看出秦观的一些特点。

次韵子由题光化塔①

古佛悲怜得度人，应缘来现比丘②身。水流月落知何处，花发莺啼又一春。方外笑谈清似玉，梦中烦恼细如尘。老僧自说从居此，却悔平时事远巡。

【注释】

①光化塔：在扬州蜀冈上之大明寺内。

②比丘：梵语，原意为乞讨者，后因僧人须此食，故后来亦代指僧人。

【译文】

古代的佛陀因为怜惜苦难的世间，所以化身为僧人前来接引人们前往西天。佛寺外的流水和月亮忽然逝去，一转眼又是花开莺啼的新的一年的春天。远离俗世的谈话是那么清新喜人，在这样世外桃源的世界里烦恼似乎也已消散。老和尚说到了极乐世界是多么美妙的时候，我开始后悔我的一生一直都在尘世里打转了。

【赏析】

本诗是对苏辙《扬州五咏》中最后一首的和诗，苏辙原诗云："山头孤塔闷真人，云是僧伽第二身。处处金钱追晚供，家家蚕麦保新春。欲求世外无心地，一扫胸中累劫尘。方丈近闻延老宿，清朝留客语逡巡。"苏辙诗中仅对与秦观同游大明寺时的经历进行叙述，并未加上太多的感慨。秦观在和诗时却表达了对尘世甚不耐烦之意味，这自是秦观深受佛、道因素影响之故。同时，透过两人这一组诗的对比，可以发现同样是叙事，苏辙感慨的更多是古今之变，而秦观对于现实、亲身经历的时间流逝的感触则远比苏辙强烈得多，这样的感触贯穿着秦观所有的作品，是秦观"伤心人"基调的来源。

夜坐怀莘老司谏

六合寥寥信茫昧①，中有日月无根柢。古往今来漫不休，青发素颜从此逝。嗟予自少多邅回②，气血未衰心已艾。北渡长淮霜入屦，南窥禹穴③尘生袂。日凿一窍浑沌死④，虽有馀风终破碎。回车⑤复路可无缘⑥，三问道人三不对。

【注释】

①茫昧：模糊不清。

②邅（zhān）回：困顿。

③禹穴：大禹的葬地，相传大禹葬于今浙江省绍兴市会稽山。此处借指闽浙一带。

④本句用《庄子·应帝王》的典故："南海之帝为儵，北海之帝为忽，中央之帝为浑沌。儵与忽时相与遇浑沌之地，浑沌待之甚善。儵与忽谋报浑沌之德，曰：'人皆有七窍以视听食息，此独无有。'尝试凿之，日凿一窍，七日而浑沌死。"

⑤回车：掉转车头。引自《史记·司马相如列传》："道尽涂殚，回车

而还。"

⑥无缘：无从。

【译文】

天地宇宙是如此寥阔令人看不清四周，这样的空间里悬挂着找不到根基的太阳和月亮。虽然这样的秩序古往今来都未曾停歇，但是我的头发和面孔却没办法像宇宙一起永远存在。唉呀！我遇到了许多挫折，虽然肉体还在，但是心已经如同死灰一般了。我渡过长江和淮河到了北方，霜雪侵入了我的鞋子；我想到南方去看一看，衣裳上也落满了灰尘。古人每天给浑沌开凿一个孔，终于使浑沌失去了本真的状态，纵使我依然能够看到本真的影子，但也是残缺不全了。我掉转车头想要回到最初的状态却找不到原路，想问问道人路在哪里他却怎么样也不回答。

【赏析】

在时间的流逝之下，秦观对于自己终将消逝感到无限的惶恐，然后回想起自己半生的坎坷，终于生出了种种的感慨。这些不顺在作者看来，首先是来自外界的种种打击，使得自己变得满面尘土、蓬头垢面，不再是自己本来的样子。其次，笔锋一转，提到了之

所以自己失去了本真，是因为当初不知晓浑沌才是最好的状态，一天天地给自己添上了种种机巧所致。虽然现在认识到了机巧之非，希望能够找回原本的自己，但是已经回不去了。这样的感慨，恐怕也是所有人共同的感慨。我们每个人都曾是那么天真无邪、无忧无虑，但是进入社会之后，人们开始变得或者算计他人、或终日防着被他人算计，生活变得越来越累，自己的面目也变得越来越可憎。虽然我们偶尔也会在夜深人静的时候，希望能够放下这一切，做一回真正的自己，真心待人、真心待己，但是这又谈何容易呢？

怀孙子实

举眼趋浮末①，斯人独好修②。青春三不惑③，黄卷④百无忧。玉出方流润，鸾停翠竹幽。相思自成韵，不必寄西邮。

【注释】

①浮末：末业，指耕读以外之事，即工、商业活动。

②好修：重视道德修养。

③三不惑：指不惑于酒、色、财。

④黄卷：记录官吏功过的专门文书。

【译文】

虽然抬眼看看这世界上充满了浮躁的事，但是也看到有这么一个人依然洁身自爱。这个人在年轻的时候不为酒、色、财所惑，也不为官府的考评工作而感到忧虑。一块美玉要经过长久的琢磨才能显现出它的温润，美丽的鸟儿也只愿意栖息在幽静的竹林里。我对这个人的怀念自然而然地便成了一首诗，这首诗写就写了，不必再特意找信使将我的思念传达给他了。

【赏析】

孙子实是秦观的老上司孙觉（莘老）的儿子，名端。秦观与孙端可能是在孙觉幕中相识的，此时秦观已经离开湖州回到家乡闲居，忽然怀念起故人。本诗前三联都是关于孙端的德行，其人是否真的如此不必深究。此诗的亮点在于尾联，一般关于思念的文章都是希望对方能感受到自己的情意，但秦观本文则跳出这个窠臼，说道：这只是我一时的想法，没必要传达给他。对孙端的思念纯粹是一时兴起，令人想起了王徽之"本乘兴而来，兴尽而返，何必见戴。"（《世说新语·任诞》）的逸事，亦可见秦观较为随性的一面。

对淮南诏狱二首

一室如悬磬①，人音尽不闻。老兵随卧起，漂母②给朝曛③。樊雉思秋野，韝鹰④望暮云。念归忘食事，日减臂环分。

淮海行摇落，文书亦罢休。风霜欺独宿，灯火伴冥搜⑤。笳动朱楼晓，参横粉堞⑥秋。更拚飞镜⑦破，应得大刀头⑧。

【注释】

①室如悬磬（qìng）：室中空无所有，比喻一贫如洗。

②漂母：漂洗衣物的老妇。此处用韩信漂母进食的典故，比喻早晚靠人施食的处境。

③曛：傍晚。

④韝（gōu）鹰：蹲在臂套上的苍鹰，比喻想要摆脱羁绊的人。

⑤冥搜：深思苦想。

⑥粉堞（dié）：用白垩涂刷的女墙。

⑦飞镜：比喻明月。

⑧大刀头：汉代将领李陵为匈奴所虏，汉武帝派任立政等到匈奴暗劝李陵归汉，任立政见到李陵时边说话边用手摸自己的刀环。环、还因近，暗示李陵还汉。后遂用大刀头作为"还"的隐语。此句表达作者出狱还乡的愿望。

【译文】

坐在一个什么都没有的房子里，听不到其他人的声音。狱卒随意地倒卧或站起，给了我一些食物充作早饭和晚饭。牢笼里的野鸡想念着秋天的原野，臂套上的苍鹰只能巴巴地看着黄昏的云朵。每天我想着什么时候才能出去而忘了要吃饭，于是我一天天地消瘦下去。

我的行程在淮海一带中止了，处理公文的业务现在也不让干了。独自居住在这里而受到冷风、寒霜的欺凌，只有微弱的烛火伴着我沉思。城楼上响起了笳声告知着太阳即将升起，参星悬挂在城墙上使我知道现在已经秋天了。等到月亮落下之后，不知道会不会传来让我出狱的消息呢？

【赏析】

这两首诗写于元丰四年（1081），当时秦观在西行入京应试的途中被捕，投入淮南狱中。秦观此次被捕原因待考，但从诗中可以看出他在狱中应该待了一段时日，所以他才会强调时序已经进入秋天了。然而，秦观应是对于自己的清白较有自信，故而诗中除了自陈苦况之外，对于自己的出狱态度还是比较乐观的。就诗论诗，虽然这两首诗并无特别之处，但是这对秦观而言仍是一段较为重要的经历，故着录于此。

次韵安州①晚行寄传师②

投暮③安州北，苍烟④乱眼昏。茅茨⑤人外⑥路，砧杵月边村。野水飞云薄，空林噪雀繁。几人堪此乐，逢客莫轻论。

【注释】

①安州：在今湖北省孝感市安陆市。

②传师：孙览，字传师，高邮人，孙觉（莘老）之弟，时任右司员外郎。

③投暮：傍晚。

④苍烟：苍茫的云雾。

⑤茅茨：亦作"茆茨"，茅草盖的屋顶。

⑥人外：世外。

【译文】

在安州城北投宿，黄昏时的云雾弄得我眼花缭乱。行路旁的房屋尽是草屋，这个村子里的人在月亮出来的时候开始捣衣了。荒野上的河流上泛起薄薄的云雾，没有人迹的树林里传来了雀鸟的叫声。有多少人能够享受这样闲适的快乐呢？对于羁旅在外的行客就别多说什么了吧。

【赏析】

此诗作于元丰七年（1084）夏，当时秦观乡居在家，接到孙览寄来的行路诗（今已佚失），作了一首和诗。未知孙览原诗说了什么，但在秦观这里，或是由于此时在家乡闲居，所以对于孙览所见到的村屋、溪流，心里感受到的是闲适自得。但是，同样的景物因为人的处境不同而会产生不同的情绪，如原本是美好的满月，在分处异地的苏氏兄弟眼中却偏要埋怨它"何事常向别时圆？"因此，行文到诗末时，秦观忽然想起孙览此时是行客，心中感到的肯定不是闲适，于是最终匆匆一笔"逢客莫轻论"，代替了之前的一切描写。

早春题僧舍

东园紫梅初破蕾，北涧渌水①方通流。归去一春花月②梦，定应多在此中游。

【注释】

①渌水：清澈的水。

②花月：代指美好的事物。

【译文】

东边的园子里紫色的梅花开放了，北边的溪流也因冰层融解而开始流动了。这么美好的春日风景，我一定要在此多多地游览。

【赏析】

这是秦观诗中少见的较为欢快的作品，诗中表达了作者想在美好的春日中及时行乐的愿望。秦观是否如愿我们不得而知，但正是对春日的眷恋，使得诗人在面对春去夏来时，情感上添加一番周折，于是有了下面将要介绍的这首《三日晦日偶题》。

三月晦日偶题

节物①相催各自新，痴心儿女挽留春。芳菲②歇去何须恨？夏木阴阴正可人③。

【注释】

①节物：季节与风物景色。

②芳菲：香花、芳草。

③可人：称人心意。

【译文】

虽然季节更替催着世间万物换上新装，但是仍有眷恋春日的小儿女希望春天不要走。其实香花落尽又有什么好遗憾的呢？到了夏天树上长满了绿叶也是很舒服的。

【赏析】

到了春末，"一春花月梦"行将告终，诗人作为痴心儿女中的一员，对此应该还是略有不舍的。但转念一想，四时更替是天地自然，况且夏天有夏天的好，于是诗人心里也就坦然接受这种变化了。在这短短的四句之中，秦观成功地描写了这番心境上的转折，在艺术上可谓是极为成功的。至于秦观本人在面对世间种种变迁时是否会想起自己的这首诗，从后见之明来看，恐怕未必。正因此，我们似可反推，其实秦观仍然是更喜欢春日、繁花，此时看似旷达的文字，更多是自我安慰而已。

秋日三首

霜落邗沟①积水清，寒星无数傍船明。菰蒲②深处疑无地，忽有人家笑语声。

月团③新碾瀹④花瓷，饮罢呼儿课楚词。风定小轩无落叶，青虫相对吐秋丝。

连卷⑤雌蜺⑥挂西楼，逐雨追晴意未休。安得万妆⑦相向舞，酒酣聊把作缠头⑧。

【注释】

①邗（hán）沟：也称邗水、邗江、邗溟沟等。是春秋时吴王夫差为争霸中原，引江水入淮以通粮道而开凿的古运河。

②菰（gū）蒲：代指湖泽。

③月团：即团茶。宋代用圆模制成之茶饼。

④瀹（yuè）：煮。

⑤连卷：长曲貌。

⑥雌蜺（ní）：副虹。

⑦万妆：泛指众多的歌妓。

⑧缠头：古代歌舞艺人表演时以锦缠头。

【译文】

邗沟上降了秋霜，水显得那么清澈，明亮的星星高挂在天空，将客船也照亮了。湖泽的深处似乎什么都没有了，我却忽然听到有人在欢声笑语。

我把茶饼碾碎放到瓷壶中煮着，喝完了茶便把儿子叫过来让他背诵

《楚辞》。风停了，院子里没有落叶，却见到几只青色的虫子，吐了丝线挂在树枝上。

西边的楼上有一道彩虹，无论是晴天或雨天都有美景可赏，令我十分快意。如果有许多歌伎来跳舞那就更好了，我会把那道彩虹当作礼物送给她们。

【赏析】

《秋日三首》是秦观诗作中较为选家所青睐的一组诗。虽然第一首的收尾处，秦观借鉴了其好友诗僧参寥的"隔林髣髴闻机杼，知有人家在翠微"，但秦观在此所营造的氛围，较参寥更加凝炼，足见秦观脱胎换骨之力。这三首诗主要写秦观的乡居生活，具体创作时间不详，但应该在元丰八年（1085）秦观正式出仕之前。诗的笔调轻快，显示作者此时不为俗务所累的无忧无虑的心境。在第一首中，作者乘着游船在邗沟上观览风景，原本以为已经到水的尽头了，忽然发现在更深处竟有欢声笑语，虽然这自是江南一带地形复杂的具体展现，但在心境上亦真可谓是"柳暗花明又一村"。第二首是作者在家中静静品茗，同时教导儿子功课，在一个宁静的秋夜里，灯火、茶香、读书声，显得格外温馨。作者在写第三首诗时可能带了点酒意，看着西楼上的彩虹，竟有将之取下用作缠头的念头，足见此时作者已经到了天人合一、主客一体的境界，亦可见当时之快意。

睡起

睡起东轩①下，悠悠春绪长。爬搔②失幽帱，款欠③堕危芳。蛛网留晴絮，蜂房④受晚香⑤。欲寻初断梦⑥，云雾已冥茫。

【注释】

①东轩：指住房向阳的廊檐。

②爬搔：搔痒。

③款欠：打呵欠。

④蜂房：比喻房室密集众多。

⑤晚香：寺庙傍晚点燃的香。

⑥断梦：中断的梦。

【译文】

睡醒了，在向阳的房间中，慢慢感受春日的悠长。搔个痒，声音压住了外头鸟儿的叫声；打个呵欠，枝头的花朵也随之飘落。蜘蛛网上仍然留着晴天时飞来的柳絮，如同蜂窝一般密集的屋舍里也闻到了傍晚燃起的线香。此时的我努力回想着刚才梦到的情景，它却已如同云雾一般难以寻觅了。

【赏析】

春眠总是令人不觉晓的，本文描述作者在寺院中闲居、春眠至午后的情态。当时作者刚睡起，搔痒、呵欠竟也引起自然风光的转变，这自是作者当时正处在天人合一、主客合一的精神状态。相信读者们也一定有过处于半睡半醒（或半醉半醒）的朦胧状态之时，大脑的理智功能并未充分运作，从而能够以直觉应对一切外来事物的经验。不消说，处于此种状态之下的作者，并未想起世间的种种俗务，那是一种无上快乐的境界。然而，此一状态转瞬即逝，作者随即认识到时间已经是傍晚了，僧人已经准备要做晚课了，自己也不应再睡下去了。但理智认识还与情感趋向还是有过一番拉扯，作者本人依然还存有继续赖床的念头，只可惜此时已经完全清醒，再也回不到梦中了。自然，这首小诗可以仅就字面意思理解，认为是秦观对于一次舒服睡眠的随感；但同样也可以将之"小题大作"，认为秦观怀念的其实并不是一次春眠经验，而是对于自己踏入机关算尽的俗世社会，致使生命的本真只能在梦里追寻的人生状态的无奈与追忆。

游仙

服形①百神②朝，刳心③万缘尽。我无退转④境，何以有精进？戏为汗漫游⑤，八极⑥一何近。渺渺东海水，累累⑦北邙⑧坟。向来歌舞处，忽复成荒村。愚人如鹿耳⑨，其死了无魂。孰知九霄间，玄圃⑩枕昆仑？缁尘⑪化人⑫衣，苍萝⑬谁与扪。

【注释】

①服形：道家修养之术。

②百神：泛指各种神灵。

③刳（kū）心：彻底抛弃个人的心智。

④退转：佛教语，谓退失所修证而转移地位。

⑤汗漫游：世外之游。

⑥八极：八方极远之地。

⑦累累：行列分明貌。

⑧北邙（máng）：山名，在今河南省洛阳市东北，汉魏以来，王侯公卿多葬于此。

⑨鹿耳：此句言愚人见识甚少。

⑩玄圃：传说中昆仑山顶的神仙居处。

⑪缁（zī）尘：黑色的灰尘，代指世俗污垢。

⑫化人：修道之人。

⑬萝：植物名，即松萝。多附生在松树上，成丝状下垂。

【译文】

我修练服形之术以求朝见各种神灵，又彻底抛弃个人的心智祈望能断却所有尘缘。我未曾经历过《华严经》所说的退转境，又怎么能够精进我的修行呢？于是我聊为方外之游，此时八方荒远之地忽而近在眼前。此时见到的东海是那么的渺小，又见到北邙山上一排排的荒冢。曾经歌舞升平的地方，一转眼便成了废墟。愚昧的人们什么也不知道，死了之后魂魄也就散去了。他们怎么可能知道在高高的天上，昆仑山那里有着神仙的住所呢？我向往着这一切，只可惜我的衣服上沾满了俗世的灰尘，没有办法脱离红尘，只能空望着深山老林里的松萝却无法与它为伍。

【赏析】

秦观有《游仙》诗二首，今录其一。此诗作于秦观乡居期间，反映了秦观青年时期的道家思想。正如前面所说的，虽说传统中国是以儒学为根本，但是士人们对佛、道两家也不陌生。之前选录的诗作多有秦观与僧人交游的作品，这里选录一则秦观个人修仙的经验，以描绘秦观道家的一面。然而，虽然秦观本人也想修仙，但是他整体而言还是比较接近儒学的，对于入世的愿望依然强烈，因此他自己也知道无法斩断一切尘缘入山求道，终于在诗作的末尾直言自己没法脱离红尘的遗憾。

自警

古人去后音容寂，何处茫茫寻旧迹。君看草遍北邙①山，骷髅②犹来丘垄③积。那堪此地日黄昏，长途万里伤行客。只知恩爱动伤情，岂悟区区头已白。莫嫌天地少含弘④，自是人心多褊窄⑤。争名竞利走如狂，复被利名生怨隙。贪声恋色镇如痴，终被声色迷阡陌⑥。休言七十古稀有，最苦如今难半百。闻道蓬宫仙子闲，红尘不染无瑕谪。日月迟迟异短明，三峰⑦秀丽皆仙格⑧。女萝⑨覆石蔓黄花，芝草⑩琅玕⑪知几尺。桃源长占四时春，漾漾⑫华池⑬真水⑭碧。乘槎拟欲扣金扃⑮，巨浪红波依旧隔。归来芳舍与谁侪，老鹤松间三四只。唳天声动彩云飞，对我时时振长翮。骖鸾⑯未遇且悠悠⑰，尽日琴书还有适。纷华⑱任使投吾前，争奈⑲此心终匪石。拜命怀金⑳谁谓荣，低头未免拾言责㉑。从兹俗态㉒两相忘，笑指青山归路僻。同人㉓有志觅长生，运气休粮㉔徒有益。须知下手向无为，莫学迷徒㉕赖针炙。

【注释】

①北邙：山名。即邙山。因在洛阳之北，故名。东汉、魏、晋的王侯公卿多葬于此，故可借指墓地或坟墓。

②骼骴（cī）：骼，禽兽之骨；骴，肉未烂尽的骸骨。《周礼·秋官·蜡氏疏》："言骼骴者，凡人物皆是。"

③丘垄：废墟、荒地。

④含弘：包容博厚。

⑤褊（biǎn）窄：指心胸、气量、见识等狭隘。

⑥阡陌：喻途径、门路，又可引申为众多之意。

⑦三峰：指蓬莱、方丈、瀛洲三座神山。

⑧仙格：道家谓仙人的品级，可用以借喻清雅高洁的人品。

⑨女萝：植物名，即松萝。多附生在松树上，成丝状下垂。

⑩芝草：灵芝。菌属。古以为瑞草，服之能成仙。

⑪琅玕（láng gān）：神话中的仙树，其实似珠，比喻珍贵美好之物。

⑫漾漾：闪耀貌。

⑬华池：神话传说中的池名，在昆仑山上。

⑭真水：本指炼丹所用的水银，这里是纯粹的借喻，形容华池水之仙气。

⑮金扃（jiōng）：黄金饰的门，借指天宫之大门。

⑯骖鸾（cān luán）：谓仙人驾驭鸾鸟云游。

⑰悠悠：思念、忧思。

⑱纷华：繁华。

⑲争奈：怎奈。

⑳拜命怀金：怀揣金印，拜受君命。

㉑言责：负进言之职责。

㉒俗态：世俗的姿态。

㉓同人：归向之人。

㉔休粮：停止饮食，即道家的辟谷之术。

㉕迷徒：迷失正道的人。

【译文】

  古人离去之后，我们已经再难找到他的相貌和声音了。请你看看北邙山上的荒草里，堆满了如同小山一般的白骨。每当这里进入黄昏时分，路过的人往往不由感到伤心。虽然我们只知道世间的七情六欲往往使我们伤心，但是没发觉在伤心的时候头发已经悄悄地变白了。其实天地对于我们还是比较宽厚的，可叹的是人心却往往极为偏狭。人们发疯似地追逐名利，正因为这些名利破坏了人与人之间的关系。人们贪恋世间的声色犬马，终于被这些东西迷惑而找不到人生的正道。别说能活到七十岁是很罕见的事，当今这个世道里恐怕连活到五十岁都很困难。听说蓬莱仙宫里住着一位仙子，他的德行从来不曾被尘俗污染。那里的太阳和月亮交替着闪耀，那里的山峰都是秀丽无匹的。那里的女萝附满了石头还开出黄花，那里的栏杆上也爬满了长长的香草。在这个世外桃源里永远都是春天，这里的池水波光荡漾、清澈无比。我想驾着小船来到这样的天堂，无奈红尘的巨浪挡住我的道路。我只能回到我的住处，在松树下和几只老鹤为伍。这些老鹤的叫声响彻云霄，时刻激励着我要在青天中自由翱翔。然而我始终遇不到下凡的仙人给我引路，于是我只能在自己的小天地里以琴书自娱。本来种种世间的繁华我应该视而不见的，无奈我终究不是铁石心肠。虽说功名利禄并不是什么值得夸耀的事，但不知不觉间我也走在那条道路上了。现在我决定要与这样庸俗的自己告别，走进山间荒芜的小道回到最初的地方。朋友们，如果你们想要追寻仙道，道家的种种修行是极为有益的。但更重要的是，首先要怀有一颗无为之心才是正途，千万别学那些走上歪路的人所用的旁门左道的修炼之法。

【赏析】

秦观前往洛阳一带客游的详细时间目前并不清楚，但从本诗可以看出，秦观此时尚未正式出仕，是以应在元丰八年（1085）以前。本诗是本书收录的秦观出仕前的最后一首诗。虽然秦观尚未任官，但因其与苏轼等人为友，对于朝中的党争应已深有所感。

本诗可分为三段。第一段描写客观环境之恶劣，世间诸人汲汲于功名富贵而相争相食，机关算尽的结果是诸人变得丑陋不堪。但是，纵使得到高官厚禄又怎么样呢？最终还不是化为北邙山上的一堆白骨而已！有了如此的认识，作者开始寻求真正不朽的道路，于是在"闻道蓬宫仙子闲"句进入了本诗的第二段，听说在无何有之处有着不生不灭的仙境，那里的一切都是最美好的，生活在那里可以不必像现在的人间那么劳累。于是进入了本诗的第三段，也是秦观对自己生平的追述。虽然此时的秦观"乘槎拟欲扣金扃"，但是真的要放下一切凡俗念头实是知易行难，作者本人也承认"我心匪石"，在功名利禄、声色犬马之前仍然免不了会动心，这正是一切苦难的根源。有了这样的认知，关键是要真能看透世间的一切色相，无为然后才能无所不为。在本诗的最后，秦观似乎也真的下了决心，想要隐居到深山老林中找回真正的自己。然而，我们知道秦观最后还是选择出仕并且卷入党争、抑郁而终，那么我们能不能说秦观心口不一呢？当然是可以的，但如果我们扪心自问，谁不知道当前的社会就是一个奸巧艰险的名利场，但总是有各式的原因，使得我们不得不踏入这样的场域之中。人生在世，须要考虑到的因素有很多，故而古人有"此身非我有"的感慨，秦观也正是因为"此身非我有"而不得不继续在红尘中打滚，最终落得了悲惨的命运。秦观的故事或许可以这么总结：入世难，出世更难。

泗州①东城晚望

渺渺②孤城白水③环，舳舻④人语夕霏⑤间。林梢一抹青如画，应是淮流⑥转处山。

【注释】

①泗（sì）州：在今江苏省泗洪县东南。

②渺渺：水广阔无际的样子。

③白水：清水

④舳舻（zhú lú）：泛指前后首尾相接的船。

⑤夕霏：傍晚的雾霭。

⑥淮流：指淮河。

【译文】

孤独的城池耸立在广阔无际的水流中间，水流上的小舟相接，传来阵阵笑语声，此时已是傍晚雾霭浮现的时分了。我在城墙上远望，忽然见到远处的树林上有一抹如同画一般的青色，这大概就是淮河边上的那座山了吧。

【赏析】

此诗具体写作期间不详，推测应是秦观入仕之前、在各处游历时留下的诗作。本诗的视角由近及远，先写眼前所看到的城墙与河流，然后听到了河中乘船出游者的笑语声。接着诗人抬头远望，远处的青山笼罩在雾气之中，仿似山水画中的远山渲染之景。只此一笔，眼前所见的景色便被转化为水墨画了。诗中有画，当此谓也。

中篇

答曾存之①

　　环堵萧然②汝水③隈，孤怀炯炯④向谁开。青春不觉书边过，白发无端镜上来。祭灶⑤请邻聊复尔⑥，卖刀买犊⑦岂难哉。故人休说封侯事，归钓江天有旧台⑧。

【注释】

　　①曾存之：名诚，泉州晋江人，父祖皆为达官，唯曾诚本人除曾在元符间（1098—1100）担任秘书监之外，并未任他职。生平不详。

　　②环堵萧然：形容家徒四壁、空无所有，代指极其贫困的状态。

　　③汝水：淮河上游的一个支流，起自今河南省，在新蔡入淮。

　　④炯炯：耿耿于心。

　　⑤祭灶：祭祀灶神，古时于夏日祭祀，汉代以后于腊月下旬进行祭祀，与今日祭祀时间相同。

　　⑥聊复尔：如此而已。

　　⑦卖刀买犊：事见《汉书·龚遂传》。龚遂于宣帝时任渤海太守，时逢饥荒，龚遂于是开仓济贫、鼓励农桑，民皆卖刀买犊，境内于是大治。

　　⑧旧台：旧钓台，用东汉严光隐居富春山垂钓之事，表示欲辞官归乡。

【译文】

我居住在汝水滨上，家徒四壁，心中虽然有许多想法，却无处诉说。十年寒窗，我的青春年华在不知不觉间消逝了；揽镜自照，竟然发现了许多白发。在祭灶的时候与邻居们行礼如仪，也不过就是那么一回事；将宝剑卖了买头耕牛退隐江湖，难道真有那么难吗？我的朋友啊，你也别再说要建功立业、加官晋爵了，在江水与长天交汇的地方，当年垂钓的亭台还在等着我们呢。

【赏析】

元丰八年（1085），秦观第三次参加举人考试，终于中举，时年37岁，但一开始并未授与实官，依然投置闲散。隔年，神宗驾崩，哲宗即位，尽罢新党，被视为旧党的苏轼、司马光等人重新被召回朝廷，而与苏轼关系密切的秦观也得到起用，授与蔡州（今河南汝南）教授一职，秦观于是携家带眷前往当地赴任，这首《答曾存之》便作于秦观初抵蔡州之时。但值得注意的是，这首诗中完全不见范进中举那样的欣喜若狂，反而展现了怀念布衣生活的消极情绪。之所以如此，想是因为元丰年间新旧党之间的剧烈党争重重地打击了秦观的恩师苏轼，对于当时的政治文化，秦观早已深为不满，但又因为种种因素而不得不为官，这样矛盾的心态，演变成了秦观一面鄙视这种"鸱得腐鼠"的官场，一面却又深陷其中并且十分郁闷的情绪。

本书"诗鉴"部分的中篇，所选录的是自元丰八年（1085）至元祐九年（1094）秦观为官时的诗作，此一时期与官场有关的作品皆贯穿着这种消极的基调。

次韵太守向公①登楼眺望二首

茫茫②汝水抱城根，野色③偷春入烧痕④。千点湘妃⑤枝上泪，一声杜宇⑥水边魂。遥怜鸿隙⑦陂穿路，尚想元和贼⑧负恩。粉堞⑨女墙⑩都已尽，恍如陶侃梦天门⑪。

庖烟起处认孤村，天色清寒不见痕。车辋湖⑫边梅溅泪，壶公祠⑬畔月销魂。封疆尽是春秋国，庙食⑭多怀将相恩。试问李斯长叹后，谁牵黄犬出东门⑮。

【注释】

①向公：即向宗回，字子发，时任蔡州知州。

②茫茫：《诗人玉屑》作"沄沄"。沄沄，水流汹涌貌。茫茫，广大辽阔貌。

③野色：原野或郊野的景色。

④烧痕：野火的痕迹。

⑤湘妃：湘妃竹。

⑥杜宇：杜鹃鸟，相传蜀主望帝（名杜宇）死后化为此鸟，故有此名。

⑦鸿隙：陂名，蓄水工事，建于汉成帝之时，陂中无水，可以行路。

⑧元和贼：指唐宪宗元和九年（814）淮西节度使吴少阳之子吴元济据蔡州叛乱之事。

⑨粉堞（dié）：用白垩涂饰的女墙。

⑩女墙：城墙上凹凸形的小墙。

⑪陶侃梦天门：典出《晋书·陶侃传》："（侃）梦生八翼，飞而上天。

见天门九重，已登其八，唯一门不得入。阍者以杖击之，因坠地，折其左翼。及寤，左腋犹痛。又尝如厕，见一人朱衣介帻，敛板曰：'以君长者，故来相报。君后当为公，位至八州都督。'……及都督八州，据上流，握强兵，潜有窥窃之志，每思折翼之祥，自抑而止。"

⑫车辋（wǎng）湖：湖名。在蔡州北四十里。

⑬壶公祠：祠名。《后汉书·费长房传》云："费长房者，汝南人也，曾为市掾。市中有老翁卖药，悬一壶于肆头。及市罢，辄跳入壶中，市人莫之见，唯长房于楼上睹之，异焉，因往再拜奉酒脯。"

⑭庙食：死后立庙，受人祭祀，这里指位于蔡州的唐节度使李愬庙。

⑮"试问"二句：典出《史记·李斯列传》。李斯为赵高诬陷入狱后，对其子长叹曰："吾欲与若复牵黄犬，俱出上蔡东门逐狡兔，岂可得乎？"三族夷灭后，李斯一族葬在上蔡县西南。

【译文】

广大辽阔的汝水环绕着城墙，原野悄悄地将春色染在了原本被野火烧过的地方。成林的竹叶上布满了水珠，忽然一声杜鹃鸟的啼声唤醒了水边的人们。我在这里想起了汉成帝年间所建造的鸿隙陂，也想起了唐代元和年间这里发生过的乱事。当年的城墙都已经不在了，就像陶侃做的关于自己升天的梦一般。

我想凭着炊烟找到城外小村的位置，这时的天色凄清寒冷什么都没能看见。车辋湖边的梅花尚带着水珠，壶公祠旁的月亮更是令人黯然。蔡州在春秋时期便已经是一个古国了，祭祀功臣的祠院仍然传述着忠臣对此地的恩惠。所可惜的是当年李斯在狱中一声长叹之后，便再也见不到当年一起牵着黄犬出东门猎兔的人了。

【赏析】

此诗作于元祐三年（1088）初春，时任蔡州知州的向宗回在不久之前刚荡平了困扰当地已久的匪患，蔡州重新归于平静。这首诗，或许是向宗回带着州内群僚共同登高庆贺时作的。这两首诗中，秦观基本将蔡州当地的历史典故都写进去了，但作为中心史事而贯穿两首诗的，是唐代吴元济据蔡州叛乱的故事。在第一首诗中，谴责反贼吴元济辜负皇恩、兴师作乱，终于只能化归尘土；在第二首诗中，则提到了当年平定吴元济叛乱的李愬，百姓至今仍然感念着他的功劳。不消说，这则故事当然有颂扬向宗回的意思在内，然而，秦观却又以"是非成败转头空"的笔调作为这两首诗的收尾，陶侃的功业不过是场梦，李斯一生的奋斗最终也只不过是"流血的仕途"而已。人在历史面前，竟是如此渺小，一切的努力最终都为历史长河带走，只剩下遗迹供后人凭吊。秦观为什么会在次韵时有这种感慨，由于向宗回的原诗今已不得见，故很难推测其创作动机，但若就文本而论，基本可以说是承继了前述消极情绪。

和裴仲谋①放兔行

兔饥食山林，兔渴饮川泽。与人不瑕玼②，焉用苦求索。天寒草枯死，见窘何太迫。上有苍鹰祸，下有黄犬③厄。一死无足悲，所耻败头额。敢期挥金遇④，倒橐⑤无难色。虽乖猎者意，颇塞仁人责。兔兮兔兮听我言，月中仙子⑥最汝怜。不如亟返月中宿，休顾商岩⑦并岳麓。

【注释】

①裴仲谋：裴仲谋（1045-1105），名纶，治平四年（1067）进士，时任河南舞阳县尉，与苏门四学士皆有密切往来。

②瑕玼：过错、过失。

③黄犬：猎犬。

④挥金遇：遇见慷慨挥金之士的机遇。

⑤倒橐（tuó）：倒出袋子里所有的钱物。

⑥月中仙子：指嫦娥。

⑦商岩：即傅岩，传说在此遇见商汤并得到提拔，此处与同句之"岳麓"代指仕宦之路。

【译文】

兔子饿了就在山林中觅食，渴了就在河川中饮水。它与人类秋毫无犯，为什么人类非要抓住它呢？冬天百草都已经枯死了，它的处境又更为难了。上有苍鹰猎捕，下有猎犬追逐。被咬死了还不是最悲伤的事，最不愿意见到的是被攻击得面目全非。它是多么希望能够遇到一个慷慨的人，毫不犹豫地将它买下放生。虽然这违反了猎人的意思，但却是仁人的责任。兔子啊！兔子啊！听我一句劝：嫦娥是最怜爱你的人。你不如赶紧回到月亮去吧，不要再留恋凡间仕宦的道路了。

【赏析】

前录《次韵太守向公登楼眺望二首》之末句提及李斯父子在蔡州牵黄犬出城猎兔事，这即使不是当地的风俗，也足以成为熟悉经史者的一项娱乐活动。但是见到有人猎兔的秦观，却有着与其他人不一样的想法。秦观所歌咏的并不是猎人主宰生杀的快意，而是对兔子无故见劫的同情与哀伤。这样的感触，除了源于善良的天性外，还是对北宋时期党争剧烈、许多人往往在无意间被贴上某党的标签而获咎的现实有感而发。当时新旧党争虽然暂时止息了，但是朝中洛党、蜀党交恶，又激起了"元祐党争"，秦观因苏轼的关系被视为蜀党，很可能也受到了许多政敌的攻击。在党争之下，曾经满腔热血的秦观想来定是感到十分委屈，此时的他心中所想的可能是"众女嫉余之峨眉兮"，又或者自怜是"误入政治丛林的小白兔"，凡此种种都强化了他的消极态度。但是，兔子尚能遇到秦观将它买下放生，秦观既已委质官家，又有谁能替他"赎身"呢？秦观也自知此生难再自由，于是在末尾只能以劝告兔子的口吻对自己说：如果能够重来一次，千万别再想着什么功名利禄了。

寄李端叔①编修

旗亭②解手③屡冬春，闻道归来白发新。马革裹尸④心未艾⑤，金龟换酒⑥气方震。梦魂偷绕边城月，导从⑦公穿禁路⑧尘。知有新编⑨号⑩横槊⑪，为凭东使⑫寄淮滨。

【注释】

①李端叔：李之仪，字端叔，与秦观同属蜀党，时任枢密院编修官。

②旗亭：酒楼。

③解手：分手。

④马革裹尸：语出《后汉书·马援传》："男儿要当死于边野，以马革裹尸还葬耳，何能卧床上，在儿女子手中耶？"

⑤未艾：未尽、未死。

⑥金龟换酒：出自李白《对酒忆贺监诗序》："太子宾客贺公于长安紫极宫一见余，呼余为'谪仙人'，因解金龟，换酒为乐。"贺公，贺之章。金龟，袋名，唐代官

员的一种佩饰。

⑦导从：古时官员出行时，开路者称导，后卫者称从。

⑧禁路：犹御道。供帝王车驾行走的道路。

⑨新编：新写就的文章，指当时流传甚广的《次韵家室送别》。李之仪在诗中表达了澄清海内的志向，意气甚为雄状。全诗云："几年保新阡，托身斗一方。问语得野人，禾黍共登场。迁疏傥可老，持须时抑扬。顾非马上才，犹怀袖中刚。西风荡微气，仰视明星光。叩齿咏真主，白眉谁最良。师门守边钥，表表南方强。逋诛百年寇，敢谓莫我当。牝鸡久司晨，群吠移当阳。荤膻固难律，谁可无宫商。堂堂发天机，右钺左仗黄。一旦念风云，果知筹策长。洗涤尽余滓，万翼争回翔。能无出囊颖，及顾箕子傍。平生惯草衣，岂堪事戎行。强歌出塞曲，夭矫参龙章。蝇因逸骥速，马为奏瑟昂。尚期鼍鼓操，奋力起病床。贺兰夺故穴，安西还旧疆。归上千万寿，重赓庶事康。"

⑩号（háo）：高呼。

⑪横槊：横持长矛，指从军或习武。

⑫东使：出使东行。

【译文】

自从我们在酒楼上分手之后已经过了好几年，听说你现在头发也开始白了。马革裹尸的志向至今仍然还在，用佩饰换酒狂饮的气概也还未消磨。我曾经在梦中梦到在边塞的你，现在你的队伍已经回到了京师。我听说你最近写了一篇关于军旅的诗，请派人将它送给淮水边上的我读一读吧。

【赏析】

元祐二年（1087），朝廷恢复制科，苏轼大力推荐秦观，于是本在蔡州的秦观奉旨进京应试。如果此次应试能及第，那么往后便能平步青云。

秦观对于自己的才能还是比较有信心的，加以"朝中有人"，于是年轻时的热血又一次被调动起来。在京期间，秦观上策三十道、论二十道，范围从中央政治到地方军事，无所不包，一时之间时人颇为瞩目，如黄庭坚便曾称"少游五十策，其言明且清。笔墨深关键，开阖见日星。"然而，元祐党争在秦观进京之后不断激化，苏轼为了自清而离京，秦观见情势转趋恶化，于是也称病回到蔡州。同时，在前引黄庭坚的诗中，曾经提到"少游"二字，这是秦观给自己新起的字。秦观本字太虚，在此时改字，据其友人陈师道的回忆，秦观曾自述现在的他"不待蹈险而悔及之，愿还四方之事，归老邑里，如马少游，于是字以少游，以识吾过。"也就是说秦观已不再像年轻时那样希望自己能像汉代英雄人物马援那样建功立业、马革裹尸，只希望能如同马援之弟马少游一样平平安安地老死乡里。做出这种极端的行为，足见秦观当时有多消沉了。虽然秦观本人消沉是一回事，但对于朋友、国家取得的成就依然还是乐观其成的，于是有了这首诗。

题双松寄陈季常①

遥闻连理松，托根黄麻城②。枝枝相钩带③，叶叶同死生。虽云金石④姿，未免儿女情。想应风月⑤夕，满庭合欢⑥声。

【注释】

①陈季常：陈慥，字季常，亦蜀党中人。少时使酒好剑，稍壮折节读书，然终不遇。

②黄麻城：黄州下属之麻城县，当时陈慥隐居此处。

③钩带：互相牵连。

④金石：比喻事物的坚固、刚强，心志的坚定、忠贞。

⑤风月：清风明月，泛指美好的景色。

⑥合欢：欢乐貌。

【译文】

我在远处听到有两株松树，位于黄州的麻城县。这两株松树的枝桠相互牵连，树上所有的树叶相约共生共死。虽然松树是刚强、坚定的树，但是仍然未免儿女情长。在花好月圆的夜晚里，整个庭院一定是充满着欢声笑语。

【赏析】

陈慥于元祐三年（1088）绘连理松图，绘毕后邀请苏门同人题诗。诗、书、画、印结合的文人画，是中国传统文化的精华与代表之一。咏画诗主要写有三类内容：一是画家，包括对他们自然状况的叙述与艺术地位的赞颂；二是画面，即对内容形象的描绘；三是画评，对该画水平和画家艺术风格的评价。而这些赞颂、描绘、评价，往往都是在志同道合者的小圈子中进行的。例如此画便是在苏门的圈子中流传的。同为苏门四学士之一的黄庭坚亦曾题此画云："故人折松寄千里，想听万壑风泉音。谁言五鬣苍烟面，犹作人间儿女心。"、"老松连枝亦偶然，红紫事退独参天。金沙滩头锁子骨，不妨随俗暂婵娟。"比起黄庭坚的瘦削，秦观的诗则更显得缠绵，其中由以颈联最为引人注目，虽然说的是松，但其实喻的是人——再坚强的人往往免不了儿女情长，秦观自不待言，苏轼如是，陈慥应也如是。

赠女冠畅师①

瞳人②剪水腰如束，一幅乌纱③裹寒玉④。飘然自有姑射⑤姿，回看粉黛⑥皆尘俗。

雾阁云窗⑦人莫窥，门前车马任东西。礼罢晓坛春日静，落红满地乳鸦啼。

【注释】

①女冠畅师：畅姓女道士。《桐江诗话》云："畅姓，惟汝南有之。其族尤奉道，男女为黄冠者十之八九。时有女冠畅道姑，姿色妍丽，神仙中人也。少游挑之不得，乃作诗云。"

②瞳人：即瞳仁。

③乌纱：黑色织物。

④寒玉：玉质清凉，故称寒玉。此处借指女道士清俊洁雅。

⑤姑射：典出《庄子·逍遥游》："藐姑射之山，有神人居焉，肌肤若冰雪，淖约若处子。"后世遂为神仙或美人之代称。

⑥粉黛：古人化妆用的白粉和黛墨，借指世间女子。

⑦雾阁云窗：形容楼阁之高。

【译文】

她的眼睛是那么清澈，她的腰是那么纤细，她的头发是那么乌黑，她的样貌是那么清俊洁雅。她的体态就像仙女一样冰清玉洁，与之相比，世间一般的女子都是那么粗俗。

道观的楼阁那么高我没办法看到她，她也从来不在意有谁从门前经过。在安静的春日里，她做完了每天的修炼，这时候红花已经铺了一地，还传来了乌鸦的叫声。

【赏析】

在秦观自汴京称病返回蔡州的期间，对朝政的不满已志前文，那么他是怎么排遣不满的呢？我们从他的词作可以发现，他和许多古代文人一样，失意之时便将心思转移到醇酒美人之上。然而，他的诗作很少以对于某位女性的情感作为主题，这或许是因为比起诗，词这种文类更适合表达这种情绪所致。

这里所选的《赠女冠畅师》是秦观诗中极少见到的美人题材。在第一首诗中，秦观描写了女道士的眼、腰、头发、身姿，由实笔过渡为虚笔，描写她的神态、气质是多么超凡绝俗，引起诗人的爱慕。但无奈女道士一心修道，对于包括秦观在内的无聊男子皆是不屑一顾，放任青春凋谢，最终只落得一地残红。然而，在这个故事里面，堪哀的究竟是谁？女道士自有其追求，因此并不可怜。可怜的是痴心追求她的秦观，等到花儿也谢了，却等不到佳人的一个回眸。秦观一生所渴望的，也许是美人的一笑，也许是帝王的一纸诏书，这首诗写的究竟是不是单纯的儿女情长呢？这就留给读者们自行想象吧。

送王元龙①赴泗州粮料院

子猷②风味③最诸王，试吏④聊怀管库章。鹄峙⑤碧桐初振羽，珠遗沧海⑥渐腾光⑦。淮山暮眺千峰攫⑧，洛水秋输万鹢⑨翔。顾我行为大梁⑩役，一卮⑪薄酒话愁肠。

【注释】

①王元龙：王祐（yóu），当时正被派任前往泗州管粮库。

②子猷：王徽之，王羲之第五子，生性放诞不羁，凡事随性而为。此处以王徽之比王祐。

③风味：风度、风采。

④试吏：出任官吏。

⑤鹄（hú）峙：鹄，天鹅。鹄峙，直立貌。

⑥珠遗沧海：语出《新唐书·狄仁杰传》。当狄仁杰被诬陷而黜陟时，有吏异其才，对之曰："仲尼称观过知仁，君可谓沧海遗珠矣。"此句暗指王游此前曾因吕惠卿大兴党狱而获罪，如今终于沉冤昭雪。

⑦腾光：闪耀。

⑧擢：草木欣欣向荣。

⑨鹢（yì）：蜂鸟。

⑩大梁：汴京，在今河南省开封市。

⑪卮（zhī）：古代的一种酒器。

【译文】

王徽之是王氏家族中最具风采的人，当他出任官吏时所担任的职位是管理仓库。他鹤立鸡群独自在梧桐树振翅，有如珍珠即使是落在深海之中也能渐渐发光一般。黄昏时分在淮河一带远眺，千万的山峰草木欣欣向荣；秋天的时候立于洛水之畔，可以见到数以万计的蜂鸟将要飞翔。回过头来我竟然将要去汴京担任杂役了，于是只能举起一杯酒，对你发发牢骚。

【赏析】

元祐五年秋（1090），秦观得到范纯仁的推荐，自蔡州调至汴京，进入秘书省，职责将是负责校对书籍及公文。这首诗应写于秦观已接到调任命令、但尚未入京期间。不同于其他人能够从地方进到首都时往往展现的雀跃之情，早在数年前便曾入京却因为党争而黯然离京的秦观，对此所展现的态度却是极为消极的，认为自己进京只是去干着杂役在干的活而已。秦观会有这种感慨，自是因为自我的期许与朝廷给他的待遇条件有落差，同时他也早已对仕途感到不耐烦。如果说文学是苦闷的象征，那么秦观的文学便是在这样的基调下孕育出来的。虽然后世对他的诗评价一直不太高，但他的词正是在此一苦闷的时期渐趋成熟的。

秋夜病起怀端叔作诗寄之

寝瘵①当老秋②，入夜庭轩空。天光脆③如洗，月色清无缝。风飙戾戾④轻，露气⑤霏霏⑥重。檐花⑦伴徐步，笼烛⑧窥孤讽⑨。缅惟⑩情所亲，佳辰谁与共。夫子淮海英，材大难为用。秉心既绝俗，发语自惊众。麈尾⑪扣球琳⑫，笔端攒蛳蛛⑬。雄深⑭迫扬马⑮，妙丽⑯该⑰沈宋⑱。浮沉任朝野，鱼鸟⑲狎鲲凤。与时⑳真楚越㉑，于我实伯仲。尔来居邑邻，颇便书札贡。上凭鸿雁传，下托鲤鱼送。二物或愆时㉒，已辱移文㉓讼。人生无根柢，泛若凌波葑㉔。昧者㉕复汲汲㉖，晨暝趋一哄㉗。阴持含沙毒，射影期必中㉘。自匿嫫母㉙容，对客施锦幪㉚。溘然㉛一朝逝，万事俱成梦。形骸犹汝辞，利势犹君动。思之可太息，伤之为长恸。所以古达人，脱身事高纵㉜。我生尤不敏，胸腹常空洞。强颜入规模㉝，垂耳㉞受羁鞚㉟。行谋买竿梬㊱，名理就折衷㊲。但恐狂接舆㊳，烦君更嘲弄。

【注释】

①寝瘵（zhài）：卧疾。

②老秋：晚秋。

③脆：本意为爽利，此指秋高气爽。

④戾戾：风声轻疾貌。

⑤露气：水气。

⑥霏霏：凝重貌。

⑦檐花：靠近屋檐下边开的花。

⑧笼烛：灯笼。

⑨孤讽：独自咏讽。

⑩缅惟：怀想。

⑪麈（zhǔ）尾：拂尘，古人闲谈时用以驱虫、弹尘的器具。

⑫球琳：泛指美玉。

⑬蝃蝀（dì dōng）：彩虹，化用李商隐"我是梦中传彩笔"之典故，借指李之仪文笔之优美。

⑭雄深：雄浑深沉，宏大幽深。

⑮扬马：指汉代文学家扬雄、司马相如。

⑯妙丽：文辞清丽。

⑰该：广博包容。

⑱沈宋：指初唐诗人沈佺期、宋之问。

⑲鱼鸟：鱼和鸟，常泛指隐逸之景物。

⑳与时：追逐时机

㉑楚越：楚国和越国，喻相距遥远。

㉒愆时：误期、失时。

㉓移文：指行于不相统属的官署间的公文，亦泛指平行文书。

㉔蓉（fèng）：菰根，即茭白根，生于湖泽之上，故云"凌波蓉"。

㉕昧者：昏暗者。

㉖汲汲：心情急切貌，引申为急切追求。

㉗一哄：众声喧扰。

㉘含沙、射影：皆蜮之别名，相传蜮在水中含沙射人，一旦射中人影，中者辄病。此处指阴谋中伤他人者。

㉙嫫（mó）母：古代传说中之丑妇。

㉚锦幪（méng）：覆于马背的锦巾。

㉛溘（kè）然：忽然。

㉜高纵：恣意远游，或指高卓之行迹。

㉝规模：规制。

㉞垂耳：两耳下垂，形容驯服的样子。

㉟羁鞚（jī kòng）：原指马勒，引申为牵制束缚。

㊱竿枻（yì）：钓杆和船桨，喻将退隐。

㊲折衷：调和二者，取其中正无所偏颇。

㊳狂接舆：接舆，秦秋时期的楚国隐士，佯装狂人以避世。

【译文】

我在秋末时节卧病不起，到了晚上只见庭园一片空荡。此时的天空秋高气爽，月色也是那么清亮。微风轻轻地吹过，晚间的露水也渐渐凝结。靠近屋檐下房的花朵伴着我缓缓散步，灯笼里的蜡烛见到我独自一人吟诗。怀想我这辈子所亲近的人，现在谁能与我共同欣赏这么美好的风景呢？你是淮海一带的英杰，这个世界太小，容不下你的大才。你的心性远远高于这个俗世，你说出来的每句话都能语惊四座。你的拂尘带着美好的玉石，你的笔端总是能画出彩虹。你的文气沉雄接近扬雄和司马相如，你的文辞清丽，可以与沈佺期、宋之问比肩。你在朝野之间浮沉，正如小鱼小鸟侮弄鲲鹏一样。你的命运多舛，我们同病相怜。最近你退居乡野，我们通起信来应该比较方便了。我们的信札在天上可以托付给大雁传递，在下也可以请鲤鱼转交。虽然这样的送信方式比较慢，但却依然能够传递。我们的人生到处飘来飘去，就像是湖泽里的茭白根一样。心理阴暗的人却依然急急地追求，每天早晚在那里大声喧扰。他们暗中怀着鬼域一般的歹毒，总是希望能把人毒害。他们总是隐藏自己丑陋的面容，在人间蒙上锦缎织成的假面具。有一天他们忽然死了，生前汲汲营营的一切都有成了梦幻泡影。已经告别了这副臭板囊了，仍然奋力追寻利益与权力。每当想起这些事我都禁不住叹息，为他们的愚昧感到悲哀。因此，古代的高人，总是不使自己卷入世间的纷扰。但我此生也很愚蠢，脑袋空空什么都没想过。硬是逼着自己去受别人控制，像一匹马一样地驯服。现在我将要退隐了，在名和理之间寻求一条中庸之道。恐怕我为了避士将要装扮成疯子的样子，会引起你的一阵讪笑啊。

【赏析】

此诗作于元祐中后期（1090 左右），当时秦观在秘书省任职，蜀党与洛党之争愈演愈烈，御史贾易诋秦观不检之罪，黄庆基在弹劾苏轼时亦将秦观一并攻击。作者身处政治风暴的中心，对此感到极为不满及无奈，于是写了这首诗，寄给与其同病相怜的李之仪，借此抒发自己的胸臆。诗中夸赞李之仪大才，同时也暗喻自己一样是英杰，可惜心怀鬼蜮者暗中陷害，终于怀才不遇。从本诗的行文可以看出秦观满怀怨气，这股怨气可能又因身在病中而更加膨胀，因此诗中花了大段文字痛陈"昧者"的可悲之处。秦观之所以为秦观，正如前文所说的，他的情绪时时处于矛盾状态之中。于是在本诗末尾，先是说这些不过都只是一场梦，似乎于理可以不必在意，但又自恨自己"不敏"，竟然自投于功名利禄的罗网之中，受到万般拘束。在想明白这点之后，秦观说出了即将"买竿栈"，从此相忘于江湖的愿望，却又转念否定了自己准备佯狂避世的念头，继续生存在这名利场之中。秦观之所以有这样的纠结，或是由于生活所迫，亦或是由于心中经世济民的理想尚未完全绝望，但无论是由于什么原因，他此时的伤心和痛心都是无法消解的。

牵牛花

银汉初移漏欲残,步虚人①倚玉阑干。仙女染得天边碧,乞与②人间向晓③看。

【注释】

①步虚人:本指道士,今用之比喻牵牛花。

②乞与:给与。

③向晓:清晨、拂晓。

【译文】

当银河将要落下、更漏将要报晓之时,它正倚靠在洁白如玉的栏杆之上。当仙女将天空染上蔚蓝色的时候,它也绽放开来请人们在黎明时分观赏。

【赏析】

咏物诗的技术要求是文中不直接透露所咏者为何物,而是要作者利用一系列相近的意象描绘此物的种种特征,秦观对牵牛花的描写正是这样的。在文中,秦观将牵牛花比喻为一个修道者,当黑夜与黎明交错的时候,即是它绽放光彩的那一刻。因为没有其他旁证,我们没有办法知道秦观究竟是纯粹歌咏牵牛花,还是意有所指。但是"道不行乘桴海上",鲁壁藏经、静俟剥复,这也是中国传统文人的一种自我定位方式。当秦观看到牵牛花常于朝日升起之际绽放的现象时,是否心里也盼着大宋朝也有黎明驱走黑夜,好让自己能够一展长才的那一刻呢?

司马迁

分韵得壑字

子长①少不羁②，发轫③遍丘壑。晚遭李陵祸，愤悱④思远托。高辞振幽光⑤，直笔诛隐恶。驰骋数千载，贯穿百家作。至今青简⑥上，文彩炳金腛⑦。高才忽小疵，难用常情度。譬彼海运⑧鹏，岂复顾缯缴⑨。区区班叔皮⑩，未易议疏略⑪。

【注释】

①子长：司马迁（前145- 不可考），字子长，汉代史学家，因替投降匈奴的李陵辩护引起汉武帝的震怒，被处宫刑，此后发愤写作《史记》。

②不羁：才行高远，不可限量。

③发轫：发迹。此句谓司马迁二十出游，行遍天下，事见《太史公·自序》。

④愤悱：愤慨、怨恨。

⑤幽光：潜隐的光辉，常用以指人的品德。

⑥青简：本意指竹简，后代指史书。

⑦金腛（wò）：谓镂金涂青，引申指雕饰。

⑧海运：海动。典出《庄子·逍遥游》，指将有大风，大鹏可以乘风南飞。

⑨缯（zēng）缴：绢丝作成的弓弦。

⑩班叔皮：班彪，字叔皮，班固之父。班彪、班固尝批判司马迁疏略。

⑪疏略：粗疏简陋。

【译文】

太史公年少的时候便以才行高远闻名于世，二十岁便走遍了天下山川郡县。后来受到李陵的连累受了宫刑，满腔幽愤希望能找到地方表达。他用高妙的文辞展现出了自己的品德，秉笔直书揭露了历史上的罪恶。他的作品贯通上下数千年，他的思想也融会诸子百家。到了今天我们阅读史书的时候，仍然可以感受到他那华丽的文采。大才之人偶尔会有一些小毛病，这一点就不要计较了。就像是搏扶摇直上数千里的大鹏，根本不会在意世间小小的弓弦一般。至于那个妄图批判太史公的班彪，他连说司马迁粗疏简陋的资格都没有。

【赏析】

虽然这首诗表面上是在赞颂司马迁，但是读者在阅读的时候，恐怕会怀疑秦观其实是以司马迁自喻吧？观乎秦观仕宦前的人生，即他20余岁时，足迹曾经遍及华东各处，其年纪正与司马迁行遍天下时相若。至于"少不羁"一点，亦与秦观的自我期许可以相通。再如"李陵祸"、"班叔皮"，是不是像极了党争中的敌方，即秦观所谓的"昧者"呢？这么说来，秦观写作此诗，恐怕也有勉励自己该像司马迁一样忍辱负重、铸就传世经典的意味了。只是，我们都知道，虽然秦观的名字流传到今日，留下来的文字亦堪称经典，但是所流传者却都是伤心之言，由此足见其性情为人了。

与邓慎思沐于启圣①遇李端叔

赢兵瘦马犯黄尘②，自笑区区梦里身。不是对花能伏老③，自缘无酒可浇春。校书天禄④陪群彦，晞发⑤阳阿⑥遇故人。三百六旬如此少，更添香火坐逡巡⑦。

【注释】

①启圣：寺院名。

②黄尘：黄色的尘土，指尘世。

③伏老：承认年老。

④校书天禄：校书，校对文书，当时秦观任职于秘书省，此为其职责。天禄，借用《汉书·扬雄传》典故："时雄校书天禄阁。"用以自况。

⑤晞发：典出《九歌·少司命》。指将头发晒干，借指高洁脱俗的行为。

⑥阳阿：古代神话传说中的山名，《九歌·少司命》云："晞女发兮阳之阿。"

⑦逡巡：匆容、不慌不忙状。

【译文】

衰老的士兵和削瘦的老马在这个尘世里走着，在梦幻泡影中却还是这样的姿态真是令人发噱。我这么感慨并不是因为看到了新生的花朵而自愧自己已经年老，事实上我根本无力饮酒以游赏这个春天。我伴着许多博学之士校对政府文书等待提拔，闲暇之时想学屈原在阳阿山濯发却遇到了老朋友。一年三百六十日实在是太短了，于是我们点起香火坐在这里把握住这难得的当下。

【赏析】

这首诗是元祐六年至八年（1091—1093）秦观在京期间的某个春天，在休沐时与同僚前往洗浴，恰巧遇见老朋友李之仪时所写。进入京城工作虽云是升官，但秘书省的工作毕竟只是琐碎的杂活，志在四方的秦观对此自然不会满意；加上元祐党争的乌云仍然没有散去，进入京城后更容易为敌党盯上，所以此时的秦观过的可谓是如履薄冰的日子。独自身处在陌生、甚至可谓是充满敌意的城市里，自然很容易感到疲惫，开篇的羸兵、瘦马便是诗人些时的自我写照。在这样的情况下，忽然遇到故知，自是快意之事，于是他们便找了一个地方，点上香炉，互诉衷肠。虽然秦观和李之仪说了什么我们已不得而知，但是此时的秦观态度可能较之前稍微积极一点，毕竟自己还是升官进入京城了，而且在在传统中国的升官序列中，新入仕的士人在被授以大任之前，都要在馆阁中处理一阵子的文书工作——汉代的宿卫、宋代的秘书省、明清的翰林院皆然——所以秦观在项联中依然以扬雄、屈原自喻，认为只要自己尽到本分，总有出头的一日。所可惜的是，春天就这样过去了，自己的年纪已经不小了，于是在这样"痛并快乐着"的心境下，写下了这一首诗。

春日寓直有怀参寥

舢棱①金爵②自岧峣③，藏室④春深更寂寥。扪虱⑤幽花敧⑥露叶，岸巾⑦高柳转风条。文书几上须髯变，鞍马尘中岁月销。何日一筇⑧江海上，与君徐步看生潮。

【注释】

①舢棱（gū léng）：宫阙上转角处的瓦脊，借指京城。

②金爵：屋上所饰铜凤，亦借指京城。

③岧峣（tiáo yáo）：高峻貌。

④藏室：官中藏书和着书之处，此为秦观的办公处所。

⑤扪虱：捉虱子。典出《晋书·符坚载记》："……一面谈当世之事，扪虱而言，旁若无人。"形容任性放达、无拘无束。

⑥敧（qī）：倾斜。

⑦岸巾：掀起头巾，露出前额，形容态度洒脱或衣着简率不拘。

⑧筇（qióng）：手杖。

【译文】

京城宫阙的屋脊那么高大，这样更加显得秘书省的书库在晚春时节那么寂寥。我这时随意捉着虱子看着花叶间的露珠，还掀起头巾与柳条一同让春风吹拂。我做文书工作做到胡须都变白了，在宦海波涛中青春年华也都过去了。什么时候才能持着一根手杖回到海滨，与你一同散步、观赏浪花呢？

【赏析】

在文章结构上，本诗前二联极言秘书省工作的幽深与寂静，然后笔锋一转，点出自己就在这无人闻问的地方渐渐老去，再引出对故人的怀念，用词典雅、结构严谨。虽然秘书省看似是国家行政的中枢，但秦观的职责却只是每天用绳头小楷把其他人做出的决策抄录在各种工文书上，这样的工作既烦琐又无意义，使得诗人即使是捉捉虱子、看看露珠，都比埋首案牍来得有意义。这种怀才不遇、沉浮下僚的日子到底什么时候才能过去呢？没有人知道，眼前所见只有自己的须发尽白、脾肉横生，空有一肚子才气却又无法发挥。此情此景，不由得令诗人回想起自己入仕前那自由自在的时光以及当时一起漫游的好友。

次韵王仲至侍郎①

会李观察②池上③

螭④口清漪下玉栏，隔花时听鸟关关⑤。酒行寒食清明际，人在蓬壶阆苑⑥间。天近省闱⑦卿月⑧丽，春偏戚里⑨将星闲。忽思归去焚香坐，静取楞严⑩看八还⑪。

【注释】

①王仲至侍郎：王钦臣，字仲至，时任工部侍郎。

②李观察：李端悫，字守道，其父李遵勖为驸马，时任蔡州观察使。

③池上：李氏一族以国戚身份，为京城显贵，其在京居处中有大池，常延名士、官员至是处宴饮、赋诗。

④螭（chī）：古代传说中一种没有角的龙。古建筑或器物、工艺品上常用它的形状作装饰。

⑤关关：鸟鸣声。

⑥蓬壶阆（láng）苑：皆传说中的仙人居处。

⑦省闱：皇宫。

⑧卿月：月亮的美称，亦可代指百官。

⑨戚里：外戚之居地。宋制，外戚不能参政，故称"将星闲"。

⑩楞严：佛经名。

⑪八还：各种变化相，各还本所因处，共八种。

【译文】

从饰有龙形图案的出水口流出清澈的水，流到了白玉栏杆下面的池塘里，隔着池畔的花丛传来了阵阵的鸟鸣声。寒食、清明时节我们在这里喝酒，这里就好像是仙境一样。在靠近皇宫的地方望天，月亮显得更为美丽；在外戚所聚居的地方，有一个有才之人在此闲居。我突然想要辞官去到寺庙里边焚香静坐，在那里静静地读着《楞严经》以追寻我的本心。

【赏析】

驸马爷之子李端悫可能是在蔡州任职期间与秦观结识，当秦观进京后便邀请他前往住处宴饮。皇亲国戚的住所自是华丽异常，尤其是李家在当时更是费尽心力地营造他们的园林。秦观踏入这里，比起幽深的秘书省、狭小的居室，自有踏入仙境之感——权力中心附近的天空毕竟还是不一样的。秦观对此当是目眩神迷了，于是才赶紧起了要焚香静坐、读佛经的念头，以此将这颗浮动的心压下。

清明前一日李观察席上得风字

病躯寒食百无悰①，偶到平阳②旧第中。池籞③信为三辅④冠，杯盘真有五陵⑤风。美人赋韵分春色，上客挥毫夺化工⑥。白发渐于花柳薄，但怜流水碧相通。

【注释】

①悰（cóng）：欢乐。

②平阳：指平阳侯曹寿，其为汉武帝姐信阳公主之夫，与李端悫之父身份相同，因以此为喻。

③池籞（yù）：皇家园林。

④三辅：京师，即汴京。

⑤五陵：本指汉代皇帝之陵墓，因汉制陵墓建成后须迁富家豪族与外戚至其周边居住，故遂以五陵为豪门聚居之地。

⑥化工：造化之功，喻极为巧妙。

【译文】

这个寒食节我在病中渡过了，在郁闷之中我偶然到了驸马爷的府邸之中。这里的园林可以说是京城最好的，这里的宴席更是豪奢。席间有美人陪侍，我们在此吟诗作对；同时还有客人兴起，当众挥毫引

起众人的围观。但是当春花凋谢的时候我也渐渐见到了白发，这凋落的一切或许能够在流水中重逢吧？

【赏析】

这首诗是秦观到李端愿家中作客时所写。古时文人在宴席中往往喜欢吟诗作对，选定一个主题，每人抽签抽得一个韵字，由此成诗以助兴，在规定时间内作不出来或是众人不满意者难免要罚酒数杯。就是在这样的嬉游场合之中，秦观写下了这首诗歌咏这次聚会。然而，在前三联描绘此次雅集的由来及经过之后，秦观在尾联笔调一转，开始哀叹春天的流逝，同时也哀悼自己的命运。虽然这种"扫兴"的行为是否会为秦观招来罚酒今已不得而知，但是秦观在此欢快的场合中有这种感慨，说明当时席中应有其他人的心境与之近似，其中一位，应该就是宴会的主人李端愿了。宋制，外戚虽授与官职，但多半是虚衔，并且严禁参与实际政务。因此，虽然李遵勖、李端愿父子都是还颇有能力的人，却受制于身份，不能一展长才。在这样的情况之下，李氏父子是否也在感慨着光阴虚度呢？若然，尽管他们贵为华族，与秦观一富一贫恍如天壤，在心境上也"同是天涯沦落人"了。

春日五首

幅巾①投晓入西园，春动林塘物物鲜。却憩小庭缘日出，海棠花发麝香②眠。

一夕轻雷落万丝，霁光浮瓦碧差差③。有情芍药含春泪，无力蔷薇卧晓枝。

夹衣新着倦琴书，散策④池塘返照⑤初。翠碧黄鹂相续去，荇丝深处见游鱼。

春禽叶底引圆吭⑥，临罢黄庭⑦日正长。满院柳花寒食⑧后，旋钻新火
爇⑨炉香。

金屋⑩旧题烦乙子⑪，蜜脾⑫新采赖蜂臣。蜻蜓蛱蝶无情思，随例颠忙
过一春。

【注释】

①幅巾：古代男子以全幅细绢裹头的头巾。

②麝（shè）香：此处指麝。哺乳动物，外形像鹿而小，无角，前腿
短，后腿长，善于跳跃，尾巴短，毛黑褐色或灰褐色。雄麝的犬齿很发
达，肚脐和生殖器之间有腺囊，能分泌麝香。也叫香獐子。

③差差（chà chà）：参差不齐貌。

④散策：拄杖散步。

⑤返照：夕阳、落日。

⑥圆吭：圆润之歌喉，此处指鸟鸣声。

⑦黄庭：即《黄庭经》，道家典籍之一，王羲之有《黄庭经帖》，为著
名之法帖。

⑧寒食：即寒食节。在清明前一日，旧俗此日禁火，故有后文"新
火"（即重新生火）之说。

⑨爇（ruò）：点燃。

⑩金屋：华美之屋。

⑪乙子：旧时图书分类名称，史书。

⑫蜜脾：有蜂蜜的蜂窝。

【译文】

我在拂晓时戴上头巾走入西园，春天到来使得林木和池塘中的一切生
命都变得鲜活起来。退回门廊稍稍小憩一下后终于迎来了日出，这时海棠
花开始绽放，獐子仍然舒服地酣睡着。

昨晚的轻雷带着万丝细雨，使得屋瓦在今早的晨光中显得更加明亮。芍药花仿佛有情人一样带着泪水似的雨滴，蔷薇则慵懒地倒卧在枝丫之上。

穿着新做的夹衣弹了一阵琴、读了几卷书，拄着手杖到池塘边欣赏夕阳。翠碧鸟和黄鹂鸟都相继归巢了，池塘水草的细缝间却依然能够见到游来游去的鱼儿。

春天的鸟儿在花叶底下唱着歌，我临罢《黄庭经》时，太阳还没有落下。寒食节过了满院子飞扬着柳絮，我点燃了香炉闻着炉香欣赏这一切。

华美的房屋中堆满了史部的书籍，蜂窝要维系运作也必须依靠采蜜的工蜂。蜻蜓和蝴蝶什么也没想，只是日复一日地干着一样的事，耗尽了春日时光。

【赏析】

关于此诗创作的时间，各家有不同的说法。在安徽大学中文系周义敢、周雷合编的《秦观集编年校注》中，二人认为这一组诗"作于汝州"，但并没有叙明原因。上海社科院文学研究所的徐培均则认为此诗应作于元

丰五年（1082）秦观第二次赴京应举之时，其论据为第一首诗中的"西园"位于汴京，而秦观曾有一首内容近似的诗（《辇下春晴》步参寥韵）转给孙觉阅看，孙觉卒于元祐五年（1090），在此之前，秦观只有此时在京，故由此推断。然而，编者对本文有不同的看法。诗的内容近似不足以说明两首诗作于同时，有可能是在不同时期见到的景色极为类似，亦有可能是因为一些原因作者决定将旧作持出修改，因此，这一点不足为凭。编者认为在第五首诗中提到了"烦乙子"，即作者此时在京正从事修纂史部书籍的活动，如果只是应举断无进入史馆工作的资格，是以此诗只能写于作者在京任职秘书郎的元祐六年至八年（1091—1093）期间。前面已经说过，秦观在京任职期间心情是极为郁闷的，但一个人不可能整天除了哀声叹气什么也不干，于是在一个美好的春日，秦观来到金明池畔的西园春游。这一组诗的前四首，秦观极力描摹了他所看到的景色，他本人在这样的美景之中亦弹琴、读书、写字，极其悠然自得。然而，当长日将尽，秦观不得不回到现实世界，于是他想到在秘书省的职位虽云机要，也知道这是政府运转中不可或缺的一个部门，但毕竟只是帮决策者做文书工作，无法尽展自己的长才，于是心情又转而消沉，将自己比喻为蜜蜂、蜻蜓及蝴蝶，只是庸庸碌碌地干着机械性的工作，白白耽误了大好年华。这样的感慨，相信读者们一定都不陌生。

闻雁怀邵仲恭①

楚泽吴天去未迟，烦君且傍蒜山②飞。白袍③居士如相问，为说缁尘④欲满衣。

【注释】

①邵仲恭：即邵龠虎，生卒年不详，时为苏州知州。

②蒜山：在今江苏省镇江市丹徒区。

③白袍：唐制，未仕官者着白袍。此处代指未入仕者。

④缁（zī）尘：黑色尘土，本句用陆机《为顾彦先赠妇》之典："京洛多风尘，素衣化为缁。"

【译文】

雁啊！你现在飞往吴楚之地还不会太迟，我想麻烦你飞到蒜山山下看一看。那里的人如果问你是不是一个穿着白衣的人托你来的，你就和他说那个白衣人的衣服现在已经被汴京的沙尘给染黑了。

【赏析】

虽然这首小诗题目是想念现在苏州任官的邵龠虔，但邵龠虔只出现于标题而已，他的作用在于引出秦观魂牵梦萦的江南故乡，以及当年入仕之前的白璧无瑕之身。人在官场，很难依循本心做事。秦观大约是在作此诗前不久说了什么违心的话或是做了什么违心的事，所以才有自己的素衣已被汴京的沙尘染黑的感慨。大雁当然不可能将这番心思转告邵龠虔，正如诗人被世俗污染之身再也不可能回到一尘未染的情况一般。人生于世，凡是已经失去的，往往都再也回不来了。

次韵蒋颖叔①南郊祭告上清储祥宫②

特起③朝阳内，祠宫极邃清④。高窗窥玉女，巨阆⑤守昌明。盛掩秦诸畤⑥，雄逾汉两京。垣⑦横天上紫，洲露海中瀛⑧。黄帝初龙跃⑨，中原罢虎争。樵夫亦谈道，行旅不持兵。此地修禳禬⑩，于时保利亨⑪。柏梁灾⑫未几⑬，陈宝⑭诏重营。御帤⑮金缯⑯出，慈闱服玩并⑰。标题动宸翰⑱，撰次⑲属鸿生⑳。玉刻黄冠印㉑，金书秘殿名。妙经㉒藏洞观，真箓㉓佩威盟㉔。仙溜花间静，琼枝槛外荣。肇禋㉕承帝祉㉖，肆眚㉗顺民情。天施宁论报，风行不计程。近传闻磬管㉘，时或见旍旌㉙。海岳朝双阙㉚，星辰集上楹。礼如尊太一㉛，事异宠文成。大以圆丘㉜报，长于至日㉝迎。侍臣来祭告，法驾㉞欲时行。厘事㉟通元气，高真㊱达孝诚。庆增黄帝系㊲，寿续太阴精㊳。西北夷门㊴峻，东南辇路㊵倾。云行博山气，风卷步虚声㊶。符贶㊷方期应，英髦㊸各汇征㊹。讴歌兴法从㊺，可见泰阶㊻平。

【注释】

①蒋颖叔：蒋之奇，时任户部侍郎。

②上清储祥宫：道教宫庙，在朝阳门内，为宋代皇家所建。

③特起：耸立。

④邃清：肃穆清静。

⑤阆（niè）：古代门中央所竖之短木。

⑥畤（zhì）：古代祭天地、五帝之处，此制发明于秦代，故称秦畤。

⑦垣：星位，此处谓上清储祥宫之星野为紫微垣。据《宋史·天文志》记载："北极五星在紫微宫中，北辰最尊者也。"喻此宫在国家祭祀中的地位。

⑧海中瀛：海上仙山瀛洲。

⑨龙跃：喻帝王之兴起。此与下句意指宋朝兴起，结束五代中国之战乱。

⑩禳禬（ráng guì）：为消灾除病而祭祀。

⑪利亨：《易经·干卦》中"元亨利贞"之简称。

⑫柏梁灾：柏梁台曾于汉武帝太初元年毁于火灾，上清宫亦曾于庆历三年（1043）毁于火灾，故以此借喻。

⑬未几：不久。

⑭陈宝：陈列宝物。

⑮御帑（tǎng）：皇家的私产。

⑯金缯（zēng）：黄金和丝织品，泛指金银财物。

⑰慈闱服玩并：慈闱，太后，此处指高太后。据苏轼《上清储祥官碑》云："高太后勒禁中供奉之物务从节约，斥卖珠玉以巨万计，凡所谓以天下养者，悉归之储祥，而官乃成"。

⑱宸翰：皇帝之翰墨。

⑲撰次：记述。

⑳鸿生：博学之士，此处指苏轼受命撰写重建碑文。

㉑黄冠印：道官之印玺。

㉒妙经：道教之经典。

㉓真箓：道家之符箓图诀。

㉔盟：在神前的誓约。

㉕肇禋（zhào yīn）：开始祭祀。

㉖帝祉：上天或皇帝的福祐。

㉗肆眚（shěng）：宽赦罪人。

㉘磬管：两种古代乐器，前者敲击，后者吹奏。

㉙旌旄：古代祭祀时执以导神之物。

㉚双阙：古代宫殿、祠庙前两边高台上的楼观，借指首都。

㉛太一：神明，在道家系统中，指的是宇宙万物的本原。

㉜圆丘：即圜丘，古时祭天的圆形高坛。

㉝至日：即冬至。

㉞法驾：天子的乘舆。

㉟厘事：祭祀之事。

㊱高真：道教对仙人的尊称。

㊲黄帝系：黄帝之谱系，言宋代皇室系自黄帝以降之所传承。

㊳太阴精：月亮。

㊴夷门：开封的别称。

㊵辇路：天子车驾所经过的道路。

㊶步虚声：道士唱经礼赞的声音。

㊷符贶（kuàng）：祥瑞。

㊸英髦：英才、贤士。

㊹汇征：进用贤者。

㊺法从：追随皇帝左右。

㊻泰阶：朝廷。

【译文】

　　在朝阳门内高高耸立的这座祠宫，环境是多么肃穆清静。它的窗户在这么高的地方，在这里能够看到仙女；它的大门中所竖立的那根木头是多么高大，能够牢牢地守卫住这个盛世。这座祠宫的华丽远远超过秦代的祭坛，它的雄壮也大大地凌驾于汉代的洛阳和长安。如果它是天上的星辰，那它一定是紫微星；如果它是海上的岛屿，那就一定是蓬洲岛。当先皇龙兴之时，中原的争斗便被止息了。樵夫们也能坐而论道，出远门也不须携带防身用具。这座祠宫是我们要为了消灾解厄而建造的，它确实保祐了国泰民安。虽然中间一度发生火灾，但是皇上不久便下诏重建。从皇室的库房中拿出了大量的金钱，太后也节省自己的开支以资助这项工程。大门的匾额是皇上的御笔，记载兴建始末的石碑也是由饱学之士所写的。用玉石刻了道长的印信，用金漆刻上了内殿的名字。道家的经典在这里得到保存，道士的符箓在这里也得到了神明的祝福。宫中花圃的流水在静静地流动，树上盛开的花朵则在墙上绽放着。我们遵循圣意开始祭祀，大赦天下是顺应人民的好事。上天的恩惠是不要求报答的，宣明圣教也不受距离的限制。这里传出了演奏磬管的声音，有时也可以见到引导神明的彩旗在空中飞舞。四海之人都朝着皇宫下拜，天上的星辰也都聚集到祠宫的上方。我们行的礼有如尊奉太一一般郑重，朝廷对主持祭祀者的礼遇也是前古无人的。在大大的圜丘上，迎来了冬至的祀典。负责司仪的臣子来此祭告上苍，说皇帝马上就要过来了。这样的祭祀沟通了天地人，仙人也了解了我们的皇上是至孝至诚的明君。让我们皇族的世系能够享有福报吧，让我们的皇上能够和月亮一样长寿吧。汴京城西北边的城门是那么高耸，皇帝一行的车驾向着地势较低的东南边开去。沿路博山炉的香烟有如云一样缭绕，风中带来的也都是道士们的念经声。这足以反应天子德政的祥瑞如期出现了，天下的英才也纷纷进入朝廷。让我唱一首歌来祝福皇帝吧，天下太平的日子就要到来了。

【赏析】

这首诗是秦观著作中少见的"主旋律"之作。虽然从秦观的诗作可以发现他对于他的仕途及当时官场的现状并不满意，但是他所不满意的毕竟只是官员们的作风，对于大宋朝廷仍然是忠心耿耿的——退一万步言之，即使他对朝廷也不抱什么希望了，当时他却依然身处朝中，应有的礼节还是必须要"行礼如仪"，这或许就是这首诗的来由。作者诗中对皇家极尽吹捧的能事，顺带褒奖了与作者相当接近的苏轼，虽然诗格其实并不甚高，但是我们一方面可以借由这首诗从中看出当时汴京城内王侯公卿们乃至整个帝制时代的文人们的生活状态，另一方面也可以看到秦观"人在江湖中"的应酬情况。是以这里选录此诗，借此展现秦观在人前所不得不展现出来的面貌。

辩才①法师尝以诗见寄继闻示寂②追次其韵

遥闻只履③去翛然④，诗翰⑤缄收数月前。江海尽头人灭度⑥，乱山深处塔⑦孤圆。忆登夜阁⑧天连雁，同看秋崖月破烟。尚有众生未成佛，肯超欲界⑨入诸禅。

【注释】

①辩才：北宋名僧，与苏轼、秦观、参寥等人皆有来往。

②示寂：即圆寂，僧人死去之代称。辩才死于元祐六年九月（1091）。

③只履：据《五灯会元·东土祖师·初祖菩提达摩祖师》载，达摩死后，其弟子在葱岭见到达摩"携只履，翩翩独逝。云问：'师何往？'祖曰：'西天去！'"后以"只履"为僧人送行或追悼亡僧之典。

④翛（xiāo）然：超脱貌。

⑤诗翰：诗文手稿。

⑥灭度：灭烦恼，度苦海，涅槃的意译。亦指僧人死亡。

⑦塔：保存亡僧遗骨之塔。

⑧阁：指杭州龙井之照阁，辩才法师生前居处。

⑨欲界：佛教语，三界之一，在色界之下，包括六欲天、人间和地狱等，以色、食两欲炽盛而得名。

【译文】

我在远处听说你已经回到西天极乐世界了，不由得想起几个月之前才刚收到你寄来的诗稿。你消失在江海的尽头，只留下深山里的一座舍利塔。回想起当年我到你那拜访时正是满天的大雁，我们一起看着悬崖上的月亮自暮云中升起。你还没尽到你接引众生成佛的任务，怎么就自己离开这个世界回到佛祖那里了呢？

【赏析】

身处异乡，接到老朋友来信，当是欣喜无比的吧？拆开信封，所见到的却是老友过世的消息，心情仿佛由天堂落入地狱，应是没有几个人能够忍受的吧？未能见到最后一面，只能听说老友埋骨深山老林之中，自己恐怕一辈子也不能前去祭奠，想到这里，恐怕诗人已经潸然泪下了。回忆起当年种种，恍若昨日，虽然没有同年同月同日死的誓约，但是总是开导自己的老友，却在自己情绪十分低落想找

人诉苦的时候先自己而去,这样的悲伤又能如何排解呢?秦观当亦自知自己一生为情所困,没有脱离欲界、上升到无色界的可能,于是只能祝愿老友早登极乐,自己继续作为众生之一,日后在某个香炉里插上三柱香,祈求已经成佛的老友能够听到自己的声音了。

西城宴集

元祐七年三月上巳日①,诏赐馆阁官②花酒。以中浣日③游金明池、琼林苑,又会于国夫人园会者二十有六人。

春溜④泱泱⑤初满池,晨光欲转万年枝⑥。楼台四望烟云合,帘幕千家锦绣垂。风过忽闻花外笑,日长时奏水中嬉。太平谁谓全无象⑦,寓在群仙把酒时。

宜秋门外喜参寻⑧,豪竹哀丝⑨发妙音。金爵⑩日边栖壮丽,彩虹⑪天际卧清深。已烦逸少书陈迹⑫,更属相如赋上林⑬。犹恨真人⑭足官府,不如鱼鸟自飞沉。

【注释】

①上巳日:三月初三日。

②馆阁官:掌理图书经籍及编修国史等事的官员。

③中浣日:古时官吏每月中旬的休沐日。

④春溜:春水。

⑤泱泱:水深广貌。

⑥万年枝:冬青树。

⑦无象:没有具体形迹。

⑧参寻:寻访。

⑨豪竹哀丝:即丝竹、管弦的声音。

⑩金爵：金制酒器。

⑪彩虹：指金明池中之仙桥。

⑫逸少书陈迹：王羲之，字逸少，书陈迹指其所写的《兰亭集序》。

⑬相如赋上林：司马相如及其《上林赋》。

⑭真人：有才德之人。

【译文】

春雨初下、金明池的水位涨起，冬青树上闪耀着旭日的光辉。我们登上高楼，见到四周都是云雾，云雾下的寻常百姓家也纷纷挂起了锦织成的门帘。一阵风吹过，传来了花丛深处的笑语，日照变长了，在水中嬉戏的禽鸟也时常能见到了。谁说太平盛世只是一句空言呢？朝中的贤臣们把酒言欢便是最佳的写照。

我喜欢在汴京东门外寻访胜景，听着丝竹管弦发出美妙的声音。金色的酒杯在太阳下更显壮丽，远在天边的彩虹桥看上去若有若无。在这样的场合里须有王羲之挥毫，并请司马相如作赋一首以为纪念。但即使是这么美好的场景，我依然自恨没办法像鱼和鸟那样自由自在地飞翔或游水。

【赏析】

这首诗写于秦观与馆阁同僚共同前往汴京西门（宜秋门）外的金明池、琼林苑游览之时。虽然当时的情况现已不得而知，但是想来在游览之余，亦应有宴饮及吟诗的活动，故秦观在诗下有自注，谓"次某某人韵"云云。新春和同事出游本应是快乐的事，是以秦观最初的笔调亦是轻快无比的，一面描写了此地风景之美，另一面亦以群贤得以在此宴饮作为表征盛赞当时的天下太平。然而，第二首诗的前三联仍然是欢快的笔调，到了最后一联却忽然笔锋一转，感觉到这样的生活虽然太平，但是仍然"恨"此身"不如鱼鸟自飞沉"，形成强烈的反差。这样的反差，展现了京城生活再快意，也无法让秦观有如死灰一般的心得到温暖，从而更加衬托出秦观的悲伤。自然，处在机关之中，人往往事事难得自由，很多自己想做的事都没办法做，还常常必须要说一些上级喜欢、但违反自己真实想法的话。有的人渐渐习惯言不由衷了，但秦观毕竟是个感情比较强烈的人，他没办法彻底麻痹自己，所以在这种看似同僚集会的活动场合之中，竟然还是说出了这样的话。

四绝

阴风一夜搅青冥①，风定霏霏②霰雪零。遥想玉真③清境上，白虚光里诵黄庭④。

夜深楼上拨书眠，天在栏干四角边。风拂乱云毫发尽，独留璧月向人圆。

天风吹月入栏干，乌鹊⑤无声子夜阑。织女明星来枕上，了知⑥身不在人间。

本是匡山⑦种杏人⑧，出山来事碧虚君⑨。上清欲问因何事，请看仙山十丈文⑩。

【注释】

①青冥：青天。

②霏霏：雨雪茂盛貌。

③玉真：仙人。

④黄庭：《黄庭经》，借指道教经典。

⑤乌鹊：特指神话中七夕时为牛郎、织女造桥使能相会的喜鹊。

⑥了知：领悟。

⑦匡山：传说中的仙山。

⑧种杏人：指董奉，传说为三国时期吴国人，为人治病从不取钱，重

病得愈者使栽杏五株，轻者一株。

⑨碧虚君：本名陈景元，字太初，道号碧虚子，北宋高道，当时在汴京任道官，公卿百官从游者甚众。此处意指为协助陈景元接引世人而下凡服务。

⑩十丈文：镌于山崖之高达十丈之文字。部分版本作"十赉文"，意指在道教中用于修炼的十种事物。

【译文】

一夜寒风搅乱了青天，风停后飘起了大雪。这时我想起了天上的仙人，他大概也在这样的景色里诵着《黄庭经》吧。

深夜我在高楼里看书看得睡着了，那时天空仿佛就在栏杆边上触手可得。风吹过后天上的云都散尽了，只留下一轮明月映照着我。

高楼的风将月色吹入屋中，这时已是喜鹊都归巢的深夜了。我忽然见到织女星正在床上陪伴着我，于是我知道我此时不在人间。

我本来是仙山中的一个仙人，现在下山来协助碧虚君接引凡人。玉皇大帝如果要问我这是为什么，请看看仙山上所铭刻的关于修炼的文字吧。

【赏析】

如果说秦观在汴京有什么快意的事情，大概就是得到了一位红颜知己了吧。据张邦基《墨庄漫录》记载："秦少游侍儿朝华，姓边氏，京师人。元佑癸酉（1093）纳之，尝为诗曰：'天风吹月入栏干，乌鹊无声子夜阑。织女明星来枕上，了知身不在人间。'时朝华年十九……"因此，这组游仙诗很可能并非真的是游仙的体验，而是描述秦观在得到朝华之后的美好生活。在险诡的官场中，秦观找到一个可以赏景、读书的地方，身边还有一位红颜知己相伴，这简直就是仙境了。但是，秦观并不是一个能放下一切遂其所愿的人，前三首诗中极言乐事，却在倒数第二首诗末尾发现自己不在人间，于是有了最后一首诗回到人间场景，因为自己还有任务。这个秦观所放不下的任务，究竟是儒家士大夫精神的经世济民之愿，或是因为现实所迫而不得不浮沉宦海，今已不得而知。但正是因为这个放不下的任务，使得秦观与朝华最终不得不分离。据前引《墨庄漫录》，当秦观被贬到南方之初，本拟将她遣散，但她表示愿意跟秦观到外地。之后，秦观再被贬黜，即将前往当时一片蛮荒的岭南地区时，为了不忍让她到此"瘴疠之地"受苦，在秦观的极力坚持下，两人方才分手。之后我们在阅读秦观词的时候，可以发现此事给秦观的精神带来了极大的痛苦，后来秦观英年早逝，这段情伤应该起到一定的作用。

送陈太初①道录②

先生簪绂③后，世系本绵瓜④。驻马生枯骨⑤，回车济病蛇⑥。带云眠酒市，和月醉渔家。落日千山路，西风一枕霞。几年流俗笑，一旦五侯⑦夸。棋惜春深日，琴憎雨后蛙。背因书字⑧曲，发为注经华⑨。地转东淮水，天回北斗车。新宫黄道近，旧隐白云退。顾我身多累，逢君意漫夸⑩。空提方士剑，未上客星槎⑪。何日同归去，重飞九转砂⑫?

【注释】

①陈太初：即碧虚子陈景元，见前诗《四绝》注⑨。

②道录：即真箓，道家之符箓图诀。

③簪绂（zān fú）：簪，冠簪。绂，丝制之缨带。意指显贵的身份。

④绵瓜：喻家族繁盛。

⑤生枯骨：使死者复活。

⑥济病蛇：救活受伤之蛇。

⑦五侯：泛指权贵之家。

⑧书字：文字。

⑨注经华：意指陈景元注《道德经》、《南华经》的事业。

⑩谩夸：空自夸赞、虚夸。

⑪星槎（chá）：乘筏登天。

⑫九转砂：即九转金丹。

【译文】

在您成名之后，您的家族也得到福祐了。您有起死回生的本事，也有悬壶济世的仁心。您带着云彩在酒市中酣眠，又和着月色在渔家中大醉。在黄昏的山路上，一阵西风带着您到彩霞上坐卧。虽然之前世人原本看不起您，但是一朝王侯显贵都开始敬奉您。在春雨过后，我们曾经一起下棋、弹琴。谈论间所得到的体会，您立即将它写成著作了。江水东流，斗杓北指，时间匆匆地过去了。您在黄道上建起了新的宫庙，过去的茅庐已经远在白云深处之中。可惜我身上担负的俗务太多了，配不上您对我的称赞。我空有学道之心，却未能走进修仙之门。还要等到什么时候，我才能与您一同归隐、一同炼丹呢？

【赏析】

碧虚子陈景元为北宋一代高道，自身亦在京城担任国家祭祀官，后因厌倦世俗生活，辞官归隐于庐山。本诗花了大量的篇幅表达陈景元道行之高深，这种颂扬式的诗文，诗格一般不会太高，但秦观以其生花之笔，将云、月、日、风这些高悬青空之上的意象与道士的行动相结合，如果不看诗题，读者可能会以为诗人所描写的是一位神话中的仙人，而不是一个实际生存于尘土的凡人。对于这样已经迹近仙道的修行者，年轻时便已向往修仙生活的秦观，在入京之后必然不会放过结识陈景元的机会。从这首诗可看出，两人的相处极为融洽，陈景元甚至曾经夸赞秦观有修仙的潜质。然而，事实上秦观心中放不下的事物太多了，因而也未能真的辞官随陈景元回庐山修炼，于是只能在陈景元将要离京之时，献上这首诗作为纪念，同时也是对自己曾经有的一个理想的祭奠。

元日立春三绝

此度春非草草①回，美人休着剪刀催。直须残腊十分尽，始共新年一并来。

发春②献岁③偶然同，新历④观天最有功。头上两般幡胜⑤影，一时飞入酒杯中。

摄提⑥东直斗杓⑦寒，骤觉中原气象宽。天为两宫同号令，不教春岁各开端。

【注释】

①草草：匆忙仓促的样子。

②发春：春气发动，谓春天万物发生。

③献岁：进入新的一年，岁首正月。

④新历：新订的历法。

⑤幡胜：用金银箔罗彩制成，为欢庆春日来临，用作装饰或馈赠之物。

⑥摄提：即摄提格。典出《离骚》："摄提贞于孟陬兮，惟庚寅吾以降。"王逸注："太岁在寅曰摄提格。"

⑦斗杓（biāo）：北斗七星之斗柄部分。

【译文】

今年的春天这么早就回来了，用不着美人裁剪迎春的饰品催促它。只要冬天的严寒都消尽了，新年就伴随着春天一同到来。

立春与大年初一偶然发生在同一天，这是新订的历法的功劳。我的头上插满了欢庆春日的饰品，一不小心就掉到酒杯中了。

摄提格与北斗七星的斗杓已然东指，忽然觉得中原一带的景象变得开阔了。上天期许太后和皇上能够和衷共济，所以才不使立春和新年分处于不同的日子。

【赏析】

又是新年，尽管在汴京的生活未必令人满意，但是在这个喜庆的日子里，秦观或许和苏轼、王钦臣等人一同庆祝，故而留下了这组笔调欢快的小诗。此诗作于元祐八年（1093），当时宋哲宗尚未亲政，大政率皆操于高太后之手，因此有诗中"两宫同号令"之说。此时秦观这么写，究系单纯是为了皇城之内的和气，或是另有政治隐喻呢？我们自不晓得实情。从历史的后见之明来看，高太后是偏向旧党的，虽然旧党又有洛蜀之分，但是至少对于属于蜀党的苏轼等人并未痛下杀手；后来，高太后去世、哲宗亲政之后，决定恢复新法，尽排旧党，苏门中人纷纷屡遭横祸。也许，当时已快要成年的哲宗皇帝亲近新党、疏远旧党的态度已经表现得很明显了，他与高太后间的冲突臣子们可能也有所风闻，所以一向远离朝廷的秦观在此无关痛痒之处忽然来了这带有"主旋律"色彩的一句，此时的秦观，可能已经预见绍圣以后将要发生的种种事情了。

送蒋颖叔①帅熙河②二首

侍臣不合出都门，为有威名蕃汉尊。户部左曹③回妙手，匈奴④右臂落清罇⑤。挥毫珠璧生谈笑，转盼龙鸾⑥在梦魂。瀚海一空何足道，归来黄阁⑦坐调元⑧。

天马葡萄隔玉门，汉廷谁更勇如尊？行台⑨晓日屯千骑，祖道⑩春风属一樽。莫许留犁⑪轻结好，便令瓯脱⑫复游魂。要须尽取熙河地，打鼓凉州⑬看上元。

【注释】

①蒋颖叔：蒋之奇，字颖叔，此时初被派任为熙州太守。

②熙河：此指熙州临洮郡，在今甘肃省定西市，是宋、夏边界。

③户部左曹：指户部内曹司，蒋之奇原本的官职。

④匈奴：代指西夏。

⑤清罇：酒杯。

⑥龙鸾：龙与凤，借喻贤士。

⑦黄阁：汉代丞相、太尉和汉以后的三公官署避用朱门，厅门涂黄色，以区别于天子。此处借指宰相。

⑧调元：谓调和阴阳，执掌大政，多用以指为宰相。

⑨行台：地方大吏的官署与居住之所。

⑩祖道：古代为出行者祭祀路神并饮宴送行。

⑪犁：古时匈奴人使用的饭匕。

⑫瓯脱：土室，匈奴的居室。

⑬凉州：地名，当时为西夏领土。

【译文】

廷臣本来不应该随意离开国都，因为你的威名足以令四夷生畏，所以派你前去。你在担任户部侍郎时的政绩有目共睹，相信你在杯酒之间便能断去西夏的左膀右臂。你在那里大笔一挥，谈笑间写就了光辉的诗篇，这时你也许会想念皇上和太后。但暂时的分别又算得了什么呢？等你回来后你就要升任宰相了。

玉门关外的汗血宝马和葡萄，在汉代的朝廷中有谁能像你一样勇于去征服的？你的行营已扎驻了千余骑兵，现在我在这里敬你一杯酒以为送别。去了那里之后别轻易言和，这样会给敌人喘息后再犯的机会。希望你能够将熙河一带的失地攻取回来，我们好一起在西夏人的地界上庆祝元宵。

【赏析】

元丰五年（1082），永乐城之战，宋军大败，宋神宗抑郁而终。哲宗继位初年，高太后重新启用旧党，甫回京城的司马光提议将兰州、米脂等地割给西夏以换取宋夏之间的和平，当时的秦观曾经有诗云"西羌沙卤地，置戍或烦汉。鸡肋不足云，阿瞒思妙算。"这表明当时的秦观是支持司马光的提案的。时过境迁，到了此时的元佑八年（1093），当朝廷以新党吕惠卿为主帅发动新一轮的宋夏战争时，秦观写了这一首诗给即将负责熙河防务的蒋之奇，诗中对西夏的态度极为强硬，不但不云言和，甚至颇有欲将之斩草除根而后快的意思。其态度为何有如此之大的转变，恐怕只有秦观本人知晓了。

次韵出省马上有怀蒋颖叔

新淬鱼肠①玉似泥，将军唾手取河西。偏裨②万户③封龙额④，部曲⑤千金赐衮蹄⑥。

制诏行闻降紫泥⑦，簪花⑧且醉玉东西。羌人谁谓多筹策？止有黔驴技一蹄。

【注释】

①鱼肠：古宝剑名。

②偏裨：偏将、副将。

③万户：指封给万户作为食邑。

④龙额：龙额侯的简称，秦代爵位名。

⑤部曲：古代军队编制单位。大将军营五部，校尉一人；部有曲，曲有军候一人。

⑥衮蹄：借指金银。

⑦紫泥：古人以泥封书信，泥上盖印。皇帝诏书用紫泥。

⑧簪花：典出《宋史·礼志》："朝中有喜庆，百官簪花祝贺。"

【译文】

新铸就的鱼肠宝剑削玉如泥，将军手持此剑，河西之地唾手可得。战后副将将能封爵并享万户食邑，部曲们跟着将军也能获赏千金。

圣旨颁下来了，将军在祝捷宴上醉得东倒西歪。谁说西边的蛮族诡计多端呢？他们早已黔驴技穷了。

【赏析】

这首诗与前一首作于同时，唯此为时任户部尚书的钱勰首唱，秦观只是奉和而已。钱勰原诗云："春雪京城一尺泥，并鞍还忆蒋征西。碧幢红

旆出关去，一路东风送马蹄。""不论埃壒与涂泥，封印还家日已西。岂比元戎碧油下，貔貅绕帐马千蹄。"两相对照，可以发现比起和朋友分别，秦观更重视的是要彻底打倒西夏——这究竟是政见不同或是秦观与蒋之奇本无深的交情，只是做做应景文章，现已不得而知。蒋之奇负责防守的熙州是通往兰州的交通咽喉之地，极为险要。这场战争历时7年，以宋军大胜告终，宋夏边界推至横山一带，距离

灭夏只有一步之遥，致使西夏派遣使节于元符二年（1099）入汴请罪，宋夏之间才又恢复了短暂的和平。也许，秦观态度的转变，在于当司马光有此提议时，宋朝因为永乐城新败而实力受损，在经过近十年的休养生息之后，敌我实力已经有所消长，所以此时才主张"宜将剩勇追穷寇"，亦未可知。再后来，在宋徽宗政和年间，宋军攻陷横山，虽然距离灭夏只有一步之遥，但却因为宋辽战争、宋金战争相继爆发，西夏的国祚终于保存直到二百余年之后为蒙古人所并吞为止。

春日偶题呈上尚书①丈丈②

三年京国③鬓如丝，又见新花发故枝。日典春衣非为酒④，家贫食粥已多时。

【注释】

①尚书：钱勰，字穆父，时任户部尚书。

②丈丈：对长者的尊称。

③京国：国都。

④本句倒用杜甫《曲江》诗："朝回日日典春衣，每日江头尽醉归。"

【译文】

在首都待了三年我的头发都已经白了，现在又到了一年枯枝上发出新芽的季节。我将春衣典当并不是为了像杜甫一样买酒赏春，而是因为家境贫困，都快揭不开锅了。

【赏析】

在和户部尚书钱勰送蒋之奇出征的诗写完没多久，秦观将这一首《春日偶题呈上尚书丈丈》呈给钱勰。秦观此时已在京任秘书官三年，虽然三年未获升迁在当时的官场规则中是很常见的，但是由于"长安居大不易"，微薄的俸禄使得原本就不富裕的秦观生活更加艰苦，这首诗充分地表达了他在汴凉的生活景况。在这首诗中，秦观提到当年杜甫典当衣物以买酒赏春景，这是多么有诗意啊！现在作者典当衣物却只是为了糊口，哪有心思观览春景，同是诗人，待遇怎么如此天差地远呢？这当然只是一句俏皮话，但两相对比，更加显得秦观处境之差。秦观将此诗呈给时任户部尚书的钱勰，自有求助之意。钱勰应是比较看重秦观的，于是在收到这首诗之后，除了接济秦观禄米外，同时亦有诗勉励秦观："明朝知是长斋毕，准拟冲泥踏水来。"

和黄冕仲①寄题延平②泠风阁③

泠风三伏是清秋，虽有炎蒸④不汝留。满地溪山归藻井⑤，有时丝管下沧洲⑥。快哉⑦便得逍遥趣，偶尔还成汗漫游⑧。谁为发挥⑨无妙手，赋凌楚玉⑩有家丘⑪。

【注释】

①黄冕仲：黄裳，字冕仲，时任端明殿学士，与秦观同属秘书官。

②延平：今福建省南平市，黄裳之故乡。

③泠风阁：泠风，和风。泠风阁，在南平九龙峰下。

④炎蒸：溽暑。

⑤藻井：传统建筑中天花板上的一种装饰处理，一般做成圆形、方形或多边形的凹面，上有各种花纹、雕刻和彩画。此处形容溪流将山势分割成藻井状。

⑥沧洲：滨水之地。

⑦快哉：对凉风的赞美，语出宋玉《风赋》。

⑧汗漫游：世外之游。

⑨发挥：发扬、阐发，指黄裳之诗能充分表达泠风阁的美景。

⑩楚玉：宋玉。

⑪家丘：东家丘之省称，指孔子，后世代指博学之士。

【译文】

三伏天吹来了一阵和风，便感觉好像是秋天到来了一样，虽然天气还是较为湿热，但是不适的感觉一下就过去了。满地的溪流和山丘好像藻井一样错落有致，偶尔还有音乐声传到水边的空地之上。迎风感到畅快便是古人所谓的逍遥了吧，在风中我偶尔还能够闭目神游一番。谁说这样的景色没有人能描写出来呢？文采比宋玉好的人也是找得到的。

【赏析】

这首诗是秦观接到其同僚黄裳题泠风阁诗后的和诗。秦观虽然未身历其境，但是此诗拿住"风"这个意象加以发挥，称即使南方夏季极为严热，但只要有风就还是十分痛快的。诚然，有些时候心情快意并非难事，炎热时能吹到凉风、寒冷时能晒到太阳，刹那间都能让人忘了其他不快，这都可以称作人生一乐。秦观于此诗中表达了这样的道理，但秦观本人在多大程度上能做到这一点呢？

南池

泛泛池中凫，上下与水俱。不与水争力，所以全其躯。遇物贵含垢①，修身戒明污。胡能若云月，浪自惊群愚。

【注释】

①含垢：忍辱负重。

【译文】

在池中漂荡的野鸭，是浮是沉都顺着潮水的进退。它不与水对抗，所以能保全它的身躯。人在遇到事情的时候如果能忍辱负重自是极为可贵的，而在修身时也应避免犯下明显的错误。但是这一切都还比不上月亮，无论浪涛如何都只能吓唬凡夫俗子，与月无关。

【赏析】

在波涛汹涌的官场中，秦观也知道，如果能载沉载浮，甚至与某些人同流合污，那是最佳的自全之道，正如野鸭不与潮水对抗那样。然而，虽然在颈联前半段，秦观似乎是同意了这样的官场生存之道，但后半段却又立即自我否定，认为还是有些底线是不能退让的。这正是秦观可贵的地方，也是其不幸的地方。不久之后，哲宗亲政，苏轼一党立即遭到贬斥。起初只是苏轼离京，秦观仍然留在京中，如果他能见风使舵，也许之后的境遇不会如此之糟，但最终秦观还是选择了坚守底线，最终与苏轼等人一同被流放到岭南地区。对于这样的命运，秦观其实也早就知道了，于是有了尾联的又一次再度否定：既然已经进入官场，那么无论是顺应或抗拒，依然都会受到波涛的影响，只有那自始便未进入这一场域的月亮，能够冷眼旁观这一切。短短的 40 个字的小诗便完整写出了两个重大转折，因此我们可以看出此时秦观心境的纠结，也可以见到他驾驭文字的功力。

下篇

雪浪石①

汉庭卿士如云屯，结绶弹冠②朝至尊。登高履危③足在外，神色不变惟伯昏④。金华⑤掉头不肯住，乞身⑥欲老江南村。天恩许兼两学士⑦，将兵百万守北门。居士彊名曰天元⑧，窟寐山水劳心魂。高斋⑨引泉注奇石，迅若飞浪来云根⑩。朔南修好八十载，兵法虽妙何足论。夜阑⑪番汉⑫人马⑬静，想见雉堞⑭低金盆⑮。报罢五更人吏散，坐调一气白元⑯存。

【注释】

①雪浪石：绍圣元年（1094），苏轼离京知定州（今河北省保定市定州市），在当地得到奇石一具，名之曰"雪浪石"，现存放于定州市武警医院院内。

②结绶弹冠：结绶，佩系印绶，谓出仕为官。弹冠，亦指为官。

③登高履危：喻诚惶诚恐。

④伯昏：春秋时的隐士，姓伯昏，名无人，又名瞀人。在《庄子·田子方》中曾经提及此人，是一位真正能作到"泰山崩于前而色不改"的高人。

⑤金华：指金华殿，皇宫中的一座殿。

⑥乞身：古代以作官为委身事君，故称请求辞职为乞身。

⑦两学士：当时苏轼的官衔全名为"端明殿学士兼翰林侍读学士充河北西路安抚使兼马步军都总管知定州军州事"。

⑧天元：谓至高无上。

⑨高斋：高雅的书斋。

⑩云根：深山云起之处。

⑪夜阑：长夜将尽之时。

⑫番汉：外族与汉族。

⑬人马：人与马，多指军队。

⑭堞堞：城上短墙，泛指城墙。

⑮金盆：比喻太阳或圆月。

⑯白元：道教谓掌管肺的神。

【译文】

虽然汉家的贤臣有如云朵一样多，但是您却能自这些人中脱颖而出。虽然您被赋与了极为危险的任务，却能像传说中的伯昏瞀人那样处变不惊。您不慕名利、不愿意待在皇宫之中，而希望能够告老到江南的小村中隐居。但是皇上破格授与您两个学士的尊号，并给您百万雄兵去镇守国家的北门。您的威名已是至高无上，每日在山水之中付出辛劳。您的新居引来了泉水，滋润新得到的奇石，水流下来就像是浪涛冲击白云一般。我国北疆已经八十年没有战事了，您的兵法再精妙也无处发挥。深夜里我军和辽军的人马都没有什么动静，那时只有城墙上静静挂着一轮满月。五更过后守夜的夫役都回去了，这正是您静坐调息的最好时机。

【赏析】

宋哲宗亲政后，决定重新起用新党、复行新政，此前被视为是旧党的苏轼，立即被外放定州担任知州。在定州期间，苏轼得到了一块奇石，在黑色的石质上有宛如海浪一般的白色花纹，于是将之起名为"雪浪石"，同时有诗赋之："太行西来万马屯，势与岱岳争雄尊。飞狐上党天下脊，半掩落日先黄昏。削成山东二百郡，气压代北三家村。千峰右卷矗牙帐，崩崖凿断开土门。竭来城下作飞石，一炮惊落天骄魂。承平百年烽燧冷，此物僵卧枯榆根。画师争摹雪浪势，天工不见雷斧痕。离堆四面绕江水，坐无蜀士谁与论。老翁儿戏作飞雨，把酒坐看珠跳盆。此身自幻孰非梦，故园山水聊心存。"苏轼十分喜爱、满意这块石头，于是将这首诗寄给他的朋友们，一方面有炫耀之意，另一方面也顺带通报自己的现况。秦观在接到苏轼的信后，便写下了这首诗以为唱和。比起苏轼的诗对于该奇石有大量的描绘，秦观的诗更多的是对苏轼的赞扬，但是也隐含了对苏轼被委派到北方，没有发挥长才的空间的抱怨。

艇斋

予以典校史领卒钱塘，邂逅得友丁君彦良①于陈留②官舍。丁君彦良年少气隽，诵诗文亹亹③不休，有过人语，深恨得之晚也。临分以《艇斋诗》速④予赋，为寄题一篇。

平生乐渔钓，放浪江湖间。兀兀⑤寄幽艇，不忧浪如山。闻君城郭⑥居，左右⑦群书环。有斋亦名艇，何时许追攀。钓古不钓今，所得孔与颜。不然⑧如尔祖，跨鹤出云寰。

【注释】

①丁彦良：丁侠，字彦良，世家子，擅长诗文，十分得秦观之赏识，除作此诗以名其斋外，亦曾为其《明堂议》作跋。

②陈留：北宋时为开封府属县。

③亹亹（wěi wěi）：勤勉貌。

④速：请求。

⑤兀兀：孤独貌。

⑥城郭：泛指城市。

⑦左右：身边。

⑧不然：连词。相当于"否则"。

【译文】

你平生喜欢钓鱼，总是浪迹在江湖之间。孤身一人在小艇上，从来不畏惧风浪。听说你最近回城里居住了，藏书满室。你的书房也名叫"艇"，我什么时候能去那里看一看呢？你在这座"艇"上只钓古人不钓今人，你得到的便是孔子、颜回的大道。要不就像你的祖先那样，乘着鹤飞到云山之外。

【赏析】

绍圣元年（1094）四月，秦观接到命令，外放为杭州通判。不消说，这自是政敌对于苏轼一党发动的第一波攻击。在准备离京时，秦观在汴京偶然认识了世家子丁侠，十分肯定他的才识，不但为丁侠的诗文集作序，而且还有许多其他文字相赠。推荐其诗文集，固

然也是丁侠本人有几分才气的缘故，但更重要的恐怕是秦观知道自己离京之后怕是再也没有回来的可能了，趁着自己还没变成人人喊打的落水狗之前，尽量帮一帮前途仍有无限可能性的后辈。在当时的秦观看来，自己此生可能已经干不成大事了，如果能让人继承他的志业，那么自己也不算白来这一遭了。而到了秦观真的要离去的那天，他给了丁侠这首诗，希望丁侠要不就学孔子、颜回一般专心于大道，不要追求功名利禄；要不就退隐江湖、不问世事——这样的建议，自然是因为秦观对此有切身之痛，有感而发，希望后辈不要重蹈自己的覆辙。

赴杭倅至汴上作

俯仰①觚棱②十载间，扁舟江海得身闲。平生孤负③僧床睡，准拟④如今处处⑤还。

【注释】

①俯仰：周旋、应付。

②觚棱：宫阙上转角处的瓦脊成方角棱瓣之形，借指官署。

③孤负：谓徒然错过。

④准拟：准备、打算。

⑤处处：各处，每个方面。

【译文】

在官署中周旋应付了十年之久，现在终于能够悠闲地乘舟任意漂荡了。其实我早该进入寺院中修行，只可惜被过去的仕宦生涯耽误了，我现在将要继续我的修行之路了。

【赏析】

当贬官的命令下达之后，秦观只能收拾行装、准备赴杭州上任。这首诗是秦观刚出汴京时的作品。此时的秦观，还不知道迎接他的是无尽的贬谪；加以杭州仍然算是环境较好的地区，所以此时秦观心中所想的，更多是终于可以离开这个勾心斗角的京城了。到杭州之后，可以常到灵隐寺参禅，配上一盏龙井的新茶，在西湖上荡起双桨……秦观此时可能更多是计划这种半退休生活将要如何渡过，心中并未有明显的哀凄之情。是以这首诗表现出来的，比起离京的失落，更多的是一种如释重负的感觉。

送酒与泗州太守张朝请

莫笑杭州别驾①村②，昔曾柱下③数承恩。而今虽是江湖吏，犹有当时七字④尊。

【注释】

①别驾：官名，指州刺史的佐史。

②村：土气、粗俗。

③柱下：借指藏书之所。

④七字：指七言诗。

【译文】

你别笑我杭州通判的官职土气，我当年在汴京也曾数次得到皇上的嘉奖。虽然现在是地方官了，但是当年皇上嘉奖我文书工作的荣誉是不会消失的。

【赏析】

秦观在前往杭州赴任时，途经泗州。从这首诗我们可以发现，当时的泗州太守可能认为秦观只是一个失宠的官员，对他不用太过礼遇。秦观在此或是受到了什么冷言冷语，因而被激出了这首诗。在诗中，秦观仍以十分自傲的语气宣称：虽然自己现在不幸，但是当年曾经享受过的尊荣是你们这些俗吏一辈子所不能想象的。虽然这有点"当年比你阔得多"的意味在内，但是对于失意的诗人而言，确实是一个排解不满的渠道。时隔千年，现在我们还在读着秦观的文字，对于这位张姓泗州太守的生平却已经一无所知了，这自是诗人与俗吏一天一地的差别，秦观地下有知亦当甚为满意。唯在现实世界，一个没什么能耐、但占据着相对较高较稳的位置的人，往往可以狐假虎威一番的，这一点古今中外皆然，历代诗人的郁闷之情也往往由此而生。

精思

精思①洞②元化③，白日升高旻④。俯仰凌倒景⑤，龙行速如神。半道过紫府⑥，弭节⑦聊逡巡。金床⑧设宝几，璀璨明月珍。仙者二三子，眷然⑨骨肉亲。饮我霞一杯，放怀暖如春。遂朝玉虚⑩上，冠剑⑪班列⑫真。无端拜失仪⑬，放斥⑭令自新。云霄⑮难遽返，下土⑯多埃尘。淮南守天庖，嗟我实何人⑰。

【注释】

①精思：精力和思虑。

②洞：洞察。

③元化：天地自然之发展变化。

④高旻（mín）：高空。

⑤倒景：道家所指天之最高处。

⑥紫府：道教称仙人所居。

⑦弭节：少停，一会儿。

⑧金床：尊者所坐的交椅。

⑨眷然：依恋不舍貌。

⑩玉虚：仙宫，喻洁净超凡的境界。

⑪冠剑：古代官员戴冠佩剑，因以"冠剑"指官职或官吏。

⑫班列：按班排列。

⑬失仪：不符合礼节仪式。

⑭放斥：放逐，斥退。

⑮云霄：喻指高位。

⑯下土：四方、天下。

⑰这两句用了淮南王的典故。《抱朴子·祛惑》："昔淮南王刘安升天见上帝，而箕坐大言，自称寡人，遂见谪守天厨三年。"天庖，即天厨，天宫的厨房。

【译文】

我精妙的思想足以洞察大自然的变化，于是我随着白日升上高空了。一下子我就到了天的最高处，我飞得有如神龙一般快速。在途中我也去拜访仙人，在仙府中稍作停留。在那里有大神坐在金色的交椅之上，上面的珍珠有如明月一般闪耀。两三个仙子在那里，亲切的如同我的亲人一般。他们请我喝一杯彩霞，喝下去后浑身温暖如沐春风。于是我便随着他们去朝见玉皇大帝，与其他仙友一同站在队列之中。但我却不知为什么被说失礼了，责令我下到凡间反省。天宫一时之间是回不去了，下界又是那么肮脏。被派到淮南看守厨房，我到底为什么要遭此罪呢？

【赏析】

这首诗与《和陶渊明归去来辞》是同时写成的，但所异者在于陶渊明是自愿下野，秦观却是被逼着离开京城。虽然秦观在那首赋里声称"归去来兮，眷眷怀归今得归"，但事实上，这时的秦观正在前往杭州担任通判的途中，忽然又接到朝廷的命令，将他再度贬为处州酒税，其狼狈情状可想而知。于是，此时身在淮南的秦观深有所感，写成此诗。虽然从后来秦观在处州时所留下的诗作可以发现他在那里还是过得比较惬意的，但是此时尚未赴任的秦观并不知道这一点，于是心里的愤愤不平可想而知。在诗中，诗人先是极言自己的才华，然后声称自己是无故获罪，这种写法也算是暗讽皇上的耳目被负责纠举朝仪的官吏蒙蔽了。纠举朝仪是御史的职责，而造成秦观再度被贬，正是因为御史刘拯在一封弹章中称"秦观浮薄小人，影附于轼，请正轼罪，褫观职任，以示天下后世"，其具体罪状则是在编修神宗实录时"诬毁先烈"，犯了不敬之罪。秦观写得如此明显，丝毫不惧因此再惹祸上身，足见其时的悲愤。另外，也正是此时，秦观决定将宠妾朝华遣回汴京、将原配送回高邮老家，只身南下赴任。

致政通议①口号②

窃以五福③具膺，实搢绅④之盛事；四难⑤并得，亦尊俎之佳期。恭惟致政通议，马鹤英姿，鼎槐⑥华胄，身见六朝之盛，位登两省⑦之崇。北陌东阡，时命青牛之驾⑧；左图右史⑨，日从赤松⑩之游。判府左丞⑪，神岳殊钟⑫，星躔异禀。方面虽分于玉节⑬，姓名已覆于金瓯。举白飞觞，极水陆四方之馔；弹丝击石，尽宾主一时之欢。

秋空画隼照新晴，符隐庵前小队⑭停。玉斚⑮金醪通缱绻⑯，凤笙⑰龙管⑱入青冥。靓妆⑲酾酒⑳花侵席，宝兽㉑呀香雾满庭。太史应占豫州分，上台星㉒近老人星㉓。

【注释】

①致政通议：致政，即致仕，官员退休。通议，指时任杭州知州的王存。

②口号：颂诗的一种，在宴饮中由乐工献上，歌功颂德。

③五福：语出《尚书·洪范》："一曰寿，二曰富，三曰康宁，四曰攸

好德，五日考终命。"

④搢绅：官僚或曾任官者的代称。

⑤四难：指难于并得的良辰、美景、赏心、乐事。

⑥鼎槐：亦作槐鼎，有三足，用以比喻三公、宰辅。

⑦两省：指中书省及门下省。

⑧青牛之驾：传说老子当年乘着青牛西出潼关。

⑨左图右史：言积书盈侧。

⑩赤松：赤松子，传说中的仙人。

⑪左丞：王存曾任尚书左丞之职。

⑫钟：聚集。

⑬玉节：王制之符节，此谓出任知州。

⑭小队：小儿队，北宋宴会，口号为排场之始，口号毕，有小儿队、杂剧先后演出。

⑮玉斝（jiǎ）：玉制的酒器。

⑯缱绻（qiān quǎn）：缠绵。形容感情深厚。

⑰凤笙：指笙曲。

⑱龙管：笛的美称。

⑲靓妆：借指妆饰华美的女子。

⑳酾（shī）酒：美酒。

㉑宝兽：兽形香炉。

㉒上台星：星名，在文昌星之南，司命，主寿。

㉓老人星：南部天空一颗光度较亮的二等星，古人认为它象征长寿，故又名"寿星"。

【译文】

秋日的晴空飞满了地方官的官旗，在符隐庵前庆贺的队伍停了下来。

官员们不断敬酒表达深厚的感情，此时奏响的音乐传入高空之中。助兴的歌妓在酒席间穿梭，香炉的薰香也缭绕整个庭院。观测星空的官员现在应该注意一下豫州一带的星空了，届时紫薇星将会在那里闪烁。

【赏析】

这是秦观写给原任杭州知州的王存的一首诗。此时的秦观已经又从杭州通判再被贬为处州（今浙江省丽水市）酒税，在前往处州的路上，途经杭州，正逢王存即将退休回乡，故而与当地官员应酬，作了这一首诗。虽然秦观与王存之前曾同时在京任官，两人之间有一定的交情，但到了这种场合，这种应酬之诗，诗格一向很难太高。但如果只看用字遣词，秦观确实是将送别宴上的纸醉金迷描写得淋漓尽致，这自然是秦观早年喜欢写赋——这种文体要求文字华美、词藻绚丽——所留下的文字功底。

题金华山寺壁

鸾鹤①同为汗漫游②，天风③吹散下沧洲④。金华⑤有路通元气，水绕高寒不断流。

【注释】

①鸾鹤：鸾与鹤，相传为仙人所乘之仙禽。

②汗漫游：世外之游。

③天风：风。风行天空，故称。

④沧洲：滨水的地方，古时常用以称隐士的居处。

⑤金华：即金华山。

【译文】

我与仙鹤一起到世外游览，却被风吹散到了滨水的地方。金华山应该是有仙灵居住吧，虽然这里地势甚高，却仍然有水流过。

【赏析】

这首诗作于秦观担任处州（今浙江省丽水市）酒税期间。金华山为道家相传赤松子得道之处，山中的洞为道家三十六洞天之一。秦观在失意之余来到此地，但心情似乎没有在汴京时那么悲苦。虽然在开篇处称自己与仙鹤被风吹散、自己流落此地，然而此地充满了仙气，是一个适合隐居的地方。毕竟处州虽然已经远离朝廷，但是仍然算是已开发地区。对于此时已经不再想建功立业、只想平安渡过余生的秦观而言，这里既环境优美又没有那么多复杂的政治斗争，所以应该还是相对能够接受的。因此，我们在阅读他在处州时期的作品时，虽然也表达了自己寥落的命运，但是整个情感基调却远比在蔡州或汴京时期来得积极。

处州水南庵二首

竹柏①萧森②溪水南，道人为作③小圆庵。市区收罢鱼豚税，来与弥陀④共一龛。

此身分付⑤一蒲团⑥，静对萧萧玉数竿。偶为老僧煎茗粥⑦，自携脩绠⑧汲清⑨宽⑩。

【注释】

①竹柏：谓竹与柏。

②萧森：草木茂密貌。

③为作：作为。

④弥陀：亦作"弥陁"。阿弥陀佛的省称。意译为无量寿佛，西方极乐世界的教化之主，与释迦、药师并称三尊。

⑤分付：交给。

⑥蒲团：用蒲草编成的圆形垫子。多为僧人坐禅和跪拜时所用。

⑦茗粥：茶粥。

⑧脩绠（gěng）：修长之汲水绳索。

⑨清：形容煮茶所用的井水清寒。

⑩宽：形容井壁。

【译文】

在溪的南岸长满了竹和柏，修道人在这里建起了一座小屋。我在城里将征税工作完成之后，就来这里与修道人一同念佛了。

我想将我的肉身托付给佛祖，在这里对着翠绿的竹子静坐。偶尔为老和尚煮煮茶粥，我为此已经备好了汲取清泉的工具了。

【赏析】

秦观在处州任酒税官，想来应是十分清闲，在理毕日常政务之后，便来到这处幽静的寺院参禅。在这两首诗中，可以反应秦观在此为官时的情状：基本是没有什么事情要办的，所以更多的时间都花在寺庙之内，透过礼佛、谈玄，渡过了一天又一天。然而，对于一个当权派重点打击的对象而言，这样的发言可以说是极不明智的。果然，敌党便拿住这首诗，说秦观不务正业、败坏场务，将其罪状奏达朝廷。不久之后，更严厉的处分便会到此，只是此时的秦观尚不知自己已经又闯下大祸，仍然终日饮酒、参禅，过着惬意的半退休生活。

题务①中壁

醡头②春酒响潺潺，垆下黄翁③寝正安。梦入平阳④旧池馆⑤，隔花螭⑥口吐清寒。

【注释】

①务：管理贸易及税收之官署，即秦观在处州之办公处所。

②醡（zhà）头：榨酒之榨床。

③黄翁：管理酒务者。

④平阳：平阳公主，汉武帝姊阳信长公主，为平阳侯曹寿妻，时称平阳公主。

⑤池馆：池苑馆舍。

⑥螭（chī）：古代传说中一种没有角的龙，古建筑或工艺品上常用它的形状做装饰。

【译文】

榨床上的酒水声音潺潺地响着，炉下管理酒务的人睡得正香甜。他梦到自己进入了平阳公主的池苑馆舍，那里雕花的龙头正吞吐着清泉。

【赏析】

此诗作于绍圣二年（1905），当时秦观正在处州负责监督酒务。前两句写现实的情况，秦观在潺潺的流水声中睡着了。酒水流动的声音也跟着秦观进入梦乡，但比起现实世界的酒坊，梦乡里秦观见到的是平阳公主金碧辉煌的庭院，而伴之一同入梦的流水声则幻化为寒冽清彻的泉水。一时之间，诗人忘却了现实世界的种种不快。此诗前半写实景，后半写幻境，但两个世界之间依然有着相同的流水声作为连结，并非截然断裂，这是其手法的高妙之处，同时，这是不是也在暗示着秦观对于处州的生活还是比较满意的呢？

处州闲题

清酒①一杯甜似蜜，美人双鬟黑如鸦。莫夸春色欺秋色，未信桃花胜菊花。

【注释】

①清酒：清醇的酒。

【译文】

一杯清淡的酒其实甜得如同蜜糖一般，美人的双鬟依然如乌鸦一样黝黑。别说春天的景色比秋天的好，我不信桃花的品格较菊花更高。

【赏析】

当时身在处州的秦观，虽然觉得当地的生活比汴京舒服，但是对于自己被新党中人排斥仍是耿耿于怀，于是有了这一首诗。在诗中，他以春天的桃花比喻新党，以秋天的菊花比喻旧党，这可能是春相对于秋较"新"之故。同时，历来的文学虽然有不少歌咏桃花的美艳，但是很少有人将桃花比作君子；与之相应，菊花虽然没有桃花那么显眼，但却是花中"四君子"之一。这样的选择也是有讲究的，因为在历史上，新党中人确实以德行有亏流传于世，虽然旧党中如司马光、程颐等皆是极端古板的人物，但是至少在当时没有人以道德水平否定他们。这样的不服气，说明秦观相信自己终有一天能够讨回公道、回到汴京——至于回到汴京后是否会像元祐年间那般郁闷，似乎不是此时秦观所考虑的问题。

文英阁①二首

都门将酒惜分携②，归路骎骎③望欲迷。千里又看新燕语，一声初听子规啼。春风天上曾挥翰，迟日④江边独杖藜⑤。回首三山楼阁晚，断云流水自东去。

流落天涯思故园，散愁⑥郊外任蹒跚。云归邃谷⑦知无雨，风卷寒溪没近滩。已见雁将归楚泽，遥知春又到长安。桑林垄麦依稀是，祇见秦川万里宽。

【注释】

①文英阁：在处州西南樗山下，其地有隐士毛氏隐居，秦观常与毛氏同游。

②分携：离别。

③骎骎（qīn qīn）：马速行貌。

④迟日：春日。

⑤杖藜（lí）：拄着手杖行走。

⑥散愁：排遣愁闷。

⑦邃谷：幽深的山谷。

【译文】

在京城的城门饮罢一杯酒我们分别了，骑着马望向回京的道路变得越来越迷蒙。在千里之外我又再一次见到春天的燕子，同时也听到杜鹃鸟的叫声。在春风之中我曾经挥毫写出无数诗篇，现在的春日我只能在江边独自行走。回头望见远山中的那座楼阁惊觉天色已暗，残云和逝水仍然无穷无尽地向东方流去。

流落天涯时总会想起故乡，在郊外排遣愁闷时步履已蹒跚。云朵都躲到深谷中了故而不会再有雨，风吹过溪中的潮水吞没了浅滩。见到大雁将要北返，知道京城又将迎来春天。这里的桑林和麦田看着和中原很像，但是就是缺了那广阔的河流。

【赏析】

这首诗未见于《淮海集》，而出自《丽水县志》，是否为秦观所作仍有争议。然而，如果只就文字本身而论，作者怀念中原、渴望回归的情思跃然纸上。候鸟可以北返，人却只能羁旅天南，昔日挥翰吟诗时身边多人应和，现在只能独自一人在江边踽行，其中冷暖，读者自诗中自能体会，此处不再多言。其实，处州距离汴京仍然不会太远，如果不细细分辨，一眼望去的桑林、麦田都是中原常见的景观，但诗人对此仍然不满意，因为浙江多山，与一马平川的汴京地形迥异，所以即使一切似乎都没变，但这里只有潺潺的山间小溪，没有自天上奔涌而来的滚滚黄河，或是高邮老家的万里长江，看着还是觉得少了点什么，心里的不痛快便悄然而生。其实，身在处州的秦观虽然多数诗作表达的都是较为积极的心态，但这都是基于他不久之后一定能回到京城的信念。因此，此时的秦观有此思念中原之作，也是题中应有之义。

陨星石

萧然①古丘上，有石传陨星。胡为霄汉②间，坠地成此精。虽有坚白姿，块然③谁汝灵。犬眠牛砺角，终日蒙膻腥④。畴昔同列者，到今司赏刑。森然⑤事芒角⑥，次第罗空青⑦。俯仰⑧一气⑨中，万化无常经⑩。安知风云会⑪，不复归青冥⑫。

【注释】

①萧然：空寂、稀疏。

②霄汉：天河，亦借指天空。

③块然：孤独貌。

④膻腥：某些动物及其肉类的气味。

⑤森然：严整貌。

⑥芒角：星辰的光芒。

⑦空青：孔雀石，炼丹的材料。

⑧俯仰：形容时间短暂。

⑨一气：指呼吸一次。

⑩常经：永恒的规律。

⑪风云会：指君臣际会，亦泛指机遇。

⑫青冥：青天。

【译文】

寂寞的山丘上，有一颗据称是陨星的石头。它为什么会从天上坠落到这里呢？虽然它有坚毅清贞的品格，但是流落至此有谁会相信？狗在这里睡觉，牛在这里磨角，这颗石头因此蒙上了膻腥之气。当年与它站在同一队列中的，现在依然在天上主宰人间。但它在此依然严肃地映照星辰的光辉，同时也有条不紊地搜罗炼丹升天用的素材。在呼吸之间，天地间的变化往往出人意料。你又知道这颗石头不会在哪一天得到机遇，重新回到青天之上么？

【赏析】

自绍圣元年（1094）晚春秦观到达处州后，秦观在此总共待了两年。虽然他在此地过得可谓是极为悠闲的半退休生活，但是无所事事时间长了总是会觉得无聊。一个胸怀大志的人在无聊的时候往往便会开始感慨自己怀才不遇，期能重新回到有实权的岗位上发挥余热，这便是这首诗的写作背景。古人常以天上的星喻地上的人，秦观在这首诗中将这样的比喻发挥得淋漓尽致。这首诗表达了自己当前"虎落平阳被犬欺"的境遇，但依然表达了自己将在不久的将来还能重新回到青天之上的乐观态度。同时，在本诗的后半部分，秦观称这颗陨石虽然自天上落下，但在地上仍然尽忠职守，这会不会是他对他在处州监酒税工作的自我评价呢？

无题二首

　　君子有常度①，所遭能自如②。不与死生变，岂为忧患渝③。西伯④囚演易，马迁⑤罪成书。性刚趣和乐⑥，浅浅⑦非丈夫。

　　世事如浮云，飘忽不相待。欻然⑧化苍狗，俄顷成章盖⑨。达观⑩听两行⑪，昧者乃多态。舍旃⑫勿重陈⑬，百年等销坏。

【注释】

①常度：固定的规律或法度。

②自如：态度镇定、行动不改。

③渝：改变、违背。

④西伯：周文王。《史记·周本记》载："西伯盖即位五十年。其囚姜里，盖益《易》之八卦为六十四卦。"

⑤马迁：即司马迁。此指司马迁在获罪后发愤写成《史记》。

⑥和乐：和睦安乐。

⑦浅浅：渺小、敷浅。

⑧欻（xū）然：忽然。

⑨这两句化用杜甫"天上浮云如白衣，斯须改变如苍狗"及曹丕"西北有浮云，亭亭如车盖"的典故。

⑩达观：谓对不如意的事情看得开。

⑪两行：指对是非不置可否，任其自然。

⑫舍旃（zhān）：舍去。

⑬重陈：再陈说，重复叙述。

秦观诗词全鉴

【译文】

君子自有自己的原则，无论境遇怎样，态度和行为都不会改变。既然这些不会因为生死而改变，那么又怎么可能会因为眼前的忧患而变节呢？周文王被纣王囚禁时写成了《周易》，司马迁被武帝降罚后发愤完成了《史记》。只有坚持自己的个性才能达致最终的快乐，流于表面者都不足以称作大丈夫。

世事有如浮云一般，飘来飘去捉不住。云忽然变成苍狗的形状，转眼又变成了车盖的样子。只要对事情看得开了，那么一切都能听其自然、不援于心，只有愚昧的人才会对此东想西想。已经舍弃的事情就不要再提了，反正百年之后无论现今存或不存，届时都将不再存在了。

【赏析】

陨星石能否回到天上，那是天庭才能决定的事，陨石本身只能等待机缘。在等待机缘的时候，秦观自认为自己没有为了能够重新得到朝廷的青睐而做出违背自己原则的事，反而是为了将来能够更好地证明自己而坚持

自我、努力精进。虽然前面提到秦观在处州时曾经将大把的时间花在佛寺里面，过着半退休的生活，但是其实在寺庙中礼佛也是一种自我学习。在前一个时期的《送陈太初道录》一诗中，秦观亦自承自己"身多累"，即"我执"太多、顾忌太多。在私，这种个性自然会使得自己容易受到他人影响；在公，虽然秦观尚未有独当一面的机会，但能不能说这是秦观为了自己以后出任一把手时预先做的人格锻炼呢？秦观似乎是已经悟到了这个道理，于是在诗的末尾表达了一切听其自然的态度，似乎在精神上已经有所成长——至少看上去是这样的。但当绍圣三年（1096）更大的磨难到来之时，秦观这时所建立的心理防线将一下子全部崩溃。

题法海①平阇黎②

寒食山州③百鸟喧，春风花雨④暗川原⑤。因循⑥移病⑦依香火⑧，写得弥陀⑨七万言。

【注释】

①法海：寺名，在处州南圉山。

②阇（shé）黎：梵语"阿阇梨"的省称，意谓高僧，亦泛指和尚。

③山州：多山的州郡，泛指偏僻的地方。

④花雨：佛教语，诸天为赞叹佛说法之功德而散花如雨。

⑤川原：河流或原野。

⑥因循：延宕、拖延。

⑦移病：旧时官员上书称病，多为居官者求退的婉辞。

⑧香火：指供奉神佛之事，或指供奉神佛之所。

⑨弥陀：借指佛经。

【译文】

在偏远山区的寒食节中，鸟儿已经喧闹起来了，大和尚有如春风花雨一般的讲经覆盖了整个原野。我总是想要称病告老还乡来皈依我佛，此后每日只在佛前抄录佛经。

【赏析】

在处州期间，秦观大概是在法海寺的平阇黎和尚处学习佛理，从而有了前述看似已经放下我执的种种文字。在偏远的异乡，遇上这么一位人生导师，秦观此时的心灵之所以能够如此平静，大概这也是原因之一吧。因此，秦观这时也开始觉得即使不能重新返回朝中，能够在佛前参禅，这样的日子也不算太坏了。但是，这短暂的美好很快就被打破了。

留别平阇黎

缘尽山城且不归，此生相见了无期。保持异口莲花上，重说如今结社时①。

【注释】

①此二句用东晋僧慧远结社事。慧远居庐山东林寺，与刘遗民、雷次宗等十八人同修净土，中有白莲池，号莲社。

【译文】

我们在这个山城的缘分已经尽了，但这并不是因为我要回乡了。我想我们这一辈子大概没有再相见的时候了。现在我唯一能期盼的，是未来在西方极乐世界中的某一朵莲花上，我们能够再相见，然后一同回忆这几年的时光。

【赏析】

在这首小诗之后，有秦观自注："绍圣元年，观自国史编修官蒙恩除馆阁校勘、通判杭州，道贬处州管库。三年，以不职罢，将自青田以归。因往山寺中修忏三日，书绝句于住僧房壁。"即是说，之前《处州水南庵二首》中表达出来的不问政务、日日礼佛的态度，引起了政敌攻击，朝廷的回应下来了。朝廷对于秦观这种玩忽职守的行为并未多加查证，便直接下令削去秦观的一切官职，流放郴州（今湖南省郴州市）编管。秦观在接到命令后，把自己关在法海寺里忏悔。其实如果照前面《隔星石》《无题二首》等诗中所说的，秦观又何错之有呢？这里说的忏悔，恐怕更多的是针对自己得意忘形时的失言的懊悔吧。

梦伯收①文公

昨夜梦故人，心颜②少欢趣。自嗟弃有司③，却言归山④路。君王下明诏，群英翕⑤争赴。焦鹏共挥翮⑥，跛鳖⑦亦骋步⑧。扰扰⑨天地间，飞鸟不知数。何意⑩独萧条，命与时相忤。空复蔽马牛，不为匠人顾⑪。昔为土中花，行待东风煦⑫。今为檐下草，远矣沾秋露。老母鬓成丝，寒妻被无絮。岁暮多严风，绨绤⑬将焉度。觉来⑭不复见，抚枕泪如注。安得万顷波，活此舟中鲋⑮。

【注释】

①伯收：朱姓，名不详，为秦观、参寥等人之故友。

②心颜：心情和面色。

③有司：官吏。

④归山：退隐。

⑤翕（xī）：聚集。

⑥翮（hé）：羽毛，代指鸟类的翅膀。

⑦跛鳖：瘸腿的鳖，比喻驽钝低劣之人。

⑧骋步：疾行。

⑨扰扰：纷乱貌。

⑩何意：何故。

⑪此句用《庄子·人间世》之典："匠石之齐，至于曲辕，见栎社树，其大蔽牛，絜之百围；其高临山，十仞而后有枝，其可以为舟者旁十数。观者如市，匠伯不顾，遂行不辍。"比喻自己怀才不遇。

⑫煦：授受恩惠。

⑬绨绤（chī xì）：葛所织成的布。

⑭觉来：醒来。

⑮鲋：即鲫鱼，此用《庄子·外物》"涸辙之鲋"典："庄周家贫，故往贷粟於监河侯。监河侯曰：'诺。我将得邑金，将贷子三百金，可乎？'庄周忿然作色曰：'周昨来，有中道而呼者。周顾视车辙中，有鲋鱼焉。'周问之曰：'鲋鱼来！子何为者邪？'对曰：'我，东海之波臣也。君岂有斗升之水而活我哉'周曰：'诺。我且南游吴越之王，激西江之水而迎子，可乎？'鲋鱼忿然作色曰：'吾失我常与，我无所处。吾得斗升之水然活耳，君乃言此，曾不如早索我於枯鱼之肆！'"

【译文】

昨天晚上我梦见了故人，他的面色十分不快。他自叹"我见弃于官吏，逢人只好说自己已经退隐了。当皇上下诏求贤之时，许多英杰纷纷前来应聘。大鹏鸟们纷纷振翅前来，跛脚的老鳖也都爬着过来。在这个纷乱的世界里，不知道有多少飞鸟，为什么只有我的处境如此凄凉呢？这只能说是我时运不好。我空有大才，却不为人所赏识。当年的我还是土中的花朵，可以期望东风的照顾。今天的我只是屋檐下的杂草，想沾上点露水都办不到。我的母亲头发已经白了，家中的被子也早已不堪使用。冬季将要吹来寒风，只穿葛布的方服将怎么过冬呢？"这时我醒了，老友也不见了，我抱着枕头泪流满面。要从哪里找来万顷江水，解救这只即将干死的鲫鱼呢？

【赏析】

在这首诗中，秦观称自己半夜梦到了一位故人，这位故人在梦中自述自己的一生，同时也对这个清浊不分的世界大吐苦水，对自己困难的家境多有伤感。其实，一望而知，秦观只是借由老友的口来说自己的苦境。秦观的一生，可以说是怀才不遇的一生。怀才不遇，或是因为自己不善钻营，也有可能是自己的个性太过随意，以致于浑身破绽让政敌可以不断攻击，但无论如何，这就是秦观。但他认为这是自己的本性，他不愿意改。现实逼着这样一个人踏入官场，这个人终于成了误入政治丛林的小白兔，该说是苍天负我呢？还是该说是自找的呢？这种身不由己、被迫踏入一个不适合自己的行业的人，古往今来，从来没有少过。秦观的悲剧，是他的故友的悲剧，同时也是这个世界上很多人的悲剧。

白鹤观①

复殿②重楼③堕杳冥，故基④乔木尚峥嵘⑤。银河不改三千尺，铁马⑥曾经十万兵。华表⑦故应终化鹤，谪仙⑧未解独骑鲸⑨。井泉一一儿童旧，白发衰颜祇自惊。

【注释】

①白鹤观：在庐山五老峰凌霄崖西南。

②复殿：双层椽筀结构的宫殿。

③重楼：层楼。

④故基：高大的树木。

⑤峥嵘：深远貌。

⑥铁马：檐铃。悬于檐间的铃，风吹发声。

⑦华表：指房屋外部的华美装饰。

⑧谪仙：本句化用杜甫《送孔巢父谢病归游江东兼呈李白》："若逢李白骑鲸鱼，道甫问讯今何如。"

⑨骑鲸：隐遁或游仙。

【译文】

华美高大的宫殿处在云雾之中，周遭的乔木高大深远。天上的银河依旧明亮，屋檐间的风铃发出了千军万马一般的声音。这座道观最终会化作仙鹤飞走吧，被贬到人间的仙人最终也将回到仙山隐遁。仙山的一切景观都没有改变，只是这位曾经被贬到人间的仙人却已变得苍老不堪了。

【赏析】

绍圣三年（1096），在从处州前往郴州的路上，秦观到了庐山，山中有唐代道士刘混成所建的白鹤观，早年热衷于修真的秦观，或许是为了苦中作乐，来到了这里。据说，在庐山期间，秦观作了一个关于太虚幻境的梦。据其好友惠洪于《冷斋夜话》中的记载："秦少游南迁，宿庙下，登岸纵望，久之，归卧舟中，闻风声，侧枕视，微波月影纵横，追绎昔常宿云老惜竹轩，见西湖月色如此。遂梦美人，自言维摩诘散花天女也，以维摩诘像来求赞。少游爱其画，黔念曰：'非道子不能作此。'天女以诗戏少游曰：'不知水宿分风浦，何以秋眠惜竹轩。闻道诗词妙天下，庐山对眼可无言？'少游梦中题其像

曰:'竺仪华梦,瘴面囚首,口虽不言,十分似九。天笑覆大千,作狮子吼,不如搏取妙喜,如陶家手。'"秦观之所以会梦到这样的梦,从其梦中所题的字而言,自是因为他将自己自比为维摩诘了。维摩诘是释迦牟尼佛时代的佛教修行者,他并未出家,而以在家居士的身份积极行善、修道,是佛教在家众的典范。秦观自己也并未出家,但热衷于修道、礼佛,是以这样的类比很符合他的实际情况。而散花天女让秦观题的那幅画像,画中的维摩诘可能与秦观本人长得十分相像,这更加让他产生自己最终也能像维摩诘一样成佛的印象。正是在这样的情况下,秦观在清醒之后写下了这首诗,认为自己最终还是会回到仙境之中。这样的想法,自是在充满挫折的现实中的自我安慰,但秦观之所以为秦观而非苏轼,在于其自我安慰往往并不彻底,所以到了这首诗的末尾,虽然秦观回到仙境了,但是面孔却已苍老不堪。既然回到仙境也已不能令人满意,那么秦观在人间的情绪只能更为低落了。

题郴阳道中一古寺壁二绝

门掩荒寒①僧未归,萧萧庭菊两三枝。行人到此无肠②断,问尔黄花③知不知。

哀歌巫女隔祠丛④,饥鼠相追坏壁中。北客念家浑不睡,荒山一夜雨吹风。

【注释】

①荒寒:既荒凉又寒冷。

②无肠:犹言没有心肠或心思。

③黄花:菊花。

④祠丛:即丛祠,荒野中之神祠。

【译文】

荒野中的寺庙大门深锁，看不见僧人，只能从外面看到有三三两两的菊花。我路过这里已经没有心情再作悲歌了，黄花啊黄花你知不知道我的心情呢？

荒野中的神祠传来了巫女的歌声，在破败的墙壁中数只饥饿的老鼠相互追逐。北方来的行人想起了故乡因而失眠，在失眠中听了一整夜的风雨声。

【赏析】

绍圣三年（1096）秋，秦观被削秩徙郴州，当时的郴州，可以说是蛮荒之地。此时的秦观，心情自然是十分痛苦的。而在前往郴州时，秦观路过一处古寺，僧去门掩，一片残败，露宿此处，听闻楚歌、饥鼠，伴以一夜风声，诗人在此终夜难寐，从而更加伤感。短短数句，由景入情，最末问路边的黄花是否能理解自己的心情，黄花自然不能理解，但秦观宁可问花而不问人，更加突显此时的孤寂。以坦荡之笔，写深挚之情，行云流水，愈转愈深，可以说是宋诗中的佳作。

冬蚊

蚤虿蜂虻①罪一伦②，未如蚊子重堪嗔。万枝黄落③风如射，犹自传呼欲噬人。

【注释】

①蚤虿（chài）蜂虻（méng）：跳蚤、蝎子、蜜蜂、吸血蝇。

②伦：同类。

③黄落：草木枯萎凋零。

【译文】

虽然会咬人的虫子罪恶都是一样大的，但比起蚊子来说它们还是没那么惹人厌。当草木枯萎凋尽、寒风刺骨的时候，它却依然在那里嚷着要咬人。

【赏析】

在餐风露宿或是在郴州的陋室中，由于南方湿热是蚊虫最活跃的环境，秦观为此吃了不少苦头，各种咬人的虫子中，最令人生厌的自是蚊子了——咬你一口不说，还嗡嗡整夜、扰得你无法成眠。当然，人间也不乏像蚊子一样的人类，不顾大局、只谋私利，为了私利在暗地里捅你一刀，同时嘴里却还说个没完，兴高采烈、大义凛然，仿佛咬人有理、害人无罪。在秦观看来，那些不顾北宋朝廷已因党争而十分虚弱，却仍紧咬元祐党籍问题不放而参劾其罪状的政敌，正是此类。

月江①楼二首

仙翁②看月三百秋，江波日去月不流。肯因炎尘暝空阔③，直与江月同清幽。

苍梧④云气眉山雨，玉箫三年无今古⑤。九天⑥雨露蛰⑦蛟龙，琅玕⑧长凭清虚府⑨。

【注释】

①月江：即郁江。

②仙翁：仙人。

③空阔：空泛，无边际。

④苍梧：地名，在今湖南九嶷山以南的广西贺江、桂江、郁江区域。古传苍梧为云出处。

⑤今古：过去、往昔。亦借指消逝的人事、时间。

⑥九天：天空最高处。

⑦蛰：潜藏而未披露。

⑧琅玕（láng gān）：栏杆。

⑨清虚府：月宫。

【译文】

仙人不知道看过多少次月亮了，江水每天都向东流去，只有月亮还留在原处。这里一片烟雾，环境极为幽深，正如同江水、月亮一般。

苍梧来的云气带来了眉山的雨水，我在这里吹着箫不再想已经逝去的一切。蛟龙现在蛰伏于深深的云雾之中，我倚着栏杆也好似到了月宫之中了。

【赏析】

绍圣四年（1097）秋，秦观被从郴州进一步流放到横州（在今广西壮族自治区南宁市横县），这首诗便是在该地写成的。在郴州时，秦观还具有官员身份；而在移至横州乃至之后的雷州之时，朝廷已经下令将他削秩、追官，此时的秦观身份已与平民无异。或许，正是这样的转变，彻底断了秦观回归朝廷的念想，所以此时的诗作，反而不似之前那样哀伤了。从这首《月江楼》中，可以看到秦观此时已经不再在意人间的一切放不下的事物，开始一心修仙，期能与天地合而为一。这种做法，说是逃避现实也好，说是看破红尘也好，这就是秦观此后决定采取的安身立命之法。

海康①书事十首

白发坐钩党②，南迁海濒州。灌园③以糊口，身自杂苍头④。篱落⑤秋暑中，碧花蔓牵牛。谁知把锄人，旧日东陵侯⑥。

荔子⑦无几何，黄柑遽如许。迁臣⑧不惜日，恣意移寒暑。层巢⑨俯云木⑩，信美非吾土。草芳自有时，鸲鹆⑪何关汝。

卜居⑫近流水，小巢依嵚岑⑬。终日数椽⑭间，但闻鸟遗音⑮。炉香入幽梦，海月明孤斟⑯。鹪鹩⑰一枝足，所恨非故林。

培塿⑱无松柏，驾言⑲出焉游。读书与意会，却扫⑳可忘忧。尺蠖㉑以时诎㉒，其信亦非求。得归良不恶，未归且淹留。

粤女市无常，所至辄成区。一日三四迁，处处售虾鱼。青裙㉓脚不袜，臭味猿与狙㉔。孰云风土恶，白州生绿珠㉕。

海康腊己酉，不论冬孟仲㉖。杀牛檛祭鼓，城郭为沸动㉗。虽非尧历颁，自我先人用。大笑荆楚人，嘉平猎云梦㉘。

粲粲㉙庵摩勒㉚，作汤美无有。上客㉛赋骊驹㉜，玉䇲㉝开素手。那知苍梧野，弃置同刍狗㉞。荆山玉抵鹊㉟，此事矤㊱来久。

裔土㊲桑柘希，蚕月㊳不纺绩。吴绡与鲁缟㊴，取具㊵舸船㊶客。一朝南风发，家室相忕迫㊷。半贾㊸鬻㊹我藏，倍称㊺还君息。

一雨复一旸㊻，苍茫飓风发。怒号兼昼夜，山海为颠蹶㊼。云何大块噫㊽，乃尔不可遏。黎明众窍虚㊾，白日丽空㊿阔。

合浦㊿古珠池，一熟胎如山。试问池边蜑㊿，云今累年闲。岂无明月珍，转徙溟渤间。何关二千石，时至自当还㊿。

【注释】

①海康：雷州之治所，在今广东省湛江市雷州市。

②钩党：相牵引为同党。

③灌园：从事农业劳动。

④苍头：奴仆。

⑤篱落：篱笆。

⑥东陵侯：秦东陵侯召平，于秦亡后种瓜于长安城东。此为作者以召

平自喻。

⑦荔子：荔枝树的果实。

⑧迁臣：贬斥远地的官吏。

⑨层巢：垒于高处的巢。

⑩云木：高耸入云的树木。

⑪鹎鵊（bēi jiá）：鸟名。似鸠，身黑尾长而有冠。春分始见，凌晨先鸡而鸣，农家以为下田之候，俗称催明鸟。

⑫卜居：择地居住。

⑬嵚岑（qīn cén）：山高貌。

⑭椽（chuán）：放在檩上架着屋顶的木条。

⑮遗音：留下来的声音。

⑯孤斟：独自饮酒。

⑰鹪鹩（jiāo liáo）：巧妇鸟。又名黄脰鸟、桃雀、桑飞等。此鸟形微处卑，因用以比喻弱小者或易于自足者。

⑱培塿：小土丘。

⑲驾言：驾，乘车。

⑳却扫：闭门谢客。

㉑尺蠖（huò）：尺蠖蛾的幼虫，体柔软细长，屈伸而行，因常用为先屈后伸之喻。

㉒诎：通"屈"。弯曲。

㉓青裙：青布裙子，古代平民妇女的服装。

㉔猿与狙：皆为猿猴之属。

㉕绿珠：晋代富商石崇之歌妓，出身白州，即今广西壮族自治区玉林市博白县。此谓穷乡僻壤亦有不寻常之人居住。

㉖此句言海康当地风俗，与宋廷礼制在腊月戌日进行大祭不同，一般

在己酉日进行祭祝。

㉗沸动：翻动。

㉘此言江南风俗，腊祭不分戌、酉，一律定在腊八当日进行。

㉙粲粲：鲜明貌。

㉚庵摩勒：果名，即油柑。

㉛上客：尊客、贵宾。

㉜骊驹：古代告别时所赋的歌词。

㉝玉奁（lián）：玉制的盛香物或梳妆用品的器具。

㉞刍狗：古代祭祀时用草扎成的狗。

㉟荆山玉抵鹊：荆山玉，美玉。此用《盐铁论》之典："中国所鲜，外国贱之。昆山之旁，以玉璞抵乌鹊。"

㊱繇：通"由"。

㊲裔土：荒瘠边远的地方。

㊳蚕月：蚕忙时期，即三月。

㊴吴绡与鲁缟：产自吴、鲁等地的丝绸布料，皆较为轻薄。

㊵取具：置办。

㊶舸船：船名。

㊷怵迫：诱迫。

㊸半贾：半价。

㊹鬻（yù）：购买。

㊺倍称：加倍偿还。

㊻旸：晴天。

㊼颠蹶：动荡不平貌。

㊽大块噫：天地吐气，语出《庄子·齐物论》。

㊾众窍虚：众多洞穴虚而无风声。

㊿丽空：悬挂空中。

㉛合浦：汉代地名，在今广西壮族自治区壮海市合浦县，珍珠的产地。

㉜蜑（dàn）：我国南方的水上居民，以船为家，不得陆居。

㉝此四句用《后汉书·孟尝传》故事。孟尝为合浦太守时，因前任诛求珍珠过巨，当地变得难以采到珍珠。孟尝到官，停止大量采珠之政，不久之后本地的珍珠数量又恢复了。

【译文】

当我年老时无端蒙受党祸，被贬黜到南海边鄙上的州县。在这里我只能从事农活以糊口，必须与奴仆们并列。在炎热的秋天里，篱笆上长满了牵牛花。有谁知道这时扛着锄头的人，当年还是一个显贵人物呢？

荔枝已经没多少了，黄柑忽然之间就结成了。被流放边鄙的罪臣没有必要节约时间，于是一年就这么过去了。我在高处俯瞰高耸入云的大树，虽然这里环境美好，但是毕竟不是我该待的地方。万物什么时候生长自然有天意，又与你催明鸟有什么关系呢？

我在水边建立了个住处，小小的茅屋紧临着高山。每天都有鸟鸣声自梁上传来。点燃香炉我进入梦乡，对着海上的明月自斟自酌。我这种卑下的"鸟"只要有一枝树枝栖身就行了，只是遗憾找到的这棵枝头不在我熟悉的那片森林里。

小土丘上没有树木，这样也就没有出游的必要了。读书一旦读出了心得，闭门谢客思考经义便可忘却忧愁。尺蠖蛾会看时机来弯曲自己的身体，它也没有什么别的要求。如果能回到故乡自然最好，但如果不能回到故乡，那么这里也不是不能待的地方。

岭南的女子到处摆开摊贩，她们到达的地方自然会聚集很多人。一天到三四个地方，到处售卖鱼虾。这些穿着青色裙子的人脚上总是不穿袜子，臭味有如猿猴一样。但你也不能不说这个地方穷山恶水，毕竟当年晋代的美人绿珠便是出身自此的。

海康一带在己酉日进行腊祭，不论那时是不是腊月。杀了牛、打起鼓，整个城市为之沸腾。虽然这不是古圣先贤的规矩，但也是历代相传的习俗。他们也许会嘲笑江南的人，为什么总是在腊八那天进行祭祀呢。

色彩鲜艳的油柑，用来煮汤是再好不过的了。这种东西本应在送别贵客时才拿出来，由美人自玉制的盒子中取出。谁知道在岭南一带的野地里，它如同草扎的狗一样被随地丢弃。用美玉交换普通家禽这种事，可以说是古已有之了。

荒瘠的地方没有多少桑树，因此在三月本应蚕忙的时候没有人从事纺织。江南与山东地方来的布料，都是从商人那里流传过来的。哪天南风起了，每一家一户都倍感压力。这些商人总是用半价购买本地的货物，再用加倍的价码收取利息。

大雨过后迎来了晴天，之后又发生了强烈的台风。狂风暴雨不分昼夜，山海仿佛都要被掀了起来。这就是所谓天地的吐气么？竟然这样不可阻挡。到了隔天风声停止了，白日又再一次高挂在空中。

合浦一带是古代采珍珠的地方，每当珍珠成熟时便能采得如山一般多的珍珠。但是我问了水边的蜑民，都说最近几年已经很难采到珍珠了。这里难道没有珍珠了么？它们都迁移到其他地方去了。这不是地方官所能处理得了的事情，只能等时机到了它们才会回来了。

【赏析】

元符元年（1098），秦观从横州再移往雷州，这自是政敌还不愿放过这位已经被贬为庶人的前任官员的结果。对于政敌的这种"抬举"，秦观自己也深有所知，这是因为自己曾是"旧日东陵侯"之故。然而，在此诗中，这种"当年比你阔"的心态，比起之前的《送酒与泗州太守张朝请》，更像一种自嘲。诚然，事已至此，再端臭架子只会徒招讪笑，不如重新回归民间。

　　这组《海康书事》，除了第一首自述身世、第二至四首描写自己的生活状态之外，其余六首基本便是当地的风情画，如第五首记鱼市、第六首记腊祭、第七首记当地水果、第八首记商人盘剥、第九首记台风、第十首记蜑民。读者们可能还记得，当秦观入仕之前，曾有《田居》四首，描绘了家乡高邮的风土民情，但曾被批评者认为"多杂雅言，不甚肖农夫口角"；这里的《海康书事》，或是因为秦观自始便不把自己当成雷州当地的"自己人"之故，除了第六首可能是秦观与当地居民交流关于腊祭风俗的交谈记实外，在其余的作品中，秦观不再假装自己是百姓中的一分子，而是以观察者的身份进行这一组诗的创作。

　　因此，这些诗在叙述当地风情的同时，也掺杂了秦观本人的议论。当然，秦观来自礼教森严的中原，在见到当地妇女毫无顾忌地到处活动，同时因为不习惯沿海地区的鱼腥味而毫不顾忌地表达鄙视之情，自然是因为秦观内心深处的"鄙视链"造成的，今日看来自是十分遗憾。但在此同时，对于百姓为商人盘剥克扣，或是蜑

民生活的困苦情形，在诗中也有所反应，这依然是潜藏于作者心底的关心民瘼的心性依然发挥着作用，可见此时天天嚷着遁居世外的秦观其实对于他人的苦痛仍然是十分关心的——这种仁民爱物的不忍之心，或许便是秦观当年立志为官的初心，也是秦观在宦海浮沉中真正无法放下的我执。

雷阳书事三首

骆越①风俗殊，有疾皆勿药。束带②趋祀房，用史巫③纷若④。弦歌荐茧栗⑤，奴士洽觞酌⑥。呻吟⑦殊未央，更把鸡骨⑧灼。

一笛一腰鼓，鸣声甚悲凉。借问此何为，居人朝送殇⑨。出郭披莽苍⑩，磨刀向猪羊。何须作佳事⑪，鬼去百无殃。

旧传日南郡⑫，野女⑬出成群。此去尚应远，东门已如云⑭。蛮氓⑮托丝布，相就⑯通殷勤⑰。可怜秋胡⑱子，不遇卓文君⑲。

【注释】

①骆越：古种族名，居于今云贵、两广一带。

②束带：泛指装束。

③史巫：祝史和巫觋。

④纷若：盛多貌。

⑤茧栗：形容牛角初生之状，言其形小如茧似栗，借指牛犊。古以小牛祭祀，因以"茧栗"泛指祭品。

⑥觞酌：饮酒。

⑦呻吟：诵读，吟咏。

⑧鸡骨：鸡的骨头，占卜用具。

⑨殇：年纪不满二十而逝曰殇。

⑩莽苍：迷茫的郊野或原野。

⑪佳事：好事、吉礼。

⑫日南郡：汉武帝时所设之郡，辖境约为当今越南中部地区。此处代指秦观所至之岭南地区。

⑬野女：乡村妇女。

⑭本句用《诗·郑风·出其东门》之典："出其东门，有女如云。"

⑮蚩氓：敦厚而愚昧的人。

⑯相就：主动靠近，主动亲近。

⑰殷勤：情意恳切。

⑱秋胡：事见汉刘向《列女传·鲁秋洁妇》："春秋鲁人，婚后五日，游宦于陈，五年乃归，见路旁美妇采桑，赠金以戏之，妇不纳。及还家，母呼其妇出，即采桑者。妇斥其悦路旁妇人，忘母不孝，好色淫佚，愤而投河死。"后以"秋胡"泛指爱情不专一的男子。

⑲卓文君：事见《史记·司马相如列传》："汉临邛大富商卓王孙女，好音律，新寡家居。司马相如过饮于卓氏，以琴心挑之，文君夜奔相如，同驰归成都。因家贫，复回临邛，尽卖其车骑，置酒舍卖酒。相如身穿犊鼻裈，与奴婢杂作、涤器于市中，而使文君当垆。卓王孙深以为耻，不得已而分财产与之，使回成都"。

【译文】

南方的风俗与我们很不一样，这里的人生病了不使用草药。他们盛装打扮前往祭祀之所，那里聚集了大量的巫医。他们奏起音乐、送上供品，大家在那里欢快地喝酒。念咒声还没有结束之时，还把鸡骨当作占卜用具烧了起来。

一声笛、一声鼓，声音听着甚为悲凉。我问他们这是在干什么，他们说这是在为死去的小孩出殡。出了城到了原野之上，他们开始宰猪宰羊了。为什么把丧事办得像是喜事呢？他们说把鬼送走了我们不会有灾祸了。

传说在岭南地区，有大量的村妇聚集外出。虽然我距离她们那里还很远，但是已经看到许多妇女聚集在一起了。这些乡民拿着货品，互相融洽地交谈着。可惜像秋胡一样花心的男人，没能遇到像卓文君一样容易被引诱的女人。

【赏析】

这一组诗也是当地的风情画。第一首诗记当地的巫医，第二首诗记当地的丧礼，第三首诗记当地的男女关系。在前面《海康书事》中，秦观对于当地人的行为还是用自己的标准来评判其高低，到了这一组诗时，秦观应是已经习惯本地了，因此参与更为深入。除了巫医跳大神之时与本地人一同饮酒、有人出殡时参与送行外，秦观可能也加入当地年轻人的交际活动之中，甚至希望能够认识前诗所形容的"白州生绿珠"的女子。但是，秦观当时已经年过半百，又是待罪之身，这样的女子又怎么可能理他呢？因此，诗人也只能不胜遗憾地说没有遇见卓文君那样的女子了。当然，秦观此举大概也只是排遣寂寞而已，故他也自嘲自己是"秋胡子"，因此，当他被拒绝后，也是一笑而过，什么都无所谓了。

反初①

昔年淮海来，邂逅安期生②。记我有灵骨③，法当④游太清⑤。区中缘⑥未断，方外道难成。一落世间网，五十⑦换嘉平⑧。夜参半不寝，披衣涕纵横。誓当反初服，仍先谢诸彭⑨。晞发阳之阿⑩，餔啜⑪太和⑫精。心将虚无合，身与元气并。陟降⑬三境⑭中，高真⑮相送迎。琅函⑯纪前绩，金蒲⑰锡嘉名。耿光⑱洞寥廓⑲，不借日月明。故栖⑳黄埃㉑裹，绝想空复情。

【注释】

①反初：即反初服，复归本原，回归初心。

②安期生：仙人名。

③灵骨：悟道的先天素质。

④法当：应当。

⑤太清：三清之一。道教谓元始天尊所化法身道德天尊所居之地，其境在玉清、上清之上，唯成仙方能入此，故亦泛指仙境。

⑥区中缘：人世间之俗缘。

⑦五十：作者写作此诗时的年龄。

⑧嘉平：腊月的别称。

⑨诸彭：即彭尸。道家谓人体内有三尸虫，上尸名彭倨、好宝物，中尸名彭质、好五味，下尸名彭矫、好色欲，合称"彭尸"。

⑩阳之阿：传说中的仙山。

⑪餔啜（bū chuò）：吃喝。

⑫太和：天地间冲和之气。

⑬陟降：往来。

⑭三境：道家所称之三清境、三清天。

⑮高真：得道成仙的人。

⑯琅函：道书。

⑰金蒲：以金文书于蒲编上。

⑱耿光：光明。

⑲寥廓：古代谓宇宙的元气状态。

⑳故栖：原本的栖息之所。

㉑黄埃：黄色的尘埃，比喻尘世。

【译文】

当年我在淮海一带时，与仙人不期而遇。仙人说我有慧根，应当能够修成仙道。因为我在人世间的俗缘未了，所以修仙终于还是失败。一旦堕入世间的网罗，现在已经到了我五十岁的腊月了。在半夜里我睡不着，披着衣服痛哭流涕。我发誓我一定要回归初心，首先便要戒除所有的欲望。我将在阳阿山下濯发，同时吸收天地之精华。我的心将要与虚空结合，我的身体也将化为天地的元气。我将在三清境中自由升降，并且得到得道高人的欢迎。天宫的道书中将会记载我的功绩，玉帝的名册里也会写上我的名字。我用我的智慧洞察了宇宙的元气状态，我的光芒将不必依赖日月而彰显。我以前的居所将隐没在尘世里，我将再也不会将它想起。

【赏析】

在回归平淡、与百姓共同生活的同时，秦观有时候依然还会想起自己毕竟不是一般的平头百姓，而是一个胸怀大志、腹有诗书的读书人。对于自己政治生涯的失败，秦观仍然耿耿于怀，但既已被贬为平民，再想建功立业也只是痴人说梦，于是秦观又一次将自己麻痹在仙人的世界之中，再一次追求飞升成仙、离开这个庸俗的世界。

饮酒诗四首

我观人间世①，无如②醉中真。虚空③为销殒④，况乃百忧⑤身。惜哉知此晚，坐令华发⑥新。圣人骤难得⑦，日且致贤人⑧。

左手持蟹螯⑨，举觞⑩瞩云汉。天生此神物，为我洗忧患。山川同恍惚⑪，鱼鸟共萧散⑫。客至壶自倾⑬，欲去不得间⑭。

客从南方来，酌我一瓯茗。我酌初不啜⑮，强啜且复醒。既凿浑沌氏，遂出华胥境⑯。操戈逐儒生⑰，举觞还酩酊⑱。

雷觞⑲淡如水，经年不濡唇。爰有扰龙系⑳，为造英灵春㉑。英灵韵甚高，蒲萄难为邻。他年血食㉒汝，应配杜康神。

【注释】

①人间世：人世；世俗社会。

②无如：不如，比不上。

③虚空：天空。

④销殒：亦作销殒，毁坏坠落。

⑤百忧：种种忧虑。

⑥华发：花白头发，一般代指老年人。

⑦难得：不易得到。

⑧贤人：有才德的人。

⑨蟹螯：螃蟹的第一对脚。此处用《世说新语·任诞》典故："一手持蟹螯，一手持酒柸，拍浮酒池中，便足了一生。"

⑩举觞：举杯饮酒。

⑪恍惚：迷离，难以捉摸。

⑫萧散：犹萧洒，形容举止、神情、风格等自然，不拘束。

⑬壶自倾：自斟。

⑭不得间：片刻亦不挽留。

⑮啜：尝试。

⑯此二句用《庄子·应帝王》的典故，意指人应该顺应自然，不得强行使用机巧。作者因而自叹当年自作聪明而伤天性，终于流徙各地、不得逍遥。

⑰本句用《列子·周穆王》的典故："宋阳里华子中年病忘，朝取而夕忘，夕与而朝忘……鲁有儒生自媒能治之，……从之。莫知其所施为也，而积年之疾一朝都除。华子既悟，乃大怒，黜妻罚子，操戈逐儒生。

宋人执而问其以。华子曰：'曩吾忘也，荡荡然不觉天地之有无。今顿识既往，数十年来存亡、得失、哀乐、好恶，扰扰万绪起矣。吾恐将来之存亡、得失、哀乐、好恶之乱吾心如此也，须臾之忘，可复得乎？'"

⑱酩酊：大醉。

⑲雷觞：指雷州当地的酒。

⑳扰龙系：驯养。

㉑英灵春：酒名。

㉒血食：鬼神受牲宰之祭祀。

【译文】

在我看来这个人间是如此虚幻，还不如喝醉后所能看到的风景能够当真。天空都可能会坠落，便何况是这具臭皮囊呢。可惜的是我这么老才认识到这一点，之前徒然烦恼以致于生出了这么多白发。人要成为生而知之者的圣人太不容易了，能当个学而知之者的贤人也好。

左手拿着螃蟹的脚，用手拿起酒杯敬银河。上天生下了这种神奇的东西，为我洗去一切忧愁。山川河流与我一同摇晃，游鱼飞鸟也和我一样潇洒。就算有客人来了我仍然自饮自酌，完全没有空理他。

从南方来的客人，给我带来了一杯茶。当时已经醉了的我，一开始先不想喝；他非让我喝，我喝了就清醒了。我的理智既然恢复了，我就离开仙境了。所以我拿起棍子把那客人赶走，回来继续举杯喝个大醉。

雷州的酒淡得像水一样，喝再多也不觉得畅快。后来听说有经过训练的匠人，能够酿出一种名为"英灵春"的酒。这种酒甚为甘醇，价格比起葡萄酒高出万倍。日后谁如果想要祭拜我，就应该供奉这种酒。

【赏析】

飞升成仙自然是求仙者编出来的故事，现实中的人们于是只能用其他方式排遣自己的痛苦。饮酒，喝得大醉，自是一项人们常常使用的办法。

当秦观想到自己因蒙受不白之冤而流落天南之时，他在修仙不成后所选择的方式便是酗酒。开篇"我观人间世，无如醉中真"，认为醉后所见的世界远比清醒时所见的世界真实，此句化用了李后主"醉乡路稳宜频到，此外不堪行"的修辞，由此可见其受伤之深。李后主写完这阕词后不久便死去，秦观应也想到这一点，于是在这组诗的最末也开始预先安排后事了。

自作挽词

昔鲍照、陶潜自作哀挽，其词哀。读予此章，乃知前作之未哀也。

婴衅①徙穷荒②，茹哀与世辞。官来录我橐③，吏来验我尸。藤束木皮棺，藁葬④路傍陂。家乡在万里，妻子天一涯。孤魂不敢归，惴惴⑤犹在兹。昔忝柱下史，通籍⑥黄金闺。奇祸一朝作，飘零至于斯。弱孤⑦未堪事，返骨定何时。修途⑧缭山海，岂免从阇维⑨。荼毒⑩复荼毒，彼苍⑪那得知。岁晚瘴江急，鸟兽鸣声悲。空蒙寒雨零，惨淡⑫阴风吹。殡宫⑬生苍藓，纸钱挂空枝。无人设薄奠，谁与饭黄缁⑭。亦无挽歌者，空有挽歌辞。

【注释】

①婴衅：获罪。

②穷荒：绝塞，边荒之地。

③橐（tuó）：行囊。

④藁（gǎo）葬：草草埋葬。

⑤惴惴：忧惧戒慎貌。

⑥通籍：谓记名于门籍，可以进出宫门。

⑦弱孤：势孤力弱。

⑧修途：路途遥远。

⑨阇（shé）维：梵语，指人死后火化。

⑩荼毒：悲痛。

⑪彼苍："彼苍者天"的简称，即苍天。

⑫惨淡：暗淡；悲惨凄凉。

⑬殡宫：指坟墓。

⑭黄缁：指道士和僧人。道士戴黄冠，僧人穿缁衣。

【译文】

我获罪被流放到边荒之地，满怀着悲痛与这个世界辞别。官员来检录我剩余的物品，仵作来验我的尸体。用藤捆住很薄的棺木，随意在无名的土丘上埋了。我的家乡在万里之外，妻子也远在天边。但我的游魂不敢回去，因为害怕连累他们。以前我在宫中负责文书，太后和皇上都注意到我这号人物。忽然发生了大祸，我于是落魄到如今的程度。我势孤力弱，没办法承受这样的压迫，因此我也没办法说我的遗骨什么时候能回到家乡。回乡的路途是如此山海险阻，难道最后只能把我烧成灰了么？真是太悲惨了，上天哪里知道我的苦楚呢？冬天来了，充满瘴疬之气的河流

益发汹涌，这里的鸟兽鸣声也日益悲伤。在烟雾之中降下了冷雨，在悲伤之中吹来了冷风。我的坟上将会长满苔藓无人清理，旁边的枯树上挂着几张纸钱。没有人会来祭奠我，自然也不会有人找和尚和道士来超渡我。不会有人替我唱挽歌，唯一纪念我的只有这片写着挽词的纸片。

【赏析】

秦观除了交待后人自己死后祭祠时要记得带酒之外，也写就了自己的挽词。从诗观之，能让四季如春的雷州变得寒冷的时节，大概只有岁暮前后而已，故这首诗当作于宋徽宗即位前夕，即元符二年（1099）冬至元符三年（1100）初春之间。此时秦观在雷州已经两年了，对于异地风俗的新鲜感已经消退，取而代之的是流落蛮荒的绝望，于是他的情绪陷入最黑暗的深渊之中。后来，这首诗的"面世"，据苏轼记载，是"庚辰（元符三年）岁六月二十五日，予与少游相别于海康，意色自若，与平日不少异。但自作挽词一篇，人或怪之。予以谓少游齐死生、了物我，戏出此语，无足怪者。已而北归，至藤州，以八月十二日，卒于光化亭上。呜呼，岂亦自知当然者耶？"元符三年二月、四月，宋徽宗数次大赦天下，秦观也被赦免，此时的秦观可能心情已不如之前那般郁闷，是以将此作交给苏轼阅读；当时他的表情可能还是十分欢快的，以致于苏轼以为秦观只是戏言，因而不以为意。但不意，在春风吹来之际，命运却对这一对师徒开了天大的玩笑。

偶戏

偶戏失班龙①，坐谪昆仑阴②。昆仑一何高，去天无数寻。嘉禾③穗盈车，珠玉④焖成林。天飚⑤时一拂，清哀⑥动人心。一面四百门⑦，宫谯⑧云气侵。阙然⑨竹使符⑩，难矣暂登临。群仙来按行⑪，怜我久滞淫。力请始云免，反室岁已深。亲朋喜我来，感叹或沾襟。尘寰⑫君勿悲，殊胜巢嵚釜。

【注释】

①班龙：九色龙。

②阴：山南水北谓之阳，山北水南谓之阴。

③嘉禾：生长奇异的禾，古人以之为吉祥的征兆。

④珠玉：珠树、玉树。

⑤天飙（biāo）：天风。

⑥清哀：清凄哀伤。

⑦四百门：言昆仑天门之多。

⑧宫谯：宫殿之望楼。

⑨阙然：缺而不全。

⑩竹使符：本谓汉代分与郡国守相的信符，右留京师，左与郡国。

⑪按行：巡行。

⑫尘寰：人世间。

【译文】

我因为一时不谨慎而从神龙上坠落下来，被玉皇大帝贬谪到昆仑山的北边。昆仑山是那么的高，距离青天没多远。这里生长了各种谷类，珠树、玉树也葱郁成林。如果天上偶尔传来一阵凉风，那么哀伤足以打动人心。在昆仑山上有许多条通往天庭的道路，这里的哨岗也都笼罩在云气之中。但是我却没有通行证，他们不让我通过。神仙来巡视人间，可怜我在这里待的太久了。他们极力帮我争取我才能通过，但这时候我年纪也大了。亲戚朋友欢迎我回来，那时恐怕会痛哭流涕吧。但是流落人间还不是需要悲伤的事，它比居住在危险的环境中要好得太多了。

【赏析】

从诗后段的描述推测，这首诗可能写于元符三年（1100）二月宋哲宗驾崩、宋徽宗即位之时。在雷州饱尝苦辛的秦观，这时接到朝廷的旨意，恢复宣德郎的官职，并且转往衡州（今湖南省衡阳市）。虽然衡州距中原仍然遥远，但是比起雷州或之前待过的郴州，其政治地位相对而言仍是稍微高出那么一点，更重要的是重新恢复秦观"士"的身份。在这样的情况下，秦观似是嗅到了一线的生机。然而，这六年的贬谪生涯让秦观彻底对仕途死心，于是在得到赦免之时，他想到的并不是回去之后该怎么为国效力，而是希望能够远离这个纷扰的尘世。至于是要修仙或是回乡，则都是之后再考虑的事了。

流杯桥①

曲水②分山阴③，舆梁④胜溱洧⑤。一咏见高风，驷马⑥安足取？

【注释】

①流杯桥：亦作"流盃"。犹流觞。

②曲水：环曲之水。

③山阴：山朝北的一面。

④舆梁：桥梁。

⑤溱洧（zhēn wěi）：溱水与洧水，此处用《孟子·离娄下》之典："子产听郑国之政，以其乘舆，济人于溱洧。"

⑥驷马：指显贵者所乘的驾四匹马的高车。表示地位显赫。

【译文】

山的北面为溪流所分隔了，这时有一座桥梁可以说是莫大的功德。在这里吟诗是多么高雅，我又何必要有显赫的地位呢？

【赏析】

元符三年（1100）八月，秦观自雷州启程，抵达藤州（今广西壮族自治区梧州市藤县）。此时的秦观，心情应是较为畅快的。因此到了此地，见到优美的风景，便吟成了这首诗。当他吟到后半段时，其得意之情简直可以说是毫不掩饰了。

玉井泉

云蒸①昆山②液，月浸蓝田③英。临风咽沆瀣④，满腹珠玑⑤鸣。

【注释】

①云蒸：云气升腾。

②昆山：昆仑山。

③蓝田：形容泉水清澈。

④沆瀣（hàng xiè）：夜间的水气，露水。

⑤珠玑：珠宝，珠玉。

【译文】

这泉里的水就像来自云端上的昆仑山，颜色有如蓝田玉中的月光一般

皎洁。我吹着风嗅到了它冒出来的水气，腹中仿佛充满了珠玉一样畅快。

【赏析】

这首小诗也作于藤州。作者以玉比泉水，极力描绘泉水的美好。本诗的特点在于一般人写泉水要不就是写看到的水色，要不就是写听到的流水声，至多是亲自尝了一口后如何如何甘洌。秦观此诗别出心裁，写的是嗅觉。相比于味觉是放入口中才能感到，从嗅觉立言便使人得知这口泉水的芳香甘甜是从远处便能闻到的，这样的描写比起味觉式的描写，一方面是更具新意，另一方面也将泉水的美好提升了一个档次。

光华亭①

霞通海天曙，月来东山②白。共是凭栏人，谁足当秋色。

【注释】

①光华亭：亭名，在藤县北。

②东山：山名，在藤县东。

【译文】

太阳升起，海上一片彩霞；月升时分，东山也被照成一片银白。我和月亮都立在光华亭的栏杆边，究竟谁的容颜更能反映秋天的气息呢？

【赏析】

这首小诗可能是秦观生命中的最后一首诗。秦观在藤州时可能心情较为畅快，时常到光华亭观景、饮酒。然而，虽然已是仲秋八月，但是南方还是偶尔会出现"桑拿天"。正是在一个炎热的天气里，秦观在光华亭大醉，醒时"索水欲饮，水至，笑视之而卒"。从现代医学的角度来看，前引苏轼的回忆称秦观的神色"与平日不少异"，可见应无慢性病；此时秦观应是中暑在先，又长期酗酒使得心脏不堪负荷，终于引发心肌梗塞，终于撒手人寰。痛苦了一辈子的诗人，在最后恢复了"士"的身份，又在一瞬间离开人世，这或许是苍天唯一所能给他的补偿了。这一天是元符三年（1100）八月十二日，秦观五十三岁。

词鉴

浣溪沙

香靥①凝羞一笑开，柳腰如醉暖相挨。日长春困②下楼台。照水有情聊整鬓，倚阑无绪③更兜鞋④。眼边牵系⑤懒归来。

【注释】

①靥（yè）：酒窝。

②春困：谓春日精神倦怠。

③无绪：不经意。

④兜鞋：将鞋提起。

⑤牵系：拘系牵连。

【译文】

她那带着几分羞涩的笑容中绽放开了一对酒窝，扭动着如柳条一般纤细柔软的小蛮腰。春天的日照时间长了，她有些疲倦，于是就走下了楼台。

她对着池水稍稍整理了头发，靠着栏杆时又不经意地提了提鞋。她缓缓地归去，眼角却还时不时地、有意无意地瞥着远方。

【赏析】

本词描述了一位少女在春日中登楼、下楼的画面，虽然文中并未使用任何描写感情的词语，但是透过少女种种无意识的动作，自然而然地体现出少女的情绪变化：先是饶有兴致地登上楼台观景，但时间久了，少女也渐渐感到无聊决定离去；当她下楼时，仍有意无意地整理仪容，下了楼台后却又不由自主地将眼光瞥向远方。透过这一组影像，读者们可以自行想象少女此时心里想的是什么事情。这一阕词，秦观只描写他所见到的画面，不将少女心事写死，从而给人留下无穷的想象空间。传统中国艺术之所以强调"留白"，正是因为它的妙处便在于此。

品令

掉又嬝①，天然个品格②。於中压一③。帘儿下时把鞋儿踢。语低低④、笑咭咭⑤。　　每每秦楼⑥相见，见了无限怜惜⑦。人前强不欲相沾识⑧。把不定、脸儿赤。

【注释】

①掉又嬝（tiǎo）：掉，美好；嬝，娇艳。

②品格：性格。

③压一：压倒或超过一切。

④低低：低声，轻声。

⑤咭咭（xī xī）：状声词。

⑥秦楼：妓院。

⑦怜惜：爱惜，爱护。

⑧沾识：相识。

【译文】

美丽又娇艳，这是上天赐赋与的。可以说是万里挑一。当珠帘降下时一蹬脚把鞋子踢掉。轻轻说话、嘻嘻笑闹。

每次在青楼中见到了那个人，总是心生无限爱惜。在人前总是装出不在意的样子。然而双脸却还是情不自禁地红了。

【赏析】

这阕词应是秦观早年的作品。众所周知，词这种文类最初本是歌妓所唱的曲子，所以其内容最初都是如《花间集》那种以写女子或男女之情的为主。虽然中间经过李后主、晏氏父子等人，从而扩大了词的境界，但这种原初型态的残余一时半会也是不会消散的。正是在这样的情况下，秦观写了本阕词和下一阕词。然而，虽然是写给妓女用于演唱的，但是秦观对于这位女子的样态和情绪却能做出充分的把握。在这阕词中，秦观充分地写出了一位其实已经看上某位男子、却又好面子而故作矜持的样子的女子的神态。虽然她见到了心仪的对象，但是在人前仍强颜装作漠不在乎，其实心里焦急得很，同时不由自主地羞红了脸，完全就是我们今天所说的"傲娇"。时移千年，人的情态却仍然如一，这也是文学最大的魅力。

品令

幸自得①。一分②索强③，教人难吃④。好好地恶⑤了十来日。恰而今、较些不⑥？　须管⑦咽持⑧教笑，又也何须肭织⑨。衙⑩倚赖脸儿得人惜。放软顽⑪、道不得。

【注释】

①幸自得：本来是。

②一分：一点儿、少量。

③索强：争强、恃强。

④难吃：难受。

⑤恶：情怀不乐。

⑥较些不：好些么？

⑦须管：定要。

⑧啜持：逗引、哄骗。

⑨肐（gē）织：即对胳肢窝搔痒使人发笑。

⑩衠（zhūn）：老是。

⑪放软顽：撒娇。

【译文】

本来是一点点逞强，真是令人难受。平白无故地生了十来天的闷气。到了今天，好些了么？

今天定要把你逗笑，用不着在胳肢窝给你搔痒。这张脸蛋真叫人疼惜。撒撒娇吧，什么都别说了。

【赏析】

上一阕词和本阕词应当作于同一时期，故事应该也是延续的。我们的"傲娇女"没料到那个男子竟然如此不解风情，独自生了十来日的闷气，在下次相见时故作嗔态、不理不睬。那男子大约是发现了这一点，于是想尽办法逗她笑。秦观对于这样的小儿女情态，对于整个过程，描绘得淋漓尽致，不禁令人怀疑他是不是就是词中所描述的那位男子。撇开种种猜测，这两阕词还有另一个特点，就是使用了大量的高邮方言——正如前述，词是要用唱的，这种做法更加贴近当地人的语言习惯、更易于传颂，也许因此而成为当地流行的"神曲"亦未可知。

迎春乐

菖蒲叶叶知多少。惟有个、蜂儿妙。雨晴红粉齐开了。露一点、娇黄小①。 早是被、晓风力暴②。更春共、斜阳俱老。怎得香香深处，作个蜂儿抱。

【注释】

①娇黄小：指蜜蜂。

②晓风力暴：晨风急疾。

【译文】

菖蒲究竟有多少片叶子呢？大概只有在里面穿梭的蜜蜂知晓吧。雨停了，红花都一齐绽放了。在花叶底下，露出了一只小蜜蜂的身影。

清晨忽然刮起了大风。春花都在斜阳中被吹散了。年华无多时，还不如像蜜蜂一样，在花深处，紧紧拥抱。

【赏析】

这阕词应该也是写给妓女传唱用的。历代评者对于这一阕词可以说是恶评如潮，有的说"谀媚之极，变为秽亵"，有的说"鄙俚纤俗"。这一阕词之所以犯众怒者，大概在于它将《花间集》中的"色情狂"发挥到极致。秦观之所以会写出这样的作品，自然与宋词的发展史、当时的社会条件有密切的关系，况且我们都知道，宋代以来"假道学"的现象有多盛行，是以不能以之苛责诗人。但是，在笔者看来，除了最后一句说得较露骨之外，其他句子看着都像是描写春景和蜜蜂，究竟历代评者看到了什么三俗内容呢？读者诸君不妨深思。

满园花

一向①沈吟②久。泪珠盈襟袖。我当初不合、苦擸就③。惯纵得软顽，见底④心先有。行待⑤痴心守。甚捻著脉子⑥，倒把人来偃偲⑦。　　近日来、非常罗皂⑧丑⑨。佛也须眉皱。怎掩得众人口。待收了孛罗⑩，罢了从来斗。从今后。休道共我，梦见也、不能得勾⑪。

【注释】

①一向：一心一意。

②沈吟：深深的思念。

③擸（ruán）就：迁就。

④底：什么。

⑤行待：将要。

⑥捻著脉子：医者以手切脉，此喻知道对方心病。

⑦偃偲（chán zhòu）：呕气、骂詈，引伸为折磨。

⑧罗皂：吵闹、纠缠。

⑨丑：通"俦"，相类。

⑩孛罗（bó luó）：用柳条或竹篾等编制的箩筐，本句意谓从此罢休。

⑪勾：通够。不能得勾，即不能够。

【译文】

一心一意深深地思念你。思念的眼泪弄湿了我的衣袖。我当初就不该这样苦苦迁就你。惯得你现在知道只要你撒起娇来，我什么心都没有了。我想着要不理你。你却已经知道我的心意，利用这一点来折磨我。

近日来你变得非常啰唆。就是佛祖听了也只能皱眉头。其他人看到又会怎么说呢？还不如我们就这样算了，把一切关系都收拾干净。从今往后，你别说和我在一起，连在梦里梦见我，我也决不允许。

【赏析】

这阕词也是秦观早期在高邮放浪形骸的作品。虽然有些道学家认为这样的东西伤风败俗、不登大雅之堂，但是如果放开"文以载道"的道德枷锁，单纯评论秦观这阕词中所模拟的小情侣吵架时的种种样态，可以说是非常成功的。叙事的主人公很可能是位少女，因为爱得深，所以她的情郎不管做了什么错事，只要来几句甜言蜜语，这个少女的心就又再次被融化了。但久而久之，心里也有气，于是拌嘴的次数多了，也闹得左邻右舍都知道，于是少女（又一次）下了决心要和男子断绝关系。至于故事的后续如何呢？恐怕是"剪不断，理还乱"，再一次重复这阕词中所叙述的一切吧。情侣间这样的分分合合，一直到今天，也往往脱不开这样的模式。就这一点来说，秦观这一阕词可以说是洞察了人的细微感情，如果把文学当作对人性的探究，那么这一阕词无疑是极为成功的。

临江仙

髻子^①偎人娇不整，眼儿失睡微重。寻思模样早心忪^②。断肠^③携手^④，何事太匆匆。　　不忍残红犹在臂，翻疑梦里相逢^⑤。遥怜南埭^⑥上孤篷^⑦。夕阳流水，红满泪痕中。

【注释】

①髻（jì）子：发髻。

②心忪（zhōng）：惊惧不安。

③断肠：形容极度思念或悲痛。

④携手：手拉着手。

⑤本句用元稹《莺莺传》之典故："张生……自疑曰：'岂其梦邪？'及明，睹妆在臂、香在衣，泪光荧荧然，犹莹于茵席而已。"

⑥南埭（dài）：即召伯埭，秦观家乡高邮的一处码头。

⑦孤篷：孤舟远行。

【译文】

发髻已经散乱了，女子依然倚着男子的肩头，她的黑眼圈诉说着她一夜没睡。她自忖自己的面容，恐怕是一脸憔悴吧。两个人手拉着手伤心地告别，一同感慨着快乐的时光总是过得太快。

客船上的男子袖子上沾满了胭脂泪痕，他正怀疑着刚才的二人世界是不是只是在梦中见到的场景。男子回想起他在召伯埭登上远行的客船时的那一刻。这时夕阳照在江水之上，江水、泪水都是一片殷红。

【赏析】

本词可能写于熙宁四年（1071）或熙宁五年（1072）作者决定离家赴

湖州入孙觉幕中，在离开高邮时与其妻子的惜别之作。在词的上片，描述其妻因不忍与作者分别而彻夜难眠的神态。在离别前夜，两个人可能终夜不寐，想要把握住这最后的夜晚，但无奈朝阳终究升起，两个人也只能感慨时间飞逝而已。在词的下片，作者已经只身上到南下的小舟，在舟中沉沉睡去，却又梦到离别时的场景。醒来时发现自己的袖子上尚有妻子和着胭脂的嫣红泪痕，到甲板上，正是夕阳西下之时，整片江水也是一样的颜色，仿佛都在为这场分别啜泣，可谓是点睛之笔。

浣溪沙

锦帐①重重卷暮霞②，屏风曲曲③斗④红牙⑤。恨人⑥何事苦离家。　　枕上梦魂飞不去，觉来红日又西斜。满庭芳草衬残花。

【注释】

①锦帐：锦制的帷帐，亦泛指华美的帷帐。

②暮霞：晚霞。

③曲曲：弯曲。

④斗：拼凑。

⑤红牙：乐器名。檀木制的拍板，用以调节乐曲的节拍。

⑥恨人：失意抱恨者。

【译文】

卷起一重又一重锦制的帷帐，见到了西天的晚霞，弯弯曲曲的屏风之中有什么人在敲击着拍板。这样的屋中有一个闷闷不乐的人，你为什么要离开家乡呢？

这个人借酒浇愁、醉卧不起，待到他醒来时，又是一个日暮时分了。这时候庭院里的青草已经长成，在一片绿茵中，他见到了还未凋尽的花朵的颜色。

【赏析】

这阕词应作于元丰元年（1078）初举进士未第之时。当时秦观进京赶考，却不幸落第。有人招其宴饮，可能是在京认识的朋友中有人中举了的庆功宴，这使得秦观更加感到哀伤。《浣溪沙》这个词牌上、下片各有三句，其惯用做法是前两句铺陈，末句反转：秦观的这一阕《浣溪沙》充分掌握了这一特点。上片先写宴会中的热闹风景，忽然在这一片热闹中找到一个寂寞的人；下片先写这个寂寞的人，仿佛极其伤心、绝望，但却在末句一转，将镜头拉远，见到了一片绿草，花也尚未凋尽，生机依然蓬勃。前一次翻转，使秦观发泄了自己的失望之情；后一次翻转，象征着诗人解开了颓唐的心态，决定向着新的征程迈去。未来的路会怎么样，此时的秦观尚不知道，但重要的是他在这里重新鼓起了继续走下去的勇气。

桃源忆故人

玉楼深锁薄情种①，清夜②悠悠谁共。羞见枕衾③鸳凤④，闷即和衣⑤拥。　　无端画角⑥严城⑦动，惊破一番⑧新梦。窗外月华⑨霜重，听彻梅花弄⑩。

【注释】

①薄情种：不念情义的人，多用于男女情爱。此处故意用其反义，即主人公实际上自认为自己是多情种。

②清夜：清静的夜晚。

③枕衾：枕头、被子。泛指床铺。

④鸳凤：鸳鸯与凤凰，比喻佳偶。

⑤和衣：不脱外衣。

⑥画角：乐器。形如竹筒，本细末大，以竹木或皮革等制成，因表面

有彩绘，故称。发声哀厉高亢，古时军中多用以警昏晓，振士气，肃军容。

⑦严城：戒备森严的城池。

⑧一番：一回、一次。

⑨月华：月光、月色。

⑩梅花弄：即梅花三弄，古曲名。

【译文】

想要忘却旧情的人被锁在深深的楼台上，漫长的清静的夜晚能和谁一起渡过呢？她不愿意见到床单被罩上绣着的鸳鸯和凤凰，郁闷之下便连外衣也不脱就抱着被子入睡。

不知为什么在这座戒备森严的城池里响起了警戒的号角声，这声音将刚入睡的她吵醒了。这时候窗外的月色有如秋霜一样寒冷，又不知道从哪里传来了《梅花三弄》的歌声，终夜不止。

【赏析】

本词写闺怨。闺怨题材是中国传统文学中的一个大宗，秦观想要写出超越前人的作品自属不易，因此在这阕词中，秦观尝试以语助词入词（即"闷则和衣拥"的"则"字）。虽然这种做法自是别开蹊径，尝试将因果关系点明，但争议也很大。支持者认为这是新的尝试、力图扩大语言的范围，故而值得嘉奖；反对者则认为"此乃少游恶劣语"，不但违反词的规律，而且把话说太明反而失去了韵味。

撇开文字技术上的争论，单就这阕词所制造出来的意境而言，无疑还是成功的——贯通全文的是清冷之气，在漫无一人的黑夜里，只有主人公一个人在思念着远方的某人。楼中寒冷，月色寒冷，不知何处传来的歌声也是寒冷的，在这样的寒冷中，主人公辗转反侧、难以成眠，更加显示其孤独的处境。其实，这样的思念远方的人的情绪，古往今来，心同理同。在读这种抒情性的文类之时，我们是读诗不是读史，只要能体会到亘古不变的人性与情感，并且能够有所共情即足矣，不须要再像一些人非得将这阕词说成"揭露封建社会对妇女的迫害"，简直是暴殄天物、大煞风景。

一丛花

年时①今夜见师师②，双颊酒红滋。疏帘③半卷微灯④外，露华⑤上、烟袅凉飔⑥。簪髻乱抛，偎人不起，弹泪唱新词。　佳期⑦。谁料久参差⑧。愁绪⑨暗萦丝⑩。想应妙舞清歌罢，又还对、秋色嗟咨⑪。惟有画楼，当时明月，两处照相思。

【注释】

①年时：昔年、当年。

②师师：歌妓名。

③疏帘：稀疏的竹织窗帘。

④微灯：暗淡的灯光。

⑤露华：清冷的月光。

⑥凉飔（sī）：凉风。

⑦佳期：美好的时光。

⑧参差：错过。

⑨愁绪：忧愁的心绪。

⑩萦丝：纠缠难解。

⑪嗟咨：慨叹。

【译文】

当年的今夜我见到了你，你双颊红彤彤的。在那个烛光暗淡、窗帘微卷的时候，我们见到了清冷的月光笼罩在烟雾和凉风之中。你的头发是那么凌乱，你依偎着我，带着眼泪唱着我新作的歌曲。

美好时光竟然就这么错过了，我心里的愁闷难以排解。遥想着远处的你，在宴席中歌毕舞罢，应该会在一个无人的角落里对着秋景叹气吧。这时只有画楼上的那轮明月还依旧照着分隔两处的我们，传递我们的相思之情了。

【赏析】

关于这阕词创作的时间，历代选注者有不同的看法。有人认为是元祐年间秦观被贬之后、怀念汴京名妓师师时所写的；有人认为这阕词因为语言殊少顾忌，应是秦观在及第之前、远游孙觉幕中时，写给故乡高邮的歌妓的。前者的论据在于"师师"指的应是李师师，但考宋徽宗、周邦彦与李师师故事发生的年代，本词中的师师与之必然不是同一人，故应以后说为是。

在词的开篇处，诗人与女子两人夜半于深闺中相依偎，原本该是无限春光的场景，满目所见却是一片清冷，这预示了即将到来的分别。下片的时间拉回现在，远在万里之外的秦观忽然又想起了这段爱情，但他相信她虽然身在欢场，却没有变心，一定也在思念着自己。这时，上片中出现过的月亮又出现了——时过境迁，只有月儿如旧，在茫茫宇宙之中，生离死别不过转瞬，故朋旧友的星散也是时势之必然，于是似于永恒的明月终于成了这段爱情最后唯一仅存的见证者。因此，这对爱侣心中的苦闷，也只能对它倾诉了。

点绛唇

月转乌啼，画堂宫徵①生离恨。美人愁闷。不管罗衣褪②。　　清泪斑斑，挥断柔肠寸。嗔③人问。背灯偷揾。拭尽残妆粉。

【注释】

①宫徵：泛指乐曲。

②褪：宽衣、卸衣。

③瞋：怒、生气。

【译文】

月亮西沉、寒鸦夜啼，画堂中传出了琴声，但声音中却充满了哀伤。一个美人满脸愁容。和衣卧下。

她的脸上流满了泪，仿佛柔肠早已寸断了。我想说点什么，却不知何故惹她发怒了。她背过身去，偷偷地拭去泪水。但与此同时，她脸上的胭脂水粉也被抹得到处都是。

【赏析】

这一阕词的出处是《东坡乐府》，但据唐圭璋先生的考证，这是秦观的作品。诚然，本词对于女子的神态、情感刻画入微，断然不是粗枝大叶的苏轼所能写出的，对于女子这种细腻的描写，本是秦观的特长。这位为了离别而伤心的女子，与之前几阕词所提到者究竟是不是同一人，难以考证，但都可以看到一个特点，即秦观所爱过的女子，率皆"傲娇"型的女子。本词中的女子将与情郎分别，在漫漫长夜之中黯然神伤。在这最后一夜，两个人本应好好珍惜彼此，于是即将远游的秦观试图上前安慰，但从文中我们可以想象那位女子对秦观说的话大概是"你别臭美，爱死哪死哪，滚得越远越好，老娘才不在乎你"之类的。但其实她心里是盼着秦观不要走，希望秦观将她紧紧抱住，却又不愿意在情郎前示弱，于是在怼走秦观后一个人躲到暗处偷偷拭泪。比起单纯的直叙悲伤，这种强作欢颜更加能够刻画出人物的性格，也为老生常谈的儿女情长题材添了几分血肉。

河传

乱花飞絮。又望空^①斗合^②，离人愁苦。那更夜来，一霎^③薄情风雨。暗掩将、春色去。　　篱枯壁尽^④因谁做。若说相思，佛也眉儿聚^⑤。莫怪为伊，底死^⑥萦肠惹肚。为没教、人恨处。

【注释】

①望空：呆望。

②斗合：凑在一起、聚集。

③一霎：顷刻之间。

④篱枯壁尽：篱壁间物意为家中花木及所产之物，语出《世说新语·排调》。秦观化用之，意为家中已无出产。

⑤眉儿聚：皱眉。秦观之妻笃信佛教，此处以佛喻人，并非虚笔。

⑥底死：总是。

【译文】

在乱花飞絮之中，我又一次痴痴地望着这景象，脸上尽是思念离人的愁苦。不料到了夜晚之时，忽然来了一阵无情的风雨，暗暗地将春天的景色都洗去了。

为什么这个家中已很久没有人从事农作了呢？说起对那个人的相思之情，连佛祖也会皱起眉头。但我不怪他，反而一直为他牵肠挂肚。这是因为那个人实在没有一点坏处。

【赏析】

本词当作于秦观游幕期间，此时留在高邮的妻子并未随之赴任，故此词当是为其所作。这一阕词模拟妻子的口吻，说出两个人之间的相思之情。相思如此之苦却不埋怨，自是相信终有雨过天晴之日，同时也是因为对方在自己眼里可以说是个完美无缺之人——当然，我们都知道秦观这个人毛病不少，但他的妻子是否会这么认为是一个问题，我们不得而知；而此词更多的其实是秦观表达自己对妻子的思念，故而他的妻子在他眼中或许真的是完美的。这自是少年心性中常有的情绪，并不足怪。同时词中提到"篱枯壁尽"，这本是秦观所应从事的工作，却因游幕、应试而荒废了，诗人提及此事，隐约也有自责自己没能尽到一家之主的责任的意思。

丑奴儿

夜来酒醒清无梦，愁倚阑干。露滴①轻寒②。雨打芙蓉泪不干。　　佳人别后音尘③消，瘦尽难拚④。明月无端⑤。已过红楼十二间。

【注释】

①露滴：露水。

②轻寒：微寒。

③音尘：消息。

④难拚（pīn）：难舍。

⑤无端：无缘无故。

【译文】

酒醒时已是夜半时分，我带着哀愁靠在栏杆边上。这时露水已经降下，微微有些凉意。我的眼泪就像是雨一样打在芙蓉花上，湿了一大片。

那个人离去之后就再也没收到消息，我因此日渐消瘦，却仍不愿意放弃这份心意。在我凭栏远望的时候，明月已不知不觉地移到了别的地方了。

【赏析】

文中的主人公在夜幕低垂的时候，已经喝过一轮闷酒。这阕词写的是后半段的故事。当酒醒的时候，她仍然孤身一人，所思念的人仍然杳无音信。相思加上宿醉，使她无法入眠，只能在薄寒中披衣坐起，漫无目的，在庭院中看着夜景。这阕词基本不写景，因为主人公根本无心赏景，她此时唯一所感觉到的只有长夜的清冷及寂寞的伤心。就这么不知不觉地，夜又过了大半。整个场景中唯一变动的只有明月的位置，由此更加突显万物皆早已沉睡，只有伤心人独立中宵——为了她抵死不肯忘却的心上人。是该忘了他了吧？不！女子宁可自己瘦尽，也不愿放下这段记忆。历代评注者特别推崇本词中的"拚"字，在客观的景象中添上了女子的坚贞意志，除了更加突显了这段感情的深挚外，也将整个氛围提升到新的境界。

望海潮

奴如飞絮，郎如流水，相沾便肯相随。微月①户庭②，残灯帘幕，匆匆共惜佳期。才话暂分携③。早抱人娇咽，双泪红垂。画舸④难停，翠帷⑤轻别两依依⑥。　　别来怎表相思。有分香⑦帕子，合数松儿⑧。红粉脆痕⑨，青笺⑩嫩约⑪，丁宁⑫莫遣人知。成病也因谁？更自言秋杪⑬，亲去无疑。但恐生时注著⑭，合有分于飞⑮。

【注释】

①微月：新月，月初的月亮。

②户庭：户外庭院。

③分携：分别。

④画舸（gě）：装饰华美的游船。

⑤翠帷：翠羽为饰的帏帐。

⑥依依：依恋不舍的样子。

⑦分香：散发香气。

⑧合数松儿：唐宋时酒席间的一种游戏，两人对戏，每人手握松子一枚，胜者可得对方之松子，以表相亲相合。

⑨脆痕：脸上的轻轻泪痕。

⑩青笺：青色的信纸。

⑪嫩约：少女的初次约会。

⑫丁宁：嘱咐，告诫。

⑬秋杪（miǎo）：暮秋，秋末。

⑭注著：命中注定。

⑮于飞：比翼双飞。

【译文】

我就像是柳絮，你就像是流水，我们一旦相遇便不会再分开。新月下的庭院，帘幕中隐隐见到一丝灯光，我们匆匆地一同渡过了这段时光。你说你该走了，我在你怀里已经哭花了脸。但你说画舫即将离去，于是我们只能隔着帘子依依不舍地告别。

分别之后该怎么传达我的思念呢？只有手帕和松子是我们之间的信物。我脸上还带着泪痕，偷偷递给你一封信，希望你藏好不要让别人知道。"我是为了谁而病倒的呢？"信中还说："到了秋天，你一定要再来。如果到时我还活着，就是注定我们两个人今生有双宿双飞的缘分。"

【赏析】

一名男子乘船至此地暂宿，偶然与少女邂逅，双方一见钟情，于是便有了匆匆一晚的恋爱。这阕词便是这一个夜晚即将落幕时，两人分别时的情景。词的上片彷如一个长镜头，描述着两人分别时的画面；下片则将镜头拉近，聚焦于女了脸上，看她与情郎做最后的告别，同时并且相约等到秋天到来的时候，定要男子回到此处，两个人再续前缘。也许，这名女子在第一次见面时便已决定将自己的一生托付给这名男子；也许，这名男子因为在外地另有要务，所以不得不与这名女子暂时分别。这种在夜色低垂之际，一男一女相识、相惜，到了日出之际，却因为种种原因不得不分开，不由得令人想起电影《爱在黎明破晓前》中的情节。我们知道，电影中的两名主角虽然约了半年后在此地再见，但谁也没有赴约。那么秦观这则故事中的两个人，是否也与那部电影有着一样的命运呢？秋天到了，两个人的感情是否依然炽烈？或是有谁因为不可抗的因素而无法赴约？这我们都不知道了，唯一知道的是爱情在现实的巨轮下竟是如此脆弱易碎，无怪乎古往今来的许多骚人墨客都为此神伤不已了。

南乡子

妙手写徽真①，水翦双眸点绛唇，疑是昔年窥宋玉②。东邻，只露墙头一半身。　往事已酸辛③，谁记当年翠黛④颦⑤，尽道有些堪恨处。无情，任是无情也动人⑥。

【注释】

①徽真：美人的肖像。此处指的是唐代名妓崔徽的画像。

②窥宋玉：语出宋玉《登徒子好色赋》："天下之佳人，莫若楚国，楚国之丽者，莫若臣里，臣里之美者，莫若臣东家之子……然此女登墙阙臣三年，至今未许也。"后因以"窥宋"指女子对意中人的爱慕。

③酸辛：辛酸，悲苦。

④翠黛：眉的别称。

⑤颦：皱眉。

⑥苏轼题此画的诗中有"丹青不解语"句，似是遗憾并非真人、并无真情。秦观此处反对此说，认为画像虽然无情，但是经画师的妙手，已得崔徽之神，当年她对裴敬中的苦恋之情已自画中跃然而出。

【译文】

画师的一双妙手画出了崔徽的精神，她的双眸好像秋水一般清澈，她的双唇中点了一点朱红，她的神情就像当年窥探宋玉的那个女子一样。在宅子的东边，只在墙头上羞答答地露出半具身躯。

过去的事情提了也只是伤心，还有谁记得当年她眉头紧皱的样子呢，所留下的只是无尽的遗恨而已。说这幅画像无情吧，但即使如此，一见到她、一想到她的故事，也足以打动我们的感情。

元丰元年（1078）四月，秦观自苏轼那里听到了章粢送给苏轼一幅唐代蒲州名妓崔徽的画像，这幅画是当时著名画师丘夏之作。苏轼对于这件事特别高兴，应该是向秦观炫耀了一番，秦观于是填了这一阕词，庆贺自己的恩师得到了这么一幅珍宝，但同时也认为苏轼对这幅画的理解有不足之处。崔徽当年与裴敬中相恋，裴敬中离开后，崔徽苦等裴敬中不还，崔徽最终发狂而死。虽然画像本身不能说话，但是因为画像背后的故事已足以打动人心。事实上，一个故事、一幅图像、一段文字能不能打动人心，比起艺术家的功力，更重要的是它背后所表达的事物能不能引起他者的共鸣。前面我们已经看到秦观写了很多关于离别的诗词，这些诗词虽然有的可能是纯粹写给歌妓咏唱的，但有的却是自己的切身经历。秦观自己便是一个羁旅四方、不知何时才能回去赴约的人，在想到崔徽与裴敬中的故事时，不知道他是不是想起了自己及曾经有过约定的那名女子呢?

菩萨蛮

虫声泣露惊秋枕，罗帏泪湿鸳鸯锦①。独卧玉肌②凉，残更③与恨长。　阴风翻翠幔，雨涩灯花④暗。毕竟不成眠，鸦啼金井⑤寒。

【注释】

①鸳鸯锦：绣有鸳鸯的锦被。

②玉肌：白润的肌肤。

③残更：旧时将一夜分为五更，第五更时称残更。

④灯花：灯心余烬结成的花状物。

⑤金井：井栏上有雕饰的井。一般用以指官庭园林里的井。

【译文】

秋露降下时的虫声仿佛在哭泣一般，惊起了睡梦中的那个人；起来一看，被子上早已充满了泪痕。独自躺在床上是多么寒冷，听到五更时的打更声心情变得更加哀伤。

阴冷的夜风吹来，掀起了屋帘，苦涩的雨水落下，烛火也在这时灭了。她到了最后还是难以成眠，只能看着凄清的庭院，听着寒鸦的啼声。

【赏析】

虽然虫鸣与露水本来是两个完全不相关的事件，但诗人透过一个"泣"字将两者结合并赋与了感情，再以"惊"字将客观、外在的情景与个人主观的感受相连结，于是一切外在的秋景都成了对词中主人公的折磨。虫的哭泣声，或许其实是主人公自己在梦中的哭泣声，伤心到了极点，希望能从这个悲伤的梦中解脱出来，于是主人公坐起来了。但坐起来后依然是独自一人，更有阴风、涩雨、啼鸦，在提醒了主人公现实世界也是一个凄凉的世界，并不会比之前的那个哀伤的梦来得好。主人公在这种醒也悲凉、睡也悲凉的情境下，无论怎么样都还是伤心，在哭泣中最终还是未能入眠。词末的"毕竟"两字，道尽了这一夜的辗转。这阕词虽然只有短短的44个字，但传达出来的情感与余韵却极为悠长，值得细细品味。

望海潮

越州怀古

秦峰①苍翠，耶溪②潇洒③，千岩万壑争流④。鸳瓦⑤雉城⑥，谯门⑦画戟，蓬莱燕阁三休⑧。天际识归舟，泛五湖⑨烟月⑩，西子⑪同游。茂草台荒⑫，苎萝⑬村冷起闲愁。 何人览古⑭凝眸⑮。怅朱颜易失，翠被⑯难留。梅市⑰旧书，兰亭⑱古墨，依稀风韵⑲生秋。狂客⑳鉴湖㉑头，有百年台沼㉒，终日夷犹㉓。最好金龟换酒㉔，相与醉沧州㉕。

【注释】

①秦峰：即秦望山，在今浙江省绍兴市东南。

②耶溪：即若耶溪，相传为西施浣纱处，在秦望山下。

③潇洒：清凉。

④争流：竞相流泻。

⑤鸳瓦：瓦之成对者。

⑥雉城：雉堞。

⑦谯（qiáo）门：建有瞭望楼的城门。

⑧三休：登高。语出贾谊《新书·退让》。

⑨五湖：太湖。

⑩烟月：云雾笼罩的月亮。

⑪西子：即西施。传说勾践灭吴后，范蠡接回西施，两人一同退隐于太湖。

⑫木句指姑苏台荒芜。姑苏台故址在今江苏省苏州市西南，为吴王阖闾或夫差所筑。

⑬苎萝：山名。在浙江省绍兴市诸暨市南，相传西施为此山鬻薪者之女。

⑭览古：游览古迹。

⑮凝眸：注视。

⑯翠被：翡翠羽制成的背帔，喻人最风光的时候。

⑰梅市：村落名，在会稽山北，为今日绍兴市城郊。传说汉代仙人梅福隐居于此。

⑱兰亭：亭名，在浙江省绍兴市西南之兰渚山上。王羲之《兰亭集序》在此写就。

⑲风韵：诗文书画的风格、情趣。

⑳狂客：指贺知章，自号"四明狂客"。

㉑鉴湖：湖名，在浙江省绍兴市西南，贺知章退隐后居此。

㉒台沼：亭台池沼，指贺知章的居所。

㉓夷犹：流连忘返。

㉔金龟换酒：出自李白《对酒忆贺监诗序》："太子宾客贺公（贺之章）于长安紫极宫一见余，呼余为'谪仙人'，因解金龟，换酒为乐。"金龟，袋名，唐代官员的一种佩饰。

㉕沧州：滨水之地。

【译文】

秦望山的山色是这么的苍翠，若耶溪的溪水是这么的清凉，在这里，无数的水流竞相流泻。这座城的城墙上屋瓦如此整齐，城门上的装饰也如此华丽，城中还有如此高大的蓬莱燕阁。我在这里看到了太湖上的船，在云雾笼罩的月夜里泛着，就像当年范蠡、西施的故事一样。姑苏城里的吴国宫殿已经不在了，西施也已不在了，我不由得发了一些感慨。

是谁在这里怀想古人、发着牢骚呢？这个人之所以感慨，是因为青春年华一下就过去了，华盖风流也转眼就会消散。但是梅福的学问、王羲之的墨迹，却能流传到现在令我们神往。在鉴湖边隐居的狂客，在百年前建起了亭台池沼，终日在那里流连。我真想解下我的佩饰换一壶酒，与他一起在水边醉倒。

【赏析】

元丰二年（1079），秦观到越州（今浙江省绍兴市）游历，列席知州程公辟所设的宴会，这阕词或是宴会中被问到对于当地有何看法时所作。我们都知道，词最初所唱的都是艳情之类，虽然有李后主用这种文类来抒发自己的悲苦，但仍然是以表达情绪为主。在文坛对于以词怀古还没有太多的积累，年轻的诗人此前又没有相关的创作经验，因此一下子写作这种格局宏大的文字，自有力不从心之感。这阕词基本将越州当地有名的人物及事迹都网罗进去了，但对于每一组意象都没能充分展开，于是所谓怀古其实仅止于罗列史事而已，未能深入，自然是一大缺憾。然而，若不考虑其文学价值，只论此词中所反应的秦观本人的心性，则尤有可观者。此时的秦观尚是二十余岁的青年，虽然可能偶尔对于自己未能登科感到泄气，但整体而言仍然充满乐观情绪，认为只要能与梅福、王羲之一样干出一番成就，依然有千古留芳的希望。词末秦观希望能喝个大醉，也不是为了浇愁，而是为了与大有成就的古人为友——此中或有将与之比肩的志向在内亦未可知。总而言之，这阕怀古词的主调并非感慨沧海桑田，而是立下了"有为者亦若是"的豪言。

虞美人

　　行行①信马②横塘③畔，烟水④秋平岸。绿荷多少夕阳中。知为阿谁⑤凝恨、背西风⑥。　　红妆⑦艇子⑧来何处。荡桨偷相顾⑨。鸳鸯惊起不无愁。柳外一双飞去、却回头。

【注释】

①行行：不停地前行。

②信马：任马行走而不加约制。

③横塘：池塘。

④烟水：雾霭迷蒙的水面。

⑤阿谁：谁、何人。

⑥这里化用杜牧《齐安郡中偶题二首》："多少绿荷相倚恨，一时回首背西风。"

⑦红妆：女子的盛妆，因妇女妆饰多用红色，故称。此处代指美人。

⑧艇子：小船。

⑨相顾：相视。

【译文】

我骑着马、任由马儿在池塘边上走着，望着雾霭迷蒙的秋天水面。池中的绿荷在黄昏的阳光下，不知道正在为了谁而含恨，不愿见到西风。

从哪里划来了一艘载着美人的小船呢？她划着双桨偷偷地看着我，我也正偷偷地看着她。小船惊起了水面上的鸳鸯，它们向远处的柳树那里飞去，却又回头看着原来的地方。

【赏析】

这一阕词应作于元丰二年（1079）游越州之时。诗人在一个秋日的午后，在一个长满荷叶的水塘边漫步。虽然写的是景，但是作者却用了"恨"、"愁"等字赋与了荷叶、鸳鸯感情，仿佛它们也像人一样有各种情感，在平淡中添增了几分形象。然而，如果考究此时诗人所遇到的事情，便会发现这两个字虽然主语是物，其实都是作者本人情感的体现。上片中的"恨"，是秋

天即将来、绿荷行将枯萎，暗喻着时光的流逝，此时的秦观虽然在各地漫游，但年近三十仍未能及第，无法将心上人接来，这一直是他心中的一块痛，于是产生对于时间的感慨自不奇怪。下片的"愁"要与"偷相顾"的行为对照着来看，作者可能在此地邂逅了一位女子，或者可能是借由这位女子来影射与某人曾经的相遇，最终却不得不分散，但即使分散了，仍然恋恋不舍地回望相遇之地，不断回味着那一段甜蜜而苦涩的时光。总而言之，本词的描写可谓是情景交融，值得再三吟味。

满庭芳

山抹微云，天粘衰草①，画角声断谯门。暂停征棹②，聊共引离尊③。多少蓬莱旧事，空回首，烟霭纷纷。斜阳外，寒鸦万点，流水绕孤村。　　销魂④、当此际，香囊⑤暗解，罗带⑥轻分。谩赢得青楼、薄幸名存⑦。此去何时见也？襟袖上、空惹啼痕。伤情处，高楼望断，灯火已黄昏。

【注释】

①衰草：枯草。

②征棹：远行的船。

③离尊：离别时的酒。

④销魂：谓灵魂离开肉体，形容极其哀愁。

⑤香囊：盛香料的小囊，佩于身或悬于帐，以为饰物。繁钦《定情诗》："何以致叩叩，香囊系肘后。"

⑥罗带：丝织的衣带。韦庄《清平乐》："惆怅香闺渐老，罗带悔结同心。"香囊与罗带在这些典故中都是定情信物，此处将之解下，象征分离。

⑦本句化用杜牧《遣怀》："十年一觉扬州梦，赢得青楼薄幸名。"

【译文】

远山上一抹白云，长天边满是枯草，城门处响起了哀凄的画角声。离人暂时停下船桨，与来送行的她举起酒杯话别。两个人之间有多少故事，现在回忆起来，仿佛云里雾里。在向着夕阳的远方，已有数只寒鸦飞起，无尽的江水依然绕着这座孤城流动着。

哀伤，在这个时刻，定情用的香囊和罗带都已失去意义。他所得到的，只是薄情郎的骂名而已。这次分别后何时才能重逢呢？她的衣襟上平空添了几点泪痕。在这个伤心的地点，她在高楼上独自凝望着远方，此时已是日暮时分。

【赏析】

"山抹微云"一语，因为苏轼的一则联句"山抹微云秦学士，露花倒影柳屯田"而声名雀起，于是这阕词在当时流传甚广，据说日后秦观的女婿范元实亦自称为"山抹微云女婿"，足见其影响力。

秦观在漫游各地时可能常与某处的女子相恋，但因为行无定止，故最终只能分手。在上片中，前三句写秋天景象，已然暗含离情，此后明叙饯别。但饯别之后，作者不写离情，反而将视角拉远，再度写景，文学中的时间于此定格，伤别的两人的心永远停留在这一刻、不再往前。下片场景忽变，恐怕已是伤别的数年之后了，女子虽然神伤，但料定词人应不会再回来了，于是将当年的定情信物纷纷摘去，心中亦暗骂词人负心。当情感演绎到高潮之处时，作者却又如同上片一般，再度将镜头拉远、再度将时间定格。这一刻，两人的心又再死一次，人影从此消融于黄昏的灯火之中、再不可得。秦观在这里说了一段哀伤的爱情故事，同时又用景色的变化衬托这段故事的凄美，可以说其在艺术上是摹写伤情的最高成就。

据说苏轼虽然对开篇极为赞赏，但日后见到秦观时却又直斥其"不意别后，公却学柳七作词"（见黄升《花庵词选》第二卷）。柳七指的是柳永，柳屯田虽然才高，但是私生活并不检点，所填之词也多有淫声。虽然苏轼表面上和秦观说的学柳七处是"销魂"一语，但如果柳永有妙笔借来使用又有何妨？一向豁达的苏轼断不会因为秦观学了他人的笔法而不悦，故这段话只能作另外一种解释：秦观可能在漫游期间在多个地方都留下了一段情，虽然在古人的道德观里，才子本来就风流，但苏轼深知秦观的个性，深恐这么一个有才华的年轻人到处为情所困，最终将天资都发挥在文字上而忘了其作为儒士的本来职分，故才以柳永为喻，给他提个醒。这自是恩师的好意指点，然而，如果过了二十年后再让秦观自己选择，他恐怕还宁愿这样放浪行骸、浪迹江湖吧。

御街行

　　银烛生花如红豆①。这好事、而今有。夜阑人静曲屏深，借宝瑟、轻轻招手。一阵白蘋②风，故灭烛、教相就。　　花带雨、冰肌香透。恨啼鸟、辘轳③声晓。岸柳微风吹残酒④。断肠时、至今依旧。镜中消瘦。那人知后，怕你来偻僽⑤。

【注释】

①红豆：古时常用以比喻爱情或相思。

②白蘋：又名水蘋，夏末秋初开花，花色洁白。白蘋风当指此时节所吹起的风。

③辘轳：利用轮轴原理制成的井上汲水的起重装置，此处喻心中情思如辘轳般反复上下。

④本句化用柳永《雨霖铃》："今宵酒醒何处？杨柳岸，晓风残月。"

⑤偻僽（chán zhòu）：责怪。

【译文】

雪白的蜡烛燃起了红豆般的火焰。这样的良辰美景，就是当下。这时夜已深、四下无人，借用弹琴鼓瑟的机会，你轻轻地向我招手。此时吹来一阵风，吹灭了蜡烛，让我们得以借着黑暗接近。

你的身躯如同淋了雨的花儿一样，散发着微微的香味。遗憾的是鸟儿鸣叫，报告了清晨的到来。岸边的微风拂过柳枝，进入了我们的酒席。分别时的哀伤，至今依然痛楚。你为我消瘦这件事被那个人知道了，恐怕会责怪你吧。

【赏析】

关于这一阕词的创作时间，历代有过不少争议，有人认为发生于熙宁年间秦观四处游历之时，有人认为发生于元祐年间秦观入京为官之时。但词背后的故事是明确的。据杨湜《古今词话》云："秦少游在扬州，刘太尉家出姬侑觞。中有一妹，善擘筝篌。……妹又倾慕少游之才名，颇属意。少游借筝篌观之。既而主人入宅更衣，适值狂风灭烛，妹来且亲，有仓卒之欢，且云：'今日为学士瘦了一半。'少游因作《御街行》以道一时之景。"换句话说，即是秦观与刘太尉家中的歌姬在宴会上互相看对了眼，利用主人暂时离席、月黑风高、四下无人的机会，有过一番短暂的亲密接触，随着光线的出现，估计主人也要回来了，两个人只得赶紧分离。这样的事情自然是当时道德所不容的，所以秦观在词的末尾甚为担心此事为刘太尉所觉，从而处罚那名女子。但撇开道德判断，只看两个人这一瞬间擦出的火花，虽然短暂，却极为深刻——也正因为只有一瞬间，反而留下了更多玩味的空间。

阮郎归

宫腰①袅袅②翠鬟松，夜堂深处逢。无端银烛殒秋风，灵犀③得暗通。　　身有限，恨无穷，星河沉晓空。陇头流水各西东，佳期如梦中。

【注释】

①宫腰：细腰。

②袅袅：纤长柔美貌。

③灵犀：旧说犀角中有白纹如线直通两头，感应灵敏，因此用以比喻两心相通。

【译文】

她的细腰是那么柔美，原本系好的发鬟稍稍有点松了，这是我们在夜半时分宴会堂中深处相逢时她的样子。靠着不知何处而来的秋风吹灭了蜡烛，我们的情意才有相通的机会。

无奈我们的人身受到太多束缚了，除了无尽的遗憾外什么也没能留下，这个时候银河已经隐没在破晓的天空中了。此后我们将如边塞和流水一样一个在西、一个在东，今夜的美好时光只能在梦中追寻了。

【赏析】

本词所描写的内容与上面那一阕词十分接近，说的应是同一个故事。两相对比，上面那阕《御街行》中所带的情绪较浓烈，可能是分手的当下赠给那名歌姬的，而这一阕《阮郎归》则更像痛定之后所写下的、留给自己的生命记录。这种与他人侍妾偷情之事本不足为外人道，故有后世评者认为从中可以看出当时的世风日下；但秦观却仍直抒此事，足见在他的心里，这段一瞬间的爱情是神圣的，是光明正大的，其中毫无龌龊之处。如果说在这里有谁错了，只能说是两个人相逢恨晚吧。

江城子

枣花金钏①约②柔荑③。昔曾携。事难期。咫尺玉颜④，和泪锁春闺。恰似小园桃与李，虽同处，不同枝。　　玉笙⑤初度颤鸾篦⑥。落花飞。为谁吹。月冷风高，此恨只天知。任是行人⑦无定处⑧，重相见，是何时。

【注释】

①金钏：金手镯。

②约：佩戴。

③柔荑：语出《诗·卫风·硕人》："手如柔荑，肤如凝脂。"本指茅草嫩芽，借指手腕。

④玉颜：美丽的容貌。

⑤玉笙：对笙的美称。笙：古时的一种吹奏乐器。

⑥鸾篦（bì）：鸾凤形的梳头工具。

⑦行人：出行的人。

⑧定处：固定的居处。

【译文】

将刻有枣花纹饰的金手镯戴到手上，当年我们曾经那么要好，没想到事情竟然不尽如人意。与你相距只有咫尺，你却被锁在闺房里，只能哭泣。就像是庭院里的桃花和李花，虽然长在同一个地方，却不能共结连理。

你在闺中颤抖着吹着笙。这时忽然飞起满天花雨，它们是在为谁悲叹呢？寒夜降临，我们不得相见的遗憾只有天才能知晓了。但是我是一个漂泊不定的浪子，我们下次再见，又要等到什么时候呢？

这阕《江城子》延续着前两阕词的故事。当时的秦观尚未及第，只能四处游幕，这阕词应是他终于要离开此处时，希望能与女子作最后的告别时留下的。然而，由于身份的问题，虽然两个人同居于一座庄园中，甚至相距仅有一墙之隔，但却无法见面，女子也只能用吹笙向秦观诉说自己的心意。此中自是无尽悲苦，但秦观其实也知道，这样的爱情是不可能有结果的。毕竟自己是即将远走他方之人，虽然与少女生在同一个世界上，却不是同一类人。正如李商隐《柳枝五首》中所说的："花房与蜜脾，蜂雄蛱蝶雌。同时不同类，那复更相思？"李商隐作此诗是因为爱慕的女子已经嫁人，刘太尉的歌姬虽非明媒正娶，但以当时的道德观看来已是刘家的人了，秦观不能、也不敢强行将女子带走，于是只能含恨放弃这段爱情，留下了这首千古绝唱，存其事而存其人，作为这段爱情唯一仅存的信物，以供日后凭吊。

雨中花

指点虚无征路①，醉乘斑虬②，远访西极③。正天风吹落，满空寒白。玉女明星④迎笑，何苦自淹尘域⑤。正火轮飞上，雾卷⑥烟开，洞观⑦金碧。　　重重观阁，横枕鳌峰⑧，水面倒衔苍石。随处有、奇香幽火，杳然⑨难测。好是蟠桃熟后，阿环⑩偷报消息。在青天碧海，一枝难遇，占取春色。

【注释】

①语出杜甫《送孔巢父谢病归游江东兼呈李白》："蓬莱织女回云车，指点虚无是征路。"

②斑虬：传说中有斑彩的无角龙。

③西极：西边的尽头，谓西方极远之处。

④玉女明星：神女，据《集仙录》："明星玉女者，居华山，服玉浆，

白日升天。"

⑤尘域：尘世、俗世。

⑥雾卷：雾气离散。

⑦洞观：透彻、深入地观察。

⑧鳌峰：指江海中的岛屿，因其状如巨鳌背负山峰，故有此喻。

⑨杳然：渺远貌。

⑩阿环：指传说中的上元夫人。

【译文】

　　我醉后乘着色彩斑斓的无角龙，沿着通往虚空的道路，将要访问西天。这时正是寒风阵阵、漫天白雪。接引我的仙子笑着对我说：你为什么要把自己留在尘世之中呢？于是我踩着风火轮向上飞升，穿过层层云雾，见到了一片金碧辉煌。

　　大量的道观和高楼，矗立在蓬莱仙岛之上，岛周围的水面能够清澈地映出岛上的石头。到处都能见到散发着香味的火光，整座岛的风景深不可测。或许是蟠桃成熟之时，上元夫人已先将消息报予各路神仙。因此，我虽然来到了此处，却不能够分享这样的殊荣了。

【赏析】

　　终其一生，秦观总想着修仙，而且曾经多次梦游仙境。这阕词是秦观对元丰初年一次梦中神游的记录。词中以丰富的想像及大量的用典展示仙宫幻境之景，笔力雄厚、文辞华美，足供赏玩。然而，秦观毕竟到的不是真正的仙境，所做的梦也只是现实的反应，是以在文末，秦观虽然到了西王母的蟠桃园了，却早已无蟠桃可赏，这是不是他在尘世中落魄江湖、两度落榜的一种隐喻式投射呢？此时的秦观可能已经年过而立了，但却一事无成，在这种情况下，偶尔会想隐遁飞仙自也是人之常情，只是此时他所臆想的仙境其实不在蓬莱而在汴梁吧。

一落索

杨花终日空飞舞。奈①久长难驻。海潮虽是暂时来，却有个、堪凭处②。紫府③碧云④为路。好相将⑤归去。肯⑥如薄倖五更风，不解⑦与、花为主。

【注释】

①奈：无奈。

②此处化用李益《江南曲》："嫁得瞿塘贾，朝朝误妾期。早知潮有信，嫁与弄潮儿。"

③紫府：道教称仙人所居。

④碧云：碧空中的云。

⑤相将：相偕、相共。

⑥肯：岂能。

⑦不解：不能。此处反用王建《宫词》之典故："树头树底觅残红，一片西飞一片东。自是桃花贪结子，错教人恨五更风。"

【译文】

杨花整天在空中飞舞，不在一个地方长期停留，真是令人无奈。虽然潮水每天只有一小会能够涨上来，但总是还有个准信。

碧空中的白云是通往仙界的道路，要是我们能够一起携手前去就好了。你怎么能像五更时分的阴风一样，不懂得疼惜花儿呢？

【赏析】

本篇用拟女子的口吻指责情郎，虽然上片以杨花为喻责备男子用情不专，但到了下片却仍然对未来充满憧憬，期望男子能够回心转意。秦观早年在各地漫游，也许在很多地方都曾经遇见某名女子，留下一段故事。但是，正如前面所述，秦观永远只是"行人"，不可能在一个地方长久留下，于是只能留下一个个心碎的故事。这种行为，是不是很不负责任呢？是的，秦观自己也深知这一点，故在词中假托女子之口埋怨自己有如杨花一般漫无根柢，又如同五更风一样耽误了别人的青春。至于下片中女子依然期待诗人的回来，究竟是实情，或是秦观的自我感觉，那就不得而知了。当然，上述文字都是在假设秦观写的是自己的情况下才能成立。如果这纯粹是应歌妓之邀而为之谱曲，虽然不是不可能，但太煞风景也太过无趣了，所以我们姑且当作写的仍是秦观自己的人生吧。

醉桃源

碧天如水月如眉，城头银漏①迟。绿波②风动画船移，娇羞初见时。　　银烛暗，翠帘③垂，芳心④两自知。楚台⑤魂断晓云飞，幽欢⑥难再期。

【注释】

①银漏：银饰的漏壶。

②绿波：绿色水波。

③翠帘：绿色的帘幕。

④芳心：女子的情怀。

⑤楚台：指楚王梦遇神女之阳台，后多指男女欢会之处。

⑥幽欢：幽会的欢乐。

【译文】

蓝天如同水面，新月如同眉毛，城墙上的漏壶已经将尽。绿色的水波上随风漂来一艘画船，令我想起我们初见时你娇羞的容貌。

蜡烛灭了，放下门帘，我们都知道彼此的心意。破晓了，我们的欢会只能结束，未来什么时候还能再见呢？只怕是遥遥无期了。

【赏析】

这阕词的上片浸润在一片碧绿之中，碧天、绿水，间或杂以银色的月光与更漏、红色的画舫与容颜，一幅梦幻一般的场景似是已在读者们的眼前铺开。下片正式发生"剧情"，两个人萍水相逢却一见钟情，时不可兮再得，于是以一夜缠绵的方式，互相为对方的生命中烙下了自己的足迹。但是，露水姻缘之所以有此称呼，自是因为破晓后两个人将要各奔东西，从此除了回忆之外，两个人再无关系。这样的故事，与秦观在刘太尉家与其歌姬发生的故事多有相似之处，只是场景从宅邸变成画舫而已。这样的故事，也许在秦观的一生中，发生过许多次。虽然不知道这阕词中的女子是何等人，但是秦观自有其可爱之处，足以吸引众人为之着迷吧。

促拍满路花

露颗①添花色②。月彩③投窗隙。春思如中酒④，恨无力。洞房⑤咫尺，曾寄青鸾翼⑥。云散无踪迹。罗帐薰残，梦回⑦无处寻觅。　　轻红腻白。步步薰兰泽⑧。约腕金环重，宜妆饰。未知安否，一向无消息。不似寻常⑨忆。忆后教人，片时存济⑩不得。

【注释】

①露颗：露珠。

②花色：花的色泽。

③月彩：月亮的光泽，亦借指月亮、月影。

④中酒：醉酒。

⑤洞房：闺房。

⑥青鸾翼：书信。

⑦梦回：从梦中醒来。

⑧兰泽：用兰浸制的润发香油。

⑨寻常：平常、普通。

⑩存济：安宁。

【译文】

露水映照了花的光彩，月影自窗隙中投入。春天中的思念如同醉酒一样，令人浑身无力。闺房近在咫尺，在这里曾经接到你的书信。但是分别后就再也没有你的消息。床的锦帐上的薰香已经散去，半夜惊醒时已再也找不到踪迹。

敷上了各色的胭脂。每走一步头发上的润发油都散发芳香。戴在手上的金环是那么重，这样的装扮多美好。未知你是否安好？一直都没有你的消息。今天想起你的感觉与平时不一样。这样的感觉令人片刻也不得安宁。

【赏析】

本词基本承袭了《花间集》以来的词风，对于女子的样貌神态极尽雕琢之能事。读本词，读者仿佛可以闻到这名女子身上的薰香、胭脂、兰泽等味道，也能见到她脸上的白粉、绛唇以及手上的金环。不考虑文章所表达的意境如何，光是见到这样的色彩与香味，已经可以说是浓艳得化不开了。到了北宋中期，虽然词的境界已经较五代时扩大，秦观也与豪放派词人的代表苏轼关系密切，但在他对于社会人生的经历仅止于浪游、爱情的早年阶段，他的词境自然只能停留在这里。心性还是风花雪月的心性，技法基本也只能承袭前代的技法。职是之故，除了偶然的佳句外历代评者对于这一阕词并未加以太多关注。

满庭芳

红蓼①花繁，黄芦②叶乱，夜深玉露③初零。霁天④空阔，云淡楚江清。独棹孤篷小艇，悠悠⑤过、烟渚⑥沙汀⑦。金钩⑧细，丝纶⑨慢卷，牵动一潭星。 时时，横短笛，清风皓月，相与忘形⑩。任人笑生涯，泛梗⑪飘萍⑫。饮罢不妨醉卧，尘劳⑬事、有耳谁听。江风静，日高未起，枕上酒微醒。

【注释】

①红蓼：草名，多生水边，花呈淡红色。

②黄芦：枯黄的芦苇。

③玉露：秋露。

④霁天：晴朗的天空。

⑤悠悠：游荡貌、懒散不尽心貌。

⑥烟渚：雾气笼罩的洲渚。

⑦沙汀：水边或水中的平沙地。

⑧金钩：金属钓钩。

⑨丝纶：钓丝。

⑩忘形：超然物外，忘了自己的形体。

⑪泛梗：泛指漂浮的草木梗，引申为漂泊之意。

⑫飘萍：飘流的浮萍，多比喻飘泊无定的身世或行踪。

⑬尘劳：佛教徒谓世俗事务的烦恼。

【译文】

蓼草开出茂盛的红花，枯黄的芦苇纷乱地散落一地，夜晚来临时露珠悄悄地落下。晴朗的天空如此开阔，蓝天中只有少许白云，江水于是更显清澈。独自划起桨、支着小舟，慢悠悠地划过江中的沙洲。缓缓地卷回钓鱼的线，搅乱了潭水中的星光。

有时，我吹起短笛，与清风、明月一起，超然物外。那些嘲笑我如同浮萍一样漂泊不定的人就随他们笑吧。喝醉了不妨就在这里卧下，世俗的烦心事我可不愿意听。江上的风浪静止了，日上三竿我仍躺在枕上高卧不起，此时才刚醒酒而已。

【赏析】

此词当是元丰二年（1079）作者自湖州返家时，路过杭州，与诗僧好友参寥相遇同游时所作。此时的秦观，或许是因为即将结束游幕生活、将要返家定居，故心情不像此前那般沉重；又或许是因为与久违的好友同游，又在此处得到高僧的开示，因此颇有超然物外之情。

就结构而言，这一阕词以寥寥数语写景开篇，虽然已是一派秋天景象，笔锋却忽然一转，以"霁天"、"云淡"等色彩开朗的景象，提醒了读者这一阕词并无悲秋之意。基调既定，然后出现人物。人物于山水之中徜徉，一时之间似乎忘却了世俗的一切烦忧，在江河星空之下极为自得。下片一字铺开，词人此时的潇洒已跃然纸上。单论词的结构及表达的意思，已足令人玩味，而其文字功力又令这样已经完整的词更上一层楼。

历代评论者对于"牵动一潭星"句尤其赞赏，除了意象新奇之外，更令人感受到在词人的情绪里，此时自己已与造化融为一体，成为天地的主人。天地之广大，名利之虚渺，又有什么好在意的呢？此时的秦观既然在一刹那间领悟到世间没有什么好在意的，那么便任情纵性、随心所欲吧，睡到日上三竿又何妨？没能功成名就又何妨？人生只有一次，不必为了世间的种种烦琐而损害心神。于是我们今日才能读到这阕少有的豁达的秦观词作。

望海潮

星分牛斗①，疆连淮海，扬州万井提封②。花发路香，莺啼人起，珠帘③十里东风。豪俊④气如虹⑤，曳⑥照春金紫⑦，飞盖⑧相从。巷入垂杨，画桥⑨南北翠烟中。　　追思故国繁雄⑩。有迷楼⑪挂斗，月观⑫横空。纹锦制帆，明珠溅雨⑬，宁论爵马鱼龙⑭。往事逐孤鸿⑮，但乱云流水，萦带⑯离宫⑰。最好挥毫万字，一饮拚千钟⑱。

【注释】

①星分牛斗：二十八宿之中的牛宿与斗宿，斗宿对应的地方是江州、湖州，牛宿对应的则是扬州。

②万井提封：传说古制以八家为一井，此处引伸为人口群聚之地。

③珠帘：珍珠缀成的帘子。此处用杜牧《赠别》之句意："秦风十里扬州路，卷上珠帘总不如。"

④豪俊：才智杰出的人。

⑤气如虹：形容人的气势豪放超逸。

⑥曳：穿戴。

⑦金紫：金印紫绶，秦汉以后丞相、太尉、列侯等显贵之人所佩。

⑧飞盖：疾驰的车辆。

⑨画桥：雕饰华丽的桥梁。

⑩繁雄：繁华。

⑪迷楼：隋炀帝所建楼名，故址在今江苏省扬州市西北郊。

⑫月观：扬州城内一处高楼，故址在瘦西湖附近。

⑬此二句述隋炀帝当年在扬州的种种奢侈行径。据《大业拾遗记》

载："炀帝幸江都，融汴，帝御龙舟，萧妃乘凤舸。锦帆彩缆，穷极侈靡。"《隋遗录》："炀帝命宫女洒明珠于龙舟上，以拟雨雹之声。"

⑭爵马鱼龙：各种戏弄杂耍。

⑮孤鸿：孤单的鸿雁。

⑯萦带：环绕。

⑰离宫：指隋炀帝之行宫。

⑱千钟：测量液体的数量词，极多之意。本句用欧阳修《朝中措》词："文章太守，挥毫万字，一饮千钟。"

【译文】

这是牛宿和斗宿的交汇之处，辖境一直连接到淮河与东海，扬州这个地方人口极为繁盛。在这里，沿街的树上长满了花朵，每天早晨黄莺的啼声将人叫醒，东风吹来时千家万户的珠帘都被吹起。在这里，杰出的人才气势豪放超逸，聚集了许多当朝显贵，街道上跑满了疾驰的车辆。道旁的巷子里也种满了垂杨，美丽的桥梁连接南北，又隐没在烟雾般的绿荫之中。

回想这里曾经出过的英雄事迹，可以见到高耸入云的迷楼及月观。当年的船只风帆都是织满花纹的锦

缎所制，大量的珍珠从空中洒下如同雨点一般，其余各种花样繁多的戏弄杂耍更是不在话下。虽然这些风流韵事都已经随同孤雁一起离开了，但是这里还有满天白云、一江流水，绕着当年留下来的宫殿。今天让我们在这里挥毫作对、饮酒诵诗。

【赏析】

元丰三年（1080），在扬州知州鲜于侁的寿宴上，秦观献上了这阕词，以为自荐的材料。一般这种自荐性质文字须要能表现作者的才学及志向，而积极向上的三观一向又比伤春悲秋的三观更可能得到上级的青睐，于是便有了这首对有"千古伤心"之称的秦观而言极为罕见的豪放、开朗的作品。

本词的上片极言扬州当前的繁华盛景，下片则回顾本地的光荣历史，最后言及虽然隋炀帝已成古人，但是本地的英雄气概依然存在，未来依然大有可为。最末说的当然是鲜于侁以及秦观本人。秦观进呈这阕词，自然是希望鲜于侁能够注意到自己，但毕竟此时秦观并未及第，加以鲜于侁即使有意提携秦观也能力有限，故此事遂不了了之，秦观只能继续在家读书以备来年进京赶考。后来，元丰五年（1082），秦观再次落第，隔年仁宗朝宰相吕夷简之子、即将出任枢密副使的吕公著出任扬州知州，秦观再一次拿这阕词及一些其他的政论性文字进见，虽然未知吕公著有何反应，但从秦观一而再地用这阕词作为"敲门砖"，足见他本人对此阕词应是较为满意的。

夜游宫

何事东君又去。空满院、落花飞絮。巧燕呢喃向谁语。何曾解、说伊家①、些子②苦。　　况是伤心绪。念个人③、又成暌阻④。一觉相思梦回处。连宵雨、更那堪、闻杜宇。

【注释】

①伊家：你。

②些子：少许、一点。

③个人：那人。

④暌阻：阻隔、分离。

【译文】

春神为什么又离我们而去了呢？现在庭院里只余下落花和飞絮。燕子来了，它在对谁说话呢？但它又何曾能够理解我们的愁苦呢？

更何况我现在正在伤人，因为我又和那个人分别了。梦中想起了那个人，一觉醒来，只见庭院下了一夜的雨，更令人伤感的，是雨中传来了杜鹃鸟的叫声。

【赏析】

这一阕词出自话本《西山一窟鬼》，小说中称此阕词是秦观所作，未知确否，但《全宋词》采信此说，故姑且录之。本词是很典型的闺怨伤春词，先写景，再写分离，最终以雨水和杜鹃声收尾。虽然本词可以说是较为套路的作品，但是从中依然可以看出五代、宋初词的一些特点。

长相思

铁瓮城①高，蒜山②渡阔，干云③十二层楼④。开尊⑤待月，掩箔披风，依然灯火扬州。绮陌⑥南头，记歌名宛转⑦，乡号温柔⑧。曲槛⑨俯清流⑩，想花阴⑪、谁系兰舟⑫。　　念凄绝⑬秦弦⑭，感深荆赋⑮，相望几许凝愁⑯。勤勤裁尺素，奈双鱼⑰、难渡瓜洲⑱。晓鉴堪羞，潘鬓⑲点、吴霜⑳渐稠。幸于飞、鸳鸯未老，不应同是悲秋。

【注释】

①铁瓮城：镇江之古称。

②蒜山：在今江苏省镇江市丹徒区。

③干云：高入云霄。

④十二层楼：王嘉《拾遗记·昆仑山》："傍有瑶台十二，各广千步，皆五色玉为台基。"后因以"十二层"形容仙境中重重叠叠的楼台。

⑤开尊：举杯。

⑥绮陌：繁华的街道。

⑦宛转：歌名，又名《神女宛转歌》。

⑧乡号温柔：喻美色迷人之境。

⑨曲槛：曲折的栏杆。

⑩清流：清澈的流水。

⑪花阴：为花丛遮蔽而不见日光之处。

⑫兰舟：木兰舟，亦用为小舟的美称。

⑬凄绝：极度凄凉或伤心。

⑭秦弦：秦筝。

⑮荆赋：指《楚辞》。

⑯凝愁：深愁。

⑰双鱼：书信。

⑱瓜洲：在江苏省扬州市邗江区南部、大运河分支入长江处，与江苏省镇江市隔江斜对，向为长江南北水运交通要冲。

⑲潘鬓：头发初白。

⑳吴霜：吴地的霜，比喻白发。

【译文】

铁瓮城是那么高，我立在高入云霄的楼台之上，向蒜山下的渡口望去，景色是那么开阔。举杯等待月亮升起，披上披风，看到对岸扬州城的灯火依旧如此明亮。在繁华街道的南口，传来了《神女宛转歌》的歌声，那里可真是著名的温柔乡啊。曲折的栏杆下面流着清澈的流水，不知道有谁在花丛深处系住扁舟呢？

想到了凄凉的秦筝乐曲及《楚辞》中的篇章，我们感慨良多，彼此对望，面色好似都带着愁怨一样。虽然之前我们很想向对方写信诉衷肠，但是无奈路途险阻、无法传递。现在照着镜子，真是令人羞愧，鬓角已经出现了白发，头发渐渐要变全白了。幸好现在我们已经在一起了，剩下的时光还多着，于是也没有伤春悲秋的必要了。

【赏析】

这阕词的作者也有争议，有人认为是贺方回的作品，有人则认为是秦观的作品，至今缺乏决定性的证据。但从其文风及内容观之，确与秦观有几分相似，此处亦姑且暂录之。

如果说这阕词是秦观所作，那么大概作于元丰三年（1080）以后作者结束游幕生活至元丰八年（1085）离乡任官之间。前面我们曾经读过秦观的《临江仙》，那是作者将要南下游幕、与其夫人（或情人）离别时所写下的文句。匆匆十年过去了，秦观终于回到家乡并且短期内不会再离开，等待他们的是大把能够在一起的时光，因此，虽然两鬓已白，但这阕词中却不见哀伤之情。词中费了较大的篇幅描写从镇江望向扬州时所见到的一片繁华风景，历尽别离的两个人此时在高处俯看这一切，反而更有一种红尘作伴、对酒当歌的潇洒。在繁盛的灯火之中的两个人，虽然已经不再年轻，但此时萦绕他们胸中的当是一种苦尽甘来的情绪，秦观也因此写下这阕词，作为将要把握当下、把握伊人的一种宣誓。

满庭芳

茶词

雅燕①飞觞②，清谈③挥麈④，使君⑤高会群贤。密云双凤，初破缕金团⑥。窗外炉烟似动，开瓶试、一品香泉。轻淘起，香生玉尘⑦，雪溅紫瓯⑧圆。　　娇鬟。宜美盼⑨，双擎⑩翠袖⑪，稳步红莲⑫。坐中⑬客翻愁，酒醒歌阑。点上纱笼⑭画烛⑮，花骢⑯弄、月影当轩。频相顾⑰，馀欢未尽，欲去且流连。

【注释】

①雅燕：即"雅宴"，高雅的宴饮。

②飞觞：举杯或行觞。

③清谈：清雅的谈论。

④挥麈（zhǔ）：晋人清谈时，常挥动麈尾以为谈助，后称谈论为挥麈。

⑤使君：指时任扬州知州的吕公著。

⑥此二句叙宋时贡茶，将茶叶压制成圆饼形，上印龙凤云彩。

⑦玉尘：研碎之茶末。

⑧紫瓯：深色的茶碗。龙凤团茶茶色发白，故用紫色碗或青黑色碗以显示其特色。

⑨美盼：黑白分明的美目。

⑩擎：执持。

⑪翠袖：青绿色衣袖。

⑫红莲：代指女鬟之小脚。

⑬坐中：座席之中。

⑭纱笼：纱制灯笼。

⑮画烛：有画饰的蜡烛。

⑯花骢：五花马，此处代指走马灯。

⑰相顾：相互照顾，此处指相互劝酒。

【译文】

在高雅的宴会中我们互相举杯，宴席中我们也谈论着种种清雅的话题，这是知州邀请本地名流前来的一次宴会。印有双凤图案的密云茶饼被掰开了，窗外可以见到烧水的烟雾，我们先试了试将要用来泡茶的高级泉水。泉水倒入杯中，如玉一般的茶末先带了芳香，然后是雪白的茶水在紫色的茶碗中飞溅。

美丽的丫鬟出来了。她有黑白分明的美瞳，牵持着绿色的双袖，虽然缠了三寸金莲，却仍走得极其平稳。座中的客人开始发愁了，因为此时酒已醒、歌舞表演也已结束了。丫鬟在纱制的灯笼里点上腊烛、表演走马灯戏，走马灯与月光在庭院中一同闪耀。我们彼此劝酒，十分快乐，到了该离去的时间了，却依然流连忘返。

【赏析】

赏析元丰六年（1083），甫落第、自京归来的秦观，在曾任枢密副使、现任扬州知州的吕公著的邀请下，前往府衙里参加了这次宴会。在此之前或在此之后，秦观曾经多次将自己对于时政的看法写成文章呈给吕公著，之前那阕曾经呈给前任知州鲜于侁的《望海潮》也在此再一次被呈了上来。或许是因为吕公著从这些文章中见到了秦观的才气，所以秦观因此成为知州的座上客。然而，吕公著注意到有秦观这一号人是一回事，愿意提拔又是另一回事，所以秦观依然不能放松，于是秦观又呈上了这一阕词。

本词的亮点在于对于烹茶过程的描写极为详尽，用了大量的颜色，使人仿佛得以见到茶叶在面前荡开的样子。下片夸赞了吕公著宴会上的种种排场及作者本人最终依依不舍的样子，以示对主人邀约的谢忱。未知吕公著在收到这首诗后有何表示，但我们从历史的后见之明可知，距离秦观正式仕官，还须要再等两年。

木兰花慢

过秦淮旷望①，迥②潇洒③、绝纤尘④，爱清景风蛩⑤。吟鞭⑥醉帽⑦，时度⑧疏林⑨，秋来政⑩情味淡。更一重烟水、一重云，千古行人旧恨，尽应分付⑪今人⑫。　　渔村。望断衡门⑬。芦荻浦、雁先闻。对触目凄凉，红凋岸蓼，翠减汀蘋，凭高⑭正千嶂⑮黯。便无情到此、也销魂。江月知人念远，上楼来照黄昏。

【注释】

①旷望：极目眺望，远望。

②迥：远。

③潇洒：敞亮、开阔貌。

④纤尘：微尘。

⑤风蛩：风中传来的蟋蟀声。

⑥吟鞭：诗人的马鞭，多以形容行吟的诗人。

⑦醉帽：醉汉的帽子。

⑧时度：按时。

⑨疏林：修剪林木的枝条。

⑩政：通"正"。

⑪分付：付托；寄意。

⑫今人：即秦观本人。

⑬衡门：横木为门，指陋舍。

⑭凭高：登临高处。

⑮嶂：高险的山。

【译文】

我渡过了秦淮河，在此远望，远处的平野十分开阔、不见任何微尘，此时风中传来了蟋蟀的叫声，我真喜欢这样的风景。我喝醉了四处吟诗，偶尔修剪一下园里的植物，秋天来了，游兴也淡了。更何况眼前的长江望去只有一层烟雾、一层白云，自古以来远行者的哀愁，在这样的风景中，都传递给我了。

江边有座渔村，屋舍甚为简陋。村边是长满芦苇和荻花的沙洲，我在这里听到了南飞的大雁的叫声。举目望去一片凄凉，红色的蓼花凋谢了，沙洲里的绿草也枯萎了，抬头望向高处，远处的峰也失去了生机。再怎么铁石心肠的人看到这些，也会黯然神伤吧。江上的月亮知道我想家了，便升起来为我探照通往故乡的路程。

【赏析】

在秦观乡居读书期间，曾经前往金陵拜访王安石的侄子王防，虽然未能确定具体是哪一年，但是从这阕词中，可以确定那是一个秋季。然而，怀才不遇的秦观虽云是旅游，心中却总是无法坦然，又见到了长江边上的秋日景象，又动起了伤春悲秋之念，也动起了思念故乡的情感。本词大半篇幅都用于描述秦观所见到的风景，在每个场景中也提到了自己当时的行动，作者与外物于是合二为一，诗人也成了景中的一部分，主客之分从此消融，天地万物因而与我同悲，我亦与天地万物同悲。到了篇末，一句"江月知人念远，上楼来照黄昏"横空出世，用意新奇，笔调清丽，单看句子已属上乘，但江月之所以知我，在于我与江月早已一体，于是前面大篇幅的铺垫在此得到激活，豁然贯通，首尾相顾，一阕词即是一个世界，值得再三玩味。

八六子

倚危亭①，恨如芳草，萋萋②刬尽③还生。念柳外青骢④别后，水边红袂⑤分时，怆然⑥暗惊。　　无端天与娉婷⑦。夜月一帘幽梦⑧，春风十里柔情。奈回首欢娱，渐随流水，素弦⑨声断，翠绡⑩香减，那堪片片飞花弄晚，蒙蒙⑪残雨⑫笼晴。正销凝⑬。黄鹂又啼数声。

【注释】

①危亭：耸立于高处的亭子。

②萋萋：草木茂盛貌。

③刬尽：删除净尽。

④青骢：毛色青白相杂的骏马。

⑤红袂：红袖。

⑥怆然：悲伤貌。

⑦娉婷：美人、佳人。

⑧幽梦：隐约的梦境。此处化用张先《木兰花》句："欢情去逐远云空，往事过如幽梦断。"

⑨素弦：无装饰之琴。

⑩翠绡：绿色的薄绢。

⑪蒙蒙：细雨迷蒙貌。

⑫残雨：将止的雨。

⑬销凝：销魂凝神。

【译文】

独自立在位于高处的亭子，此时我的离恨有如春天的草一样，刬了又长越来越茂盛。忽然想起我们在水边的杨柳树下分别的时刻，我骑着青色的马，你穿着红色的衣裳，不由得无限悲伤。

为什么上天要赐给我像你这样的美人呢？当年我们在夜里放下珠帘共同作梦，在春风中浓情蜜意地四处漫游。无奈当年的欢乐都被流水带去了，我再也听不见你的琴声，你给我的那张手绢的香味也消散了。在这种漫天落花乱飞的夜晚，及下着微微细雨的日子里，更是令人神伤。正当我沉浸在离恨之中时，忽然听到了黄鹂鸟的啼声。

【赏析】

元丰七年（1084）冬，秦观进京赶考。这阕词可能是他在路途上怀念起故乡的妻子（或情人）时所作。上片简单描述当时秦观所处的地方与环境，首句化用李后主"离恨恰如春草，更行更远还生"之句，极为警醒，在开篇处便已十分吸引人的目光。开篇处的"恨"更是全词之眼，有昔日之欢已不再的恨，有离别之恨，有对眼前景况的恨，在文中全部交融在一起，统摄全篇，不但之后的文字句句有归宿，诗人本人的情绪因而更显立体。下片前半段回忆两个人之间的时光，此时的手法已不像早年那样写得极为露骨、令人脸红心跳，而是将前人典故裁剪成两个六字句，夜月、春风、幽梦、柔情，当年种种只可意会、不可言传，格调顿然拔高，亦为评者所激赏。下片后半段将描写的视角转移到作者本人，两句之中，场景数变，自晚及雨及晴，末句的黄鹂声起，怕是就这样过了一个晚上，究竟是多么深的哀伤，才能使一个人在危亭上空立销凝至于如此之久呢？诗人的怨可想而知，但其更高之处在于全篇用的都是极为美丽的形象，不着一个怨字，一切情绪留待读者自行体会，正是"诗可以怨"的最佳例证。也无

怪乎南宋词家张炎,将此词与王维的《渭城曲》("渭城朝雨浥轻尘,客舍青青柳色新。劝君更饮一杯酒,西出阳关无故人")并列为千古绝唱。

鹊桥仙

纤云①弄巧②,飞星③传恨,银汉迢迢④暗度⑤。金风玉露⑥一相逢,便胜却、人间无数。　　柔情⑦似水,佳期如梦,忍顾鹊桥⑧归路。两情若是久长时,又岂在、朝朝暮暮。

【注释】

①纤云:纤薄的云彩。

②弄巧:变化多端。

③飞星:流星。

④迢迢:道路遥远貌。

⑤暗度:不知不觉地过去。

⑥金风玉露:秋风和白露,用李商隐《辛未七夕》诗:"由来碧落银河畔,可要金风玉露时。"

⑦柔情:温柔的感情。

⑧鹊桥:传说每年七夕,喜鹊会搭成桥,助天上的织女渡过银河与牛郎相会。

【译文】

纤薄的云彩变化多端,横曳天空中的流星传来了银河那端的情愫,宽广的银河就这样不知不觉地被渡过了。这次相逢就像秋风与白露的相遇一样,其欢乐胜过人间一切种种。

绵柔的情意如水,美好的时光似梦,你要他们怎么忍心再踏着鹊桥分隔在银河两端呢?如果只要两个人的爱情是天长地久、至死不渝的,那么何必要多贪图这一刻的温存呢？

【赏析】

这阕词可能作于秦观于元丰八年（1084）金榜题名、正春风得意之时。这是秦观的词作中传颂最广、最为后人所称道的一首。虽然历来以七夕为题的诗词多不胜数，但多是感叹牛郎、织女爱情难以得到认可、无法有情人终成眷属，这样的感叹符合一般人的观感，但数量一多则显得有些老生常谈。文学创作可以是自抒胸臆，自己的胸臆可能是许多人共同的想法，虽然内容可能重覆，但只要写得真诚，加上足够的文字技巧，依然可以称为名篇——但要从大量类似的作品中脱颖而出便不是那么容易；文学创作还有另一种路径，就是说别人未曾说过的故事、发别人所未能发的议论，虽然这个故事、这个议论出乎一般人的意料之外，却又仍在情理之中、得以自圆其说。

秦观这阕词在文学史上的地位便是源于后者。依照这阕词中所提出的理论，相比于他人甚至秦观自己多数的作品，对于爱情的理想大多离不开"执子之手，与子偕老"的朝朝暮暮、难分难舍，然而，这样的爱情未能经历时间与距离的暴虐的考验，虽然不能谓为不够崇高，但仍稍显平淡。真正坚贞的爱情，应是即使对方不在身边、甚至未能听闻对方的音信，却依然能够相信对方对自己的感情，自己也能禁受住一切诱惑而维持住自己对于对方的心意。当然，秦观这番立意是新奇，但恐怕只有牛郎、织女这种亿万年不灭的神话人物才能耐得住一年只能见一次面的寂寞，换得细水长流，对于最多只有百年生命的凡人，谁又能经受住几个一年一度呢？恐怕对我辈这样的凡胎俗骨而言，对于"只有现在"的这种情感更能感受到共鸣吧。

213

秦观诗词全鉴

中篇

沁园春

宿霭①迷空②，腻云③笼日，昼景④渐长。正兰皋⑤泥润，谁家燕喜⑥，蜜脾⑦香少，触处⑧蜂忙。尽日无人帘幕挂，更风递游丝⑨时过墙。微雨後，有桃愁杏怨，红泪淋浪⑩。　　风流寸心易感，但依依伫立⑪，回尽柔肠。念小奁⑫瑶鉴，重匀绛蜡⑬，玉笼⑭金斗⑮，时熨沈香。柳下相将游冶⑯处，便回首青楼⑰成异乡。相忆事，纵蛮笺⑱万叠，难写微茫⑲。

【注释】

①宿霭：久聚的云气。

②迷空：布满天空。

③腻云：浓厚的云层。

④昼景：白昼的日光。

⑤兰皋：长有兰草的水旁沼地。

⑥燕喜：宴饮喜乐。

⑦蜜脾：蜂巢。

⑧触处：到处、随处。

⑨游丝：缭绕的炉烟。

⑩淋浪：流滴不止貌。

⑪伫立：久立。

⑫奁（lián）：盛梳妆用品的匣子。

⑬绛蜡：红色的蜡。

⑭玉笼：薰香的罩笼。

⑮金斗：熨斗。

⑯游冶：特指留连妓馆，追逐声色。

⑰青楼：妓院。

⑱蛮笺（jiān）：即蜀地所产之名贵牋纸。

⑲微茫：隐秘暗昧，隐约模糊。

【译文】

云气布满天空，云层遮避太阳，春天到来，白昼的时间越来越长了。水旁长满兰草的地方泥土正湿润，忽然见到有人在家中举行喜宴，此时蜜蜂窝里已无蜂蜜的香气，大量的工蜂正在四处采集花蜜。整日下来没有人家在门上挂上帘幕，一阵阵风不时将炊烟吹过家家户户的围墙。下了一点细雨之后，桃和杏的落花，像是红色的眼泪一样滴流不止。

我这颗惯于风流的心是很容易感动的，我在这样的景色中独自久立，心中的纠结甚为痛苦。想起她闺房里的化妆盒、镜子，她当时正在调匀蜡烛、用熨斗熨着薰香。我在我们当年一同戏耍的柳树下，当年她所在的那座青楼却已成为往事。我所想起的种种，纵使给我一万张信纸，也没法写出来了。

【赏析】

本词上片写春日的景色，这是一个阴雨初收、云雨未散的日子，诗人前往郊外散步，泥土中一片湿润。同时，诗人还看到了有人在举行喜宴、有人正忙着工作，一切都随着春气勃发，正是古人所谓"一年之计在于春"的景象。然而，比起这些踏踏实实忙碌的蜜蜂与人类，作者在此似是一个无所事事的人。当一个人无所事事时自然容易钻牛角尖，更何况是秦观这么一个多愁善感的人，于是当他见到春雨打下了花瓣时，立即无法按捺住心中的悲伤，笔锋一转，想起了一位曾经要好的歌女。简单几句带过当年的欢乐，但她所在的那个青楼，如今却已不在了，想探询伊人的下落也是不可能了。诗人想起远处的她，随着时间的流逝，可能也如同眼前的桃杏一般，都已被雨打风吹去了，如今不知道流落何方呢？过去的欢乐也如同眼前的桃杏一般，随着时间的冲刷，也已经模糊难寻。逝去的终究是逝去了，即使是回忆，可能也早已模糊不清了，但比起回忆一个逝去的人，回忆本身已是更为哀伤的一件事。因此，秦观在此哀悼的，或许已经不是一个逝去的人，而是逝去本身。

南歌子

愁鬓①香云②坠，娇眸水玉③裁。月屏风幌④为谁开。天外⑤不知音耗⑥、百般猜。　　玉露沾庭砌⑦，金风动琯灰⑧。相看有似梦初回。只恐又抛人去、几时来。

【注释】

①愁鬓：发白的鬓发。

②香云：比喻青年妇女的头发。

③水玉：水晶的古称。

④月屏风幌（huǎng）：屏风窗帷。

⑤天外：谓极远的地方。

⑥音耗：消息。

⑦庭砌：庭院内的阶梯。

⑧琯（guǎn）灰：即葭灰，古时用来测候节气。

【译文】

放下已经微微发白的头发，她的眼神有如水晶一般清澈。她的屏风和窗帷是为了谁而开着的呢？远处传不来任何消息，只能让她不断猜想。

庭院里的阶梯沾满了秋露，秋风吹起了测候节气的葭灰。一刹那之间，她几乎以为是那个人回来了。但心里泛起的念头是不知道他何时又要离她而去，下次回来又是什么时候？

【赏析】

在这一阕词中，诗人对于空闺久待的女子的心态有着很好的把握。为了那个一去杳无音信的浪子，女子不但并未忘情，而且还不断猜测情郎如今人在何方、是否依然钟情于她。不消说，猜了也是白猜，但乱猜却是人在这种处境下常见的行为。这可能是一种心灵慰藉，也可能是一种自投罗网。到了下片，时候已晚，露珠、秋风已悄悄侵入庭院。行文自此，本属老生常谈，但作者却能翻出新意。庭院中有了声响，女子也感到有什么人进入了庭院，猜猜是谁？是他回

来了么？如果是凡俗之笔，可能会写女子赶紧推开门看一看，但秦观在此又一次令读者意外，这番意外却也是情理之中的意外——女子首先想到的是，这么一个好久不见的情郎回来了，我是不是老了？是不是已经不再是他所爱的那个她了？我见到他第一句话该说什么呢？越想越多，女子的情绪又再一次消沉下来，因为她接着想到的是他这次会待多久呢？会不会又在什么时候和我告别了？会不会不告而别……当女子还在想着的时候，作者其实早已写明，回来的不是情郎，而是秋露和秋风。如果女子知道了（或许她也猜到了，只是不愿意这么想），那又该有多悲伤呢？错把过客当归人，虽然在一刹那之间心里燃起了希望，但终究只是虚妄而已。这既是一个美丽的错误，也是又一次的心碎。

阮郎归

褪花新绿①渐团枝，扑人风絮飞。秋千未拆水平②堤，落红成地衣③。

游蝶困，乳莺啼，怨春春怎知。日长早被酒禁持④，那堪更别离。

【注释】

①新绿：初春草木显现的嫩绿色。

②水平：水面平静。

③地衣：地毯。

④禁持：摆布。

【译文】

春花落尽、新生的绿叶渐渐长满了树枝，扑面而来的柳絮四处飞舞。春天游玩时使用的秋千尚未拆去，堤边的水面已渐渐上涨，落下的红花铺开有如地毯一般。

飞舞的蝴蝶已经疲惫了，新生的黄莺刚发出啼声，我对于春天离去的埋怨，春神又怎么会知道呢？白昼虽然变长了，但我却已经不支酒力，又有什么勇气来面对将要发生的别离呢？

【赏析】

本词上片已经是一派暮春景象，但整体而言仍是对客观景物的描写。到了下片时虽然仍然描写外在景物的蝴蝶、黄莺，但一个"困"字，开始带入主观的情感，终于点出了"怨春"的主题。然而，对于春天的怨甫被点明，诗人的笔锋又一转，转到了酒。这是什么样的酒？是离别的酒。是与谁离别的酒？可以是明年将会再来的春景，可以是归期未定的某人，但恐怕更多的是一去不复返的青春年华吧。

梦扬州

晚云收。正柳塘①、烟雨初休。燕子未归，恻恻②清寒③如秋。小阑外、东风软，透绣帷、花蜜香稠。江南远，人何处，鹧鸪啼破春愁④。　　长记曾陪燕游⑤。酗妙舞清歌⑥，丽锦⑦缠头⑧。殢酒⑨为花，十载因谁淹留⑩。醉鞭⑪拂面归来晚，望翠楼⑫、帘卷金钩。佳会⑬阻，离情⑭正乱，频梦扬州。

【注释】

①柳塘：周围植柳的池塘。

②恻恻：寒冷貌。

③清寒：清朗而有寒意。

④春愁：春日的愁绪。

⑤燕游：宴饮游乐。

⑥清歌：清亮的歌声。

⑦丽锦：华丽的丝织品。

⑧缠头：古代歌舞艺人表演完毕，客以罗锦为赠，称"缠头"。

⑨嚔（tì）酒：沉湎于酒，醉酒。

⑩淹留：羁留、逗留。

⑪醉鞭：醉人手中的马鞭。本句使用温庭筠在扬州折齿的故事。当年温庭筠在扬州因心怨淮南太守令狐绹未曾援引，遂不刺谒，在扬子院中喝了酒后大醉，醉而犯夜，被虞侯所击，败面折齿。

⑫翠楼：酒楼、妓院。

⑬佳会：指男女欢会。

⑭离情：别离的情绪。

【译文】

晚间的云朵消散了。此时正是柳塘上的春雨刚停止的时候。燕子还未北归，清朗的天空下仍如秋天一般寒冷。此时栏杆外吹来了温暖的春风，吹过床帘，带来了一阵花香的味道。江南是这么遥远，伊人现在在哪里呢？鹧鸪鸟的声音响起，惊醒了正在惆怅的我。

记得当年曾经随着你一同宴饮游乐。欣赏着你在宴筵中的歌舞，看着你收下华丽的绢布。我为花而醉，这十年来我都是为了谁留在那里呢？我因为醉酒犯禁而归来迟了，看着你所居住的那栋楼宇，已经挂上了帘幕。这些年来和你的欢会受到了阻碍，我心中的情绪甚为纷乱，于是我常常在梦中回到扬州。

【赏析】

古人认为一个文人雅士要懂得琴棋书画，琴居首位，足见音律在古代文人的艺术生活中的重要地位。前面介绍了许多秦观写给歌女演唱的唱词，用的都是既有的词牌；但这一首词则较为特殊，词牌是秦观本人首创的，换而言之，即他在这里同时身兼作词与作曲两个角色，因此，如果要更好地理解这阕词，除了文字之外，旋律也是必须考察的重点。因为宋词的乐谱至今基本不存，所以我们只能对平仄格律加以分析，了解其音乐结构。如果由平仄的格律展开，可以发现这首曲子是 A–B–C–B' 结构。这种结构虽非秦观首创，但他选择了这种模式作曲，而非宋代早期习见的上下两片基本相同的 A–B–A'–B 结构，应有一定的意图。这阕词在音律上的创新在于过片（C）和下片后段（B'）的部分，因此，这两部分可以说是这首曲子的关键。

先说过片，虽然传统的曲子结构的过片与开篇的会有些许不同，在叙事上具有转折的作用，但是因为差异较小，在听觉上的强调感并不那么明显；秦观这阕词的过片则是完全相异的结构，在演唱时能给听众留下强烈的印象，所以这一段的内容是词人极力希望阅听的人能够注意到的。那么，秦观希望人们注意到什么呢？从文字来看，过片由两个带有领字（"长记"、"酬"）的句子构成，又以"记"字为核心，说明了本词所描述的主要是"记"，即记忆中的种种，上片所描述的眼前景象皆只是引子而已，下片描述的回忆才是秦观真正想表达的内容。于是进入了曲子的 B' 部分。音乐进入这一部分时的调性是比较平缓甚至有些哀凄的（自连用 4 个平声字推测），但这样的情绪到了最末出现了转变。

我们知道，词自诗发展而来，而古人的诗教一向讲究温柔敦厚、反对狂悲狂喜，所以诗的结构本身是一个对称、自我完满的宇宙，兴观群怨都在这里面发生，即使是宣泄性的诗作，作者也希望在写完诗的同时完成一次自我救赎，所以诗的结尾多半是比较平缓的。虽然早期的词言情功能较诗强化，但在结构上依然如故。然而，这一阕《梦扬州》偏偏在感情似乎将要收束完成之时，忽然改用急促的节拍收尾（上片末句是 10 个字，下片则是 11 字，依常理，曲调在此已不可能有太大的变化了，所以变的应是节奏；另外，仄声字的运用也较上片为多，亦是一样的效果），一方面再度唤起阅听的人的情绪，另一方面也表达了作者自身的情绪在此激动了起来：一想起在扬州的美好年华，那段阳光灿烂的日子，那段激情四射的岁月，心情怎么可能还保持平静呢？这便是秦观在这阕词中所想说的故事。

前面我们看了许多秦观的词作，虽然很多可能包含了他个人的经历在内，但更多的是抽象、升华过后的结果。例如情人间的离别，秦观有过这样的经历，柳永有过，辛弃疾有过……读者诸君可能也有过，因此，即使自己写不出诗篇，拿古人现成的句子来用也十分应景。但这一阕词所写的，却是十分特定的经历，即作者本人在扬州此一特定的地点做过的特定的事。这样的作词方法，可以说秦观是首创人，因此，后世词家在评论秦观时，认为秦观善于将身世之感打入艳情，说的便是这样的作品。当然，在本书的下篇、秦观被贬谪之后，这样的作品将会更多，此处先按下不表。

浣溪沙

漠漠①轻寒上小楼，晓阴无赖②似穷秋。淡烟流水画屏③幽。　　自在④飞花⑤轻似梦，无边丝雨⑥细如愁。宝帘闲挂小银钩⑦。

【注释】

①漠漠：弥漫广布貌。

②无赖：无聊、可厌。

③画屏：有画饰的屏风。

④自在：自由、无拘束。

⑤飞花：落花飘飞。

⑥丝雨：像丝一样的细雨。

⑦本句化用李璟《浣溪沙》的词句："手卷珠帘上玉钩。"

【译文】

在一片微寒中我登上了小楼，白昼里的阴霾让整个天气像晚秋一样恼人厌烦。回头一看，屏风上的轻烟和流水显得那么清幽。

自由自在的落花就好像梦那般轻柔，无边无际的细雨就像我的春愁一样若隐若现。在这时，我将珠帘卷起，随手将勾子挂在杆子之上。

【赏析】

这也是秦观的词作中知名度较高的一阕词。全文以轻浅的色调、幽渺的意境，描绘出在一个阴云密布的春天里，一名女子淡淡的哀愁与寂寞。"轻"是全词的基调，轻轻的微寒、轻轻的淡烟、轻轻的飞花、轻轻的细雨，带出的是轻轻的春愁。这阕词中的女子可能经历过如同秦观之前词作中常描写的那种生离死别，也可能没有经历过，但无论她有或没有，这时的她心里都没有这种很多人可能终其一生也不曾遇到过的体验。她在这里，只是一个再寻常不过的女子，所感受到的情绪，也只是春寒料峭时，人对气候自然而然的反应。

这阕词所描写的正是这种平平淡淡、若隐若显的情绪。比起狂悲狂喜，这种淡淡的情绪才是更多人生活时的常态。但是，正因其轻淡，所以很多人往往就不知不觉地让这样的情绪过去了，并没有太过明显的外在行为，甚至连细细品味这种情绪的念头都未曾起过。秦观在这里描写这样平凡的情绪，可谓是于拙中见巧、发前人所未言。这种情绪因其无影无踪、平淡如水，故而甚难把握、甚难描写，秦观却做到了。由此，我们更可从中见得诗人的才情，同时也可以从中发现，文学其实就在我们每日的日常生活之中，只要能发现我们每个人每一种细微的情绪，我们的生活本身就是艺术。"人，诗意地栖居"，说的即是这种境界。

河传

恨眉醉眼①。甚②轻轻觑③著，神魂迷乱。常记那回，小曲阑干西畔。鬓云松、罗袜划④。　　丁香笑吐娇无限。语软声低，道我何曾惯。云雨⑤

未谐，早被东风吹散。闷损⑥人、天不管。

【注释】

①恨眉醉眼：指眉目放纵含情。

②甚：真。

③觑（qù）：看。

④罗袜刬（chǎn）：仅穿罗袜行走。罗袜，丝罗制的袜。；刬，仅。

⑤云雨：男女欢会。

⑥闷损：烦闷。

【译文】

你眉目里的种种情感，轻轻地看着我，令人意乱情迷。还记得那时，在那个筑有栏杆的小池塘西畔。那时的你头发乱了、脚上也只穿着袜子。

你的笑容像丁香花开放一样令人无限怜爱。你在我耳边低声絮语，说你并不是常做这种事的人。无奈我们之间的欢会还未尽兴，一阵东风便将我们吹散了。虽然我的心里是如此烦闷，但命运之神对此毫不理会。

【赏析】

这一阕词对于男女幽会时情事的描写可谓露骨之极，本文在译文部分进行了自我审查、修改了部分句意，望读者谅解。这一阕词在古代也曾被很多评论者认为是"淫章醉句"而加以批评。但如果扣除其"三俗"的实质内容，只看其文字，可以说是描摹细致、传情真率。本来，这样的情事也是人类作为动物的一种自然天性，但家庭、私有制或曰"礼教"的出现，使得这种题材的事物都只能偷偷摸摸地进行了。秦观在与女子践行本词中的种种事件时应也是如此，于是一阵东风便能将他们吹散，也无人理会诗人此时的烦闷。说到此，那名女子是什么身份？她与秦观之间是什么关系？读者们应该已经明白了吧。

如梦令

门外鸦啼杨柳。春色著人①如酒。睡起熨沈香，玉腕不胜金斗②。　　消瘦。消瘦。还是褪花③时候。

【注释】

①著人：惹人、迷人。

②此两句用李商隐《效徐陵体赠更衣》之句："轻寒衣省夜，金斗熨沉香。"

③褪花：花萎谢褪色。

【译文】

门外的杨柳上传来了乌鸦的啼声。春天的景色如同美酒一般吸引人。春眠觉起，我想熨一熨沉香，熨斗却是那么沉重。

我瘦了。我瘦了。在这个百花谢尽的季节。

【赏析】

本词上片写初春，柳梢上乌鸦的啼声唤醒了原本春眠中的女子，打开门帘，看到一派万紫千红的景色，是多么迷人，犹如醉酒一般醉人。想熨沉香却娇呼熨斗好重，是不是想叫某个人前来帮她抬起呢？那个人来了没有？作者并未明言，想象此景自是妙趣横生。下片场景一转，已是暮春时节，女子消瘦了，又是为了什么呢？她说是因为不忍见到百花凋谢，这是不是实情呢？作者亦未明言，其中故事耐人寻味，只能读者自行想象了。前面我们已经说过，传统中国的艺术妙处正在留白处，这一阕词的留白，仔细思之，应该大有玄机吧。

南歌子

香墨①弯弯画，燕脂②淡淡匀。揉蓝③衫子杏黄裙。独倚玉阑无语、点檀唇④。　　人去空流水，花飞半掩门。乱山何处觅行云⑤。又是一钩新月、照黄昏。

【注释】

①香墨：带香味的墨，此处指画眉之青黑色螺黛。

②燕脂：即胭脂，红色的颜料。

③揉蓝：原指蓼蓝汁，此处指蓝色衣服。

④点檀唇：以一种浅绛色胭脂点唇。

⑤行云：流动的云。

【译文】

用带有香味的螺黛画上弯弯的眉毛，再用调匀的胭脂画上淡淡的红妆。再穿上蓝色的衣裳、黄色的裙子。静静地独自靠着栏杆，为嘴唇点上一点浅绛唇彩。

情郎走了，耳边只剩流水的声音，花儿谢了，关上门不忍看到这一切。看着一重又一重的山丘，哪里还望得到云的踪迹呢？此时又升上了一勾新月，点亮了原本天色已经暗沉的黄昏。

【赏析】

秦观这一阕词依然保留了不少五代遗风。上片一句一个颜色、一个画面，从女子乌黑的眉毛、淡红的脸颊写到蓝色上衣、杏黄裙子，最后又写到女子给自己点上了绛色的唇彩，一片光鲜亮丽、浓得化不开，闺中女子的样态就透过这些颜色展现到读者的面前。然而，下片忽然一转，流水、落花、乱山、行云，与前面精心雕琢的浓艳相比，简直可以说是粗放之极。作者正是希望透过这种强烈的对比，写出女子当前的处境——情郎去了、青春也去了，那般红妆在这种凄凉的风景中显得格外触目、格外令人惊心。这样的对比是残忍的，却在不着一字的情况下点出了女子的哀怨，可以说是极为成功的艺术手法。最后，镜头回到女子身上，她淡淡地说："又是一钩新月"，重点在"又"字之上，仿佛女子已经见了许多次新月一般。话未说透，但久候不至之情、空闺哀怨之音，不经意地透了出来。此后，等待女子的又将是什么呢？作者没说，一切就留待读者自行想象了。

水龙吟

小楼连苑横空①，下窥绣毂②雕鞍③骤④。朱帘半卷，单衣⑤初试⑥，清明时候。破暖⑦轻风，弄晴微雨，欲无还有。卖花声过尽，斜阳院落，红成阵、飞鸳甃⑧。　　玉佩丁东⑨别后，怅佳期、参差⑩难又。名缰利锁⑪，天还知道，和天也瘦⑫。花下重门，柳边深巷，不堪回首。念多情⑬，但有当时皓月，向人依旧。

【注释】

①横空：横亘天空。

②绣毂（gǔ）：华贵车辆。

③雕鞍：刻饰花纹的马鞍、华美的马鞍。

④骤：车马奔驰。

⑤单衣：古代官吏的服装，或为朝服。

⑥初试：初次试用。

⑦破暖：天气转暖。

⑧鸳甃（zhòu）：用对称的砖瓦砌成的井壁。

⑨丁东：象声词。该句"玉"、"东"两字，加首句之"楼"，暗谐送别对象（蔡州营妓娄东玉）的姓名。

⑩参差：蹉跎、错过。

⑪名缰利锁：喻为名利所拘系。

⑫本句化用李贺《金铜仙人辞汉歌》中之"天若有情天亦老"句。

⑬多情：指钟情的人。

【译文】

高耸在花园中的小楼，从楼上望下是华贵的车辆、华美的马匹急骤地奔驰着的景象。

帘幕只卷起了一半，今年首次穿上薄薄的单衣，这时正是清明时节。若隐若现地吹来了温暖的春风，在阳光照耀之下依然飘着微微的细雨。卖花人的吆喝声已经停歇了，在夕阳照耀下的园子里，只见到大片大片的飞花，飞到了井壁之上。

曾经系在一起叮咚作响的玉佩现在因主人的离去而分别了，惆怅啊！接下来的春日，只能一个人蹉跎过去了。我被名利所拘系，这样的苦楚，如果苍天明白，那么它也会因此而消瘦。繁花盛开的院门、垂柳依依的巷弄，现在已不堪回首了。只有当时的月亮没变，仍然照着我这样的情种。

【赏析】

这一阕词作于元丰八年（1085）秦观离开蔡州、前往汴京赴任时，是秦观赠与当地营妓娄东玉的作品。开篇十一字，说的只是秦观骑马过楼前的一件事，看似累赘，其实用意在表达即将分别时的不舍。因为不舍，所以走走停停，不愿加快速度。在蔡州城内欲去还留的秦观，看着慢慢远去的青楼，开始想象楼中人的神态——大约是刚睡起吧？是不是该进去和她见上最后一面呢？恍恍惚惚地这么想着，时间已由清晨转至黄昏，当词人惊觉时，他已经随同进京的车队远离蔡州城了。过片中，诗人意识到了两个人从此相见无期，已到驿站的秦观，开始怨叹自己为名利所系的人生，发出了撕心裂肺的呼喊。但呼喊又能如何呢？现在所能见到的是陌生的花树和垂柳，两个人一起嬉闹的那片春光已经永远遗落在身后了。唯一跟着秦观北上的旧时景色，只有当空的皓月而已。或许，在见到这唯一的"旧友"之时，秦观正默默地祝愿娄东玉，能够"但愿人长久，千里共婵娟"吧。

南歌子

玉漏①迢迢②尽，银潢③淡淡横。梦回④宿酒⑤未全醒。已被邻鸡催起、怕天明。　　臂上妆犹在，襟间泪尚盈⑥。水边灯火渐人行。天外一钩残月、带三星⑦。

【注释】

①玉漏：古代计时漏壶的美称。漏尽即为临近破晓的下半夜时分。

②迢迢：时间久长貌。

③银潢：银河。

④梦回：从梦中醒来。

⑤宿酒：宿醉。

⑥本句用元稹《莺莺传》之典故："张生……自疑曰：'岂其梦邪？'及明，睹妆在臂、香在衣，泪光荧荧然，犹莹于茵席而已。"

⑦三星：典出《诗经·唐风·绸缪》："绸缪束薪，三星在天"，郑笺："三星，参也。在天，谓始见东方也。"词写晨起别情，钩月带三星，形似"心"字。此指歌妓陶心儿。

【译文】

玉漏滴着滴着已经要滴尽了，横亘天上的银河也在拂晓的天空中渐渐隐没。我从梦中醒来的时候，昨晚的宿醉尚未全消。但我已经被邻家的公鸡给吵醒，真不愿意白昼的到来。

我的衣袖上还沾着妆痕，我的衣襟上的眼泪还没干。此时水边渐渐有了挑着灯火行走的行人，天上还剩下一勾残月，伴着三颗冷星高挂着。

【赏析】

这阕词作于蔡州时期，秦观以此赠与一位名为陶心儿的歌妓。和前面那阕《水龙吟》一样，秦观都在词中嵌入了某位女子的名字，为历来评者所诟病。如清代文人沈谦在《填词杂说》中曾谓此句"此作晓景佳。若指为心儿谜语，不与'女边著子，门里挑心'，同堕恶道乎？"评者之所以如此，一是因为在传统士大夫的观念中，妓女是登不得大雅之堂的；二是因为如此一来这篇文字就失去了泛用性，从而只能适用于娄东玉或陶心儿了。虽然这样的看法是否成立见仁见智，但这一句"一勾残月带三星"成为千古传颂的名句，却是不争的事实。

蝶恋花

晓日窥轩双燕语。似与佳人，共惜春将暮。屈指①艳阳都几许②，可无时霎③闲④风雨。　　流水落花无问处。只有飞云，冉冉⑤来还去。持酒劝云云且住，凭君碍断⑥春归路。

【注释】

①屈指：弯着指头计数。

②都几许：总计有多少。

③时霎：即霎时，片刻。

④闲：平常。

⑤冉冉：形容事物慢慢变化或移动。

⑥碍断：阻截、挡住。

【译文】

清晓的时候自窗户向外望，见到两只燕子在喃喃细语，似是一对佳人正在那里惋惜春天将要离去一般。掐指一算，这个春天到底有多少晴朗的日子呢？细细一想，好像总是刮着不小的风雨。

残花落到流水之中，已经不知道漂到哪里了。只剩下天上的浮云，仍然在那里慢悠悠地来来去去。我拿着酒杯对云说："云啊！云啊！请你不要再乱飞了。难得的、仅存的春景，都被你遮蔽了。"

【赏析】

元祐元年（1086），秦观自蔡州调入京师任官。由地方到中央，本应是春风得意的一件事，但正如我们之前所说过的，宋代朝廷中的新旧党争极为激烈，这自然使秦观感到极为郁闷；另外，秦观在汴京担任的只是秘书省的官员，对于他本人而言，可以说是大材小用。因此，当所有人都以为他的春天已经到来的时候，只有他自己知道，这个春天其实一点春意都没有。

在这阕词中，秦观巧妙地运用对话体来隐晦地表达自己的苦闷。利用两只燕子的对话，表明现在已经是春天将尽的时节了。惜春、伤春是文人常用的题材，一般人往往会强调春光明媚以对比春尽时的萧条，但秦观在此笔锋一转，说今年的春天好像都在下雨，并没有什么风光可言。就在这样的无聊之中，春天过去了，自己的青春也已经一去不复返，所能见到的只有满天的乌云而已。李白曾经有诗云："总为浮云能蔽日，长安不见使人愁"，诗中的"云"说的是小人，秦观在此应该也是一样的意思。带着风雨的乌云把春天的景色都破坏了，却依然在那里游荡，仿佛是在对诗人进行嘲弄、示威。在这样黑暗的官场里，秦观在词的最后，对着满天的乌云，喊出了他的心声："请你散去吧！"

这一阕词从文学的角度来说，跌宕起伏，已堪称上乘之作；而如果我们将它的政治隐喻也考虑在内，更可从中体会作者之才，也更能读懂这阕词中所隐含的作者的生命历程及心境。

画堂春

落红铺径水平池。弄晴①小雨霏霏。杏园②憔悴③杜鹃啼。无奈春归。柳外画楼独上，凭阑手捻花枝。放花无语对斜晖。此恨谁知。

【注释】

①弄晴：指禽鸟在初晴时鸣啭、戏耍。

②杏园：园名，唐代新科进士赐宴之地。此借指汴京之金明池和琼林苑。

③憔悴：凋零；枯萎。

【译文】

遍地落花铺平了园中的小径，园中的池塘也因为春雨而溢满。在微微的细雨之中，鸟儿鸣啭戏耍着。杏园里的花朵已经枯萎凋零了，杜鹃鸟也开始啼叫了。真是无奈，春天就这么过去了。

我独自登上了垂柳深处的画楼，随意地摘取了一节尚有花瓣的树枝。我拿着花枝对着残阳，不发一语。此时我心中的愁怨又有谁能够知晓呢？

【赏析】

这一阕词同样写于暮春之时。连日的春雨已将枝上的花朵打落殆尽，诗人到杏园中漫步之时，虽然雨势稍稍停歇，但是春景早已憔悴，因新晴而探出头来的杜鹃鸟的啼声反而使得气氛更显凄凉。晴也不是，雨也不是，诗人知道，一切都是因为春尽了。下片场景一转，诗人手持一枝尚有花瓣的树枝登上高楼，他登高究竟是为了什么我们不得而知，但到了高处、见到残阳，心情变得更加低沉了。

春归离恨，古往今来，已不知有多少文人同抱此恨，但作者为什么在最后说"此恨谁知"呢？此时的登高望远之举，不由得令人想起陈子昂的《登幽州台歌》："前不见古人，后不见来者。念天地之悠悠，独怆然而涕下。"陈子昂在高处感到自身生命之渺小，秦观亦然。自身渺小的生命若在初春之时尚能思有作为，但秦观此时见到的是已经凋尽的春花，加上他个人的生命历程，恐怕他此时哀叹的是自己的一生已是碌碌无为，又将被党争的风雨拍落于流水之中，再也留不下任何痕迹吧。比起凋零，被遗忘恐怕是更为痛苦的事，秦观此时的恨，想来应是后者吧。

画堂春

东风吹柳日初长，雨余芳草斜阳。杏花零落燕泥①香，睡损红妆②。　　宝
篆③烟消鸾凤，画屏云锁潇湘。暮寒微透薄罗裳，无限思量④。

【注释】

①燕泥：燕巢上的泥。

②睡损红妆：闺中人睡起时妆容受损之慵困貌。

③宝篆：熏香的美称。焚时烟如篆状，故称。

④思量：想念、相思。

【译文】

东风吹过柳梢、白昼渐渐变长，夕阳照耀着雨后的芳草。此时杏花已
经凋谢了，燕子衔回来筑巢的泥土带满了花的香气，她刚睡醒时花了脸，
容颜就像杏花一样。

薰香的香烟如同鸾凤一般的形状，屏风上的画则是云雾缭绕的湘江的
样子。天黑了，她感到微微的寒意，这时的她正在深深地思念着某个人。

【赏析】

在秦观于汴京仕官的这段时期，离别之作少了，更多的是追忆之作。
由于人在官场，不能再像过去那样四处浪游。在我们前面介绍秦观的诗作
时曾经提到，秦观于元祐年间在蔡州及汴京任官，但由于当时党争激烈，
在不知不觉间，秦观也被贴上了蜀党的标签，因此，这段时期的秦观已经
产生了"不如归去"的念头。有此念头，自然是因为与入仕之前的生活相
比，当时没有这么多的机巧、也没有这么多的限制。虽然追忆某人自是一
种追忆，但对于秦楼楚馆中的女子，喜欢引用杜牧"十年一觉扬州梦，赢

得青楼薄幸名"的秦观，究竟抱有多少真心是一个问题，此时秦观也有些怀人之作，但更多的其实是假托女子之口怀念春天，或是追悼春日的逝去，而这一切的背后，其实是秦观对自己踏入官场前自由自在的岁月的追忆。这种追忆的主题，贯穿了秦观入仕以后的多数作品。日后，随着处境越来越不堪闻问，其表露的情绪也越发强烈、直白。但在此时，秦观暂时尚未脱出婉约的路子，所以本词仍然采用的是假托闺中少妇之口，透过描写其神态以抒发自己的感情，对闺中情景的描写依然十分精细，其情感的表达手法亦十分含蓄。

青门饮

风起云间，雁横天末①，严城画角，梅花②三奏。塞草西风，冻云③笼月，窗外晓寒轻透。人去香犹在，孤衾④长闲馀绣。恨与宵长，一夜薰炉⑤，添尽香兽⑥。　　前事⑦空劳⑧回首。虽梦断春归，相思依旧。湘瑟⑨声沈，庾⑩梅信断，谁念画眉人⑪瘦。一句难忘处，怎忍辜、耳边轻咒。任人攀折，可怜又学，章台⑫杨柳⑬。

【注释】

①天末：天的尽头，指极远的地方。

②梅花：指琴曲《梅花三弄》。

③冻云：严冬的阴云。

④孤衾：一床被子，常喻独宿。

⑤薰炉：用于熏香等的炉子。

⑥香兽：烧成兽形的炭。

⑦前事：过去的事情。

⑧空劳：徒劳、白费。

⑨湘瑟：湘妃所弹之瑟，亦指代瑟。

⑩庾：庾岭，在今江西省赣州市大余县南，当地以梅花而闻名。

⑪画眉人：指夫婿。

⑫章台：汉代长安街道名，借指妓院。

⑬杨柳：借指侍妾、歌姬。

【译文】

在白云深处吹起了风，大雁已经飞到遥远的天边了。在严密防守的城池里，传来了画角吹奏的《梅花三弄》。西风吹过边塞的枯草，严冬的寒云笼罩着月亮，清晨的寒意从窗外透了进来。伊人已去，体香犹在，独守空闺，只能以绣花打发时间。离恨如同冬天的夜晚一样悠长，薰香的炉子整夜燃着，不知给它添了多少次木炭。

过去的事情再回忆也只是徒劳。虽然梦醒了、春天回来了，但相思之情却一分未减。听不见楚地的琴瑟，望不到江南的梅萼，他独自在外，身形恐怕也消瘦了吧？想起那些难忘的话语，我又怎么忍心辜负当时的情意呢？无奈我只能任人摆布，就好像秦楼楚馆的歌妓那样。

【赏析】

这一阕词模拟歌妓的口吻，表达对于已经离去的情郎的思念以及对现实的无奈。开篇处描绘出季节，表示已是秋、冬时分，在戒备森严的汴京城里，传来了哀渐的曲声。循着声音，视角渐渐拉近，到了一处院子之中。原来这首肝肠寸断的《梅花三弄》是从这里传来的。视角再拉近，穿过窗子，见到一位佳人，独守空闺，终夜不寐。她究竟是因为思念而难以成眠，或是因为在等待某人的回来呢？我们不知道，作者只给了我们这样的画面。过片时，镜头一转，虽然已到了春暖花开的时候，但是她仍然在那里等待着，担心着远去的情郎现在过得好不好。或许，她也知道，情郎是一个负心汉，去了便不会再回来了，但每当决定要放弃这段关系的时候，她又想起了当年的欢乐时光，于是还是决定继续等待，但自己也同时深恨着自己不争气，竟然没能抛下这些其实已成为赘疣的回忆。行文至此，这位痴情女子的形象已刻画得十分立体，作者却又一提笔，点明她并不是久候良人的深闺怨妇，而是秦楼楚馆里的舞妓歌姬，每天仍得堆出笑脸侍候那些不怀好意的男人，于是她的哀愁更深了一层。

秦观这阕词是替某位歌女作的，或是引以自况（毕竟在中国古代文学中不得意的士人常自比为女子），我们不得而知。但从这阕词对画面的叙述、情绪的描写，层层递进，两度转折亦都能起到加深情绪的作用，其写作手法已是极为纯熟，足见作者步入中年以后功力之进境。

虞美人

碧桃①天上栽和露，不是凡花数。乱山深处水潆洄②，可惜一枝如画、为谁开。　　轻寒细雨情何限，不道③春难管。为君沈醉④又何妨，只怕酒醒时候、断人肠。

【注释】

①碧桃：西王母给汉武帝的仙桃，此处指某贵官之宠姬碧桃。

②潆洄（yíng huí）：水流回旋貌。

③不道：不料、不奈、不堪。

④沈醉：大醉。

【译文】

碧桃是天上用露水栽种出来的，与一般的凡俗花朵并不一般。在这荒山野岭、溪水缭绕之地，可惜了这么一枝美丽的桃花，究竟是为谁开放的呢？

微微的寒意中飘着细细的雨丝，我对它有着深深的怜惜之情，无奈我无法挡住春天离去的脚步。为了它而喝个大醉又有何妨呢？我只怕酒醒之后想起往事，更为伤感。

【赏析】

据杨湜《古今词话》："秦少游寓京师，有贵官延饮，出宠姬碧桃侑觞，劝酒惓惓。少游领其意，复举觞劝碧桃。贵官云：'碧桃素不善饮。'意不欲少游强之，碧桃曰：'今日为学士拼了一醉！'引巨觞长饮。少游即席赠《虞美人》词曰……。"不善饮酒的碧桃姑娘，为了秦观而拼却一醉，自是仰慕其才情所致；秦观当场赠与这阕词，也自是为了回报她的情意。

这阕词上片巧妙运用碧桃的名字，以天庭上的桃花开篇，其美丽远非寻常花朵能比，可惜却开在乱山深处，无人得赏。这一句当然不可能是在说某贵官冷落了碧桃，这么说一来太过失礼，一来秦观也不可能知道某贵官家中之事，所以只能说是秦观在此假借碧桃的形象自我比喻，诉说自己怀才不遇、沉浮下僚的牢骚。这么一个穷酸士人，竟还有人愿意为他拼却一醉，这样的情意，在感激之余，也颇令诗人感觉飘飘然。这一刹那，这么一个终于有人注意到自己的时刻，是多么令人留恋。时间要是能永远冻结在这一刻不知该有多好，但无奈春天终将是要过去的，宴饮结束之后也只能各回各家，可能今生不会再谋面了。所能做的，唯有在这当下拿出自己的一切，回报这分情意。于是我们可以想象，面对碧桃的劝酒，秦观一定是一杯接着一杯——在帮助碧桃完成"任务"的同时，也透过大醉来暂时遗忘将要发生的分别。然而，秦观自己也知道分别是迟早的事，于是最后笔锋一转，想到了酒醒之后的痛苦。

人生中不知有多少次这种相逢，须臾之间便能在心上烙下了深深的印痕，但当事人心中也很明白，这样的缘分只比昙花一现长那么些许而已。究竟是为了避免日后伤心而选择逃避这次交会呢？还是尽一切可能地在这一瞬间留下最多的回忆？这个问题，恐怕没有答案。但这种"一期一会"的凄美，却孕育了千古以来无数骚人墨客的绝唱，一直传诵至今。

南歌子

赠东坡侍妾朝云

霭霭①迷春态②，溶溶③媚晓光。不应④容易下巫阳⑤。祗恐翰林⑥前世、是襄王⑦。　　暂为清歌⑧驻，还因暮雨⑨忙。瞥然⑩飞去断人肠。空使兰台公子⑪、赋《高唐》⑫。

【注释】

①霭霭：云气流动貌。

②春态：春日的景象。

③溶溶：水流动貌。

④不应：轻易。

⑤巫阳：巫山之南。

⑥翰林：官名，此处指苏轼。

⑦襄王：即楚襄王，宋玉《神女赋》中曾言楚襄王与巫山神女幽会之事。此处以苏轼比襄王、朝云比神女。

⑧清歌：清亮的歌声。

⑨暮雨：傍晚的雨。

⑩瞥然：忽然、迅速。

⑪兰台公子：唐人诗文常称秘书省为兰台。此时秦观任秘书省正字，故如此自称。

⑫《高唐》：前引襄王、神女故事，见宋玉《高唐赋》。

【译文】

春天里云气流动，水波上映照出拂晓的晨光。你不应这么轻易便从巫山上下来啊。你这么做，是不是因为苏轼前世是楚襄王呢?

你因听到他的诗赋而停驻，当日暮时分天空飘起了雨时你又离去。这样飘忽不定真是令人神伤，让我这个秘书郎只能惆怅地望着长空，朗诵《高唐赋》。

【赏析】

这阕词是秦观写给苏轼的侍妾朝云的作品。风流才子秦观，自然不会将他的风流用到调戏恩师的侍妾身上，所以这阕词当是为了开苏东坡玩笑而作的。性格豪放的苏东坡，可能也像老顽童周伯通一样，与后辈之间也以对待同辈的方式交往，所以秦观才会胆敢如此“僭越”，从中亦可见得苏门师生感情之深厚。上片开篇先极力描绘朝云的面容，称其只应天上有，不该轻易下凡间，一定是苏东坡的魅力太大了，才能吸引到她。下片虽然描写朝云的神态，但却将自己也写进去，描述自己对她匆匆一瞥便已被深深地吸引的情状。

调笑令十首并诗

王昭君①

诗曰

汉宫选女适单于②，明妃敛袂③登毡车④。玉容寂寞花无主⑤，顾影低回⑥泣路隅。行行⑦渐入阴山⑧路，目送征鸿入云去。独抱琵琶恨更深，汉宫不见空回顾。

曲子

回顾。汉宫路。捍拨⑨檀槽⑩鸾对舞。玉容寂寞花无主。顾影偷弹玉箸⑪。未央宫殿⑫知何处。目送征鸿南去。

【注释】

①王昭君：汉元帝时人，名嫱，字昭君。晋避司马昭讳，改称明君，故又号明妃。

②单于：匈奴君主的称号。

③敛袂（mèi）：整饬衣袖，此为行礼拜揖的准备动作。

④毡车：以毛毡为篷的车子。

⑤无主：谓不由己，无主张。

⑥低回：谓情感或思绪萦回。

⑦行行：不停地前行。

⑧阴山：在今内蒙古自治区中部，汉与匈奴的交界处。

⑨捍拨：弹奏琵琶用的拨子。

⑩檀槽：檀木制成的琵琶、琴等弦乐器上架弦的槽格，亦可代指琵琶。

⑪玉箸（zhù）：眼泪。

⑫未央宫殿：汉宫殿名，此处代指长安。

【译文】

汉朝的宫廷要选出一名女子嫁给匈奴单于，于是王昭君拜别了皇帝，登上了驶往极寒之地的车子。她的面容显得那么寂寞、六神无主，只能看着自己的影子，在路上哭泣。车子走着走着到了阴山了，她只能望着大雁飞入云端。一个人抱着琵琶、心中满怀幽怨，向南方回首却已再也见不到长安城了。

回首，看着从长安出来的路，她弹起琵琶，飞鸟为此起舞。她的面容显得那么寂寞、六神无主，只能偷偷地自己哭泣。长安城已经不知道在哪里了，只能目送大雁向南方飞去。

【赏析】

在北宋时的汴京已经发展出成熟的市民社会，市民们在闲暇时可以在街上闲逛，听听说书，看看杂耍。在酒肆勾栏中听曲，也是一项十分热门的选择。这一组《调笑令》，便是当时的一种歌舞表演形式。在这种表演中，每首令前有七言八句古诗一首，诗之末二字即为词之起句。虽然这是市井间的娱乐，但是士大夫往往也参与其中，或是出于兴趣，或是为补贴生计，从现在的文字中可以发现秦观也曾写下十首这样的作品。据近代学者王国维的说法，这种艺术形式后来发展成为元曲、杂剧，虽然内容不一定深刻，但在文学史上占有着一定的地位。

王昭君因为得罪画工而被嫁至匈奴和亲之事，想必读者们都已十分清楚，此处不再多述。秦观在描述这段故事时，选择的是王昭君离开长安北上、在行路过程中的这一个时刻。离开故乡、远适异邦，等待自己的是什么样的命运呢？可想而知，前途只能是一片黯淡。在这样的情况下，她唯一能做的只有频频回望长安，可能是想再看故乡最后一眼，也可能是盼着汉元帝能派人把她追回来，但这一切只是徒劳之举。于是她最终只能弹着琵琶，哀怨地望着能够自由地飞向长安的大雁。此诗及词的结构及立意十分平常，或许是因为王昭君的故事早已成为老生常谈。但无论如何，从这里能看到积极融入市井生活的秦观，这是他在他早期文字中所较少展现的一面。

乐昌公主①

诗曰

金陵往昔帝王州②。乐昌主第最风流③。一朝隋兵到江上，共抱凄凄去国④愁。越公⑤万骑鸣箫鼓。剑拥玉人⑥天上去。空携破镜望江尘，千古江枫笼辇路⑦。

曲子

辇路，江枫古。楼上吹箫人⑧在否？菱花⑨半璧香尘⑩污。往日繁华何处。旧欢新爱⑪谁是主。啼笑两难分付⑫。

【注释】

①乐昌公主：南北朝时陈后主之妹，适太子舍人徐德言。隋军南下时，徐德言谓："以君之才容，国亡必入权豪之家，斯永绝矣。倘情缘未断，犹冀相见，宜有以信之"，便将一面镜子分成两半，约定待安定之后的第一个正月十五日在长安贩售此镜，以为相认之凭证。陈亡，乐昌公主被隋太师杨素收为姬妾，携回长安。徐德言亦至，在市中找到贩镜者，循线找到乐昌公主。杨素听闻此事后，同意让乐昌公主回到徐德言身边，两个人同归江南偕老。成语"破镜重圆"即源于此故事。

②帝王州：帝王居住的地方，指首都。

③风流：杰出不凡。

④去国：离开本国、京都或朝廷。

⑤越公：指杨素（544—606），字处道，北朝士族，时任行军元帅，灭陈后加封越国公。

⑥玉人：容貌美丽的人。

⑦辇路：天子车驾所经的道路，此处指乐昌公主被掳北上之路。

⑧楼上吹箫人：指徐德言，此处借用萧史弄玉之典故。

⑨菱花：指菱花镜，亦泛指镜子。

⑩香尘：芳香之尘，多指女子之步履而起者。

⑪旧欢新爱：旧欢指徐德言，新爱指杨素，以两个人皆善待乐昌公主故也。

⑫分付：表示、流露。

【译文】

金陵曾经是帝王的居所，而在金陵城中，乐昌公主的府邸又是最出色的一座。有一天，隋军渡过长江，乐昌公主只能和她的夫婿一同为必须离开故国而忧愁了。杨素的大军吹响了军号，持剑带着佳人离开了这里。徐德言只能抱着破镜，望着大军离境激起的尘土，走在那长满古树江枫的官道之上。

245

路上，长满了古老的枫树，曾在这片枫树中吹箫的那个人还在么？半面镜子因为行路的灰尘而脏污了，当年的情照再也无处可寻了。我究竟该爱谁呢？是旧爱还是新欢？我该哭还是该笑？真难。

【赏析】

这一组诗和曲分别从徐德言及乐昌公主的角度发言。对于失去妻子的徐德言而言，怅然望着被掳去的妻子却又无可奈何，此中的悲伤自是不待赘言。然而，徐德言在故事中的情绪是清楚的，即他只须负责悲伤即可。但对乐昌公主而言，杨素待她甚好，虽然她与徐德言有着旧情，但是又不忍辜负杨素的情意，于是只能陷于两难的境地。自然，旁观者大可说杨素是个侵掠者、抢夺者，乐昌公主是患了"斯德哥尔摩综合症"而不自知，但是，身在局中的"患者"，她的悲叹却也是出于心有所感，岂能如此简单地一刀切呢？当然，我们知道故事最终是以两个人重逢、偕去告终，只是不知乐昌公主南下后，是否能将杨素的影子自心中彻底抹去了？

崔徽①

诗曰

蒲中②有女号崔徽。轻似南山翡翠儿③。使君④当日最宠爱，坐中对客常拥持⑤。一见裴郎⑥心似醉。夜解罗衣⑦与门吏。西门寺里乐未央⑧，乐府⑨至今歌翡翠。

曲子

翡翠。好容止。谁使庸奴⑩轻点缀⑪。裴郎一见心如醉。笑里偷传深意。罗衣中夜与门吏。暗结城西幽会。

【注释】

①崔徽：唐代名妓，当兴元节度使的幕客裴敬中被派到蒲州时，两个

人相恋。数月后，裴敬中离开，崔徽苦等不还，最终发狂而死。

②蒲中：蒲州，在今山西省永济市。

③翡翠儿：鸟名，体貌娇小，毛色艳丽。

④使君：对人的尊称。

⑤拥持：拥抱。

⑥裴郎：指裴敬中。

⑦罗衣：轻软丝织品制成的衣服。

⑧未央：未尽、无已。

⑨乐府：可以入乐的诗歌。

⑩庸奴：见识浅陋之人。

⑪点缀：加以衬托或装饰，使原有事物更加美好。

【译文】

蒲州有一位名叫崔徽的女子，体态像南山上的翠鸟一般轻盈。当日她甚是得到那个人的宠爱，常常在宴席中当众搂抱。她一见到那个人就好像醉了一样，夜间解下罗衣交给门吏。在西门寺里两个人深夜快乐地游戏，现在依然有曲子传诵着这样的故事。

翠鸟般的人，真是美丽，这美丽在许多平庸之辈中更加明显。裴敬中一见到她就醉了，在笑容里偷偷暗示了深意。午夜时分将她的方衫交给门吏收执，两个人在城西暗中幽会。

【赏析】

崔徽的故事动人处应该在于她与裴敬中分别之后的痴情，但或许是因为这种题材太过沉重、不利市井娱乐之故，秦观这里选的是两个人幽会的故事。听众因听闻如此香艳的故事而愿意多付钱来听曲，对于勾栏主人而言，对于靠鬻文维生者而言，仍是一笔不错的买卖。事实上，我们亦不能以此苛责秦观，毕竟词这种文体就是从秦楼楚馆里产生的，《花间集》如是，后来词名甚盛的那位"奉旨填词"的柳三变（柳永）也如是，故秦观有时会有这样的内容，也只能说是"历史共业"了。

无双①

诗曰

尚书有女名无双。蛾眉如画学新妆。姊家仙客最明俊，舅母惟只呼王郎。尚书往日先曾许。数载睽违②今复遇。闻说襄江二十年，当时未必轻相慕③。

曲子

相慕。无双女。当日尚书先曾许。王郎明俊④神仙侣。肠断别离情苦。数年睽恨今复遇。笑指襄江归去。

【注释】

①无双：唐代传奇《无双传》中的人物。唐德宗年间尚书刘震之女。刘震外甥名王仙客，父早亡，与母住于旧家，与无双为青梅竹马，后成婚。朱泚乱起，刘震受伪职，乱平后刘氏被抄家，无双没入掖庭。王仙客得异人相助，设计使无双服药自尽，赎其尸，三日后复苏，相携逸去，隐居于襄江之畔，为夫妇五十年。

②睽违：别离、隔离。

③相慕：爱慕、仰慕。

④明俊：明慧俊异。

【译文】

尚书大人有一个女儿名叫无双。她的容颜如画一般美丽，现在又上了新妆。父亲的姐姐家里的仙客哥哥长得最俊美，他的舅母也只愿意认这个女婿。当年尚书大人已经应允了这门婚事，离别多年之后两个人重新相

遇。听说他们后来到襄江之畔住了二十年，足见他们最初的情愫并不只是
随意产生的。

爱慕那位名叫无双的女子，是当年尚书大人所应允的婚事。王仙客如
此俊美，足以和她相配为伴侣，无奈离别之事上演，心中一片苦楚。多年
的思念今日终于得偿所望，于是笑着到襄江之畔隐居去了。

【赏析】

据薛调《无双传》，两人为夫妇五十年。而在这首诗中，秦观记为
二十年。这毕竟是传奇故事，可能有多种版本流传，我们也不必对之加以
深究。

灼灼①

诗曰

锦城②春暖花欲飞。灼灼当庭舞柘枝③。相君上客河东秀，自言那复旁人知。妾愿身为梁上燕。朝朝暮暮长相见。云收月堕海沈沈，泪满红绡④寄肠断。

曲子

肠断。绣帘卷。妾愿身为梁上燕。朝朝暮暮长相见。莫遣恩迁情变。红绡粉泪⑤知何限。万古空传遗怨。

【注释】

①灼灼：唐时蜀中名妓。在相府的一次宴会中，与河东御史裴质邻座，两个人一见钟情，忽受到相爷的召唤而不得不离去，两个人从此不复再见，灼灼只能以软绡收集红泪，寄与裴质以诉衷情。

②锦城：即锦官城，成都的别名。

③柘枝：舞蹈名。

④红绡：红色薄绸。

⑤粉泪：旧称女子之泪。

【译文】

锦官城的春天来了、花正飞舞着，灼灼在这样的庭院中跳起《柘枝》舞。相爷的座上有一位河东来的小伙，灼灼心里暗暗地这么说着："我愿意化为你家梁上的燕子，如此便能天天见到你的容颜。"无奈已到了月亮沉到海底的时刻了，只能将满怀伤情以眼泪洒在手巾上的方式寄给你。

肠断之时，卷起了帷幕。我愿意化身为梁上的燕子，每天见到你的容颜，不要让这样的感情生变。但最终余下的只剩手巾上的泪痕，还有流传千古的伤情故事。

【赏析】

灼灼的故事出自《绿窗新话》，只是一则笔记。究竟是灼灼一厢情愿，还是裴质对她也有情意，原文未载，只能由读者自行想象了。

盼盼①

诗曰

百尺楼高燕子飞。楼上美人颦翠眉。将军②一去音容③远，只有年年旧燕归。春风昨夜来深院。春色依然人不见。只馀明月照孤眠，唯望旧恩④空恋恋⑤。

曲子

恋恋，楼中燕。燕子楼空春色晚，将军一去音容远。空锁楼中深怨，春风重到人不见。十二阑干⑥倚遍。

【注释】

①盼盼：关盼盼，唐代歌妓，工部尚书张愔之宠姬，曾与白居易等人交游。张愔死后，盼盼将自己关在张氏徐州故里的旧第中一座名为燕子楼的小楼上十余年，最终绝食而死。

②将军：指张愔。

③音容：声音容貌。

④旧恩：昔日的恩情。

⑤恋恋：顾念、依依不舍。

⑥十二阑干：曲曲折折的栏杆。十二，言其曲折之多。

【译文】

百尺高的楼上飞过了燕子。楼中有一位美人皱着眉头。将军故去之后声音容貌已经远去了，旧时的一切只剩下燕子依然每年飞过。虽然昨夜园子里吹起了春风，但美人的脸上却看不出一丝春色。在这里只有明月照在独自成眠的人的身上，还有一个对于昔日的恩爱依依不舍的人。

依依不舍，楼中的燕子。晚春时节的燕子楼里是这么孤寂，将军故去之后声音容貌都已经远去了。满腹怨怀都锁在了燕子楼里，即使春风重新回到人间，那人却再也回不来了。无可奈何、百无聊赖之中，曲折的栏杆都已经被楼中人倚遍。

【赏析】

这一系列的文字，因为是供市井娱乐之用，遣词造句及意境都不必太高，从雅文学的角度来看自然价值不大。然而，在浅白俚俗之中，也偶尔可能会有佳句出现，"春风昨夜来深院。春色依然人不见"即是其中之一。

莺莺①

诗曰

崔家有女名莺莺。未识春光先有情。河桥②兵乱依萧寺③，红愁绿惨④见张生。张生一见春情重。明月拂墙花影动。夜半红娘拥抱来⑤，脉脉⑥惊魂⑦若春梦⑧。

曲子

春梦，神仙洞。冉冉⑨拂墙花影动。西厢待月知谁共？更觉玉人情重。红娘深夜行云⑩送，困惮⑪钗横金凤⑫。

【注释】

①莺莺：崔莺莺，唐传奇中人物。据元稹《莺莺传》，崔莺莺随母归长安，暂寓蒲州普救寺，张生亦因避兵祸而寄居于此。后，崔莺莺透过其婢女红娘与张生搭上，欢会累月。后来张生赴京应试，终不复见。

②河桥：桥名，故址在今陕西省大荔县与山西永济市交界的黄河上。

③萧寺：佛寺。

④红愁绿惨：谓《莺莺传》中两个人初见时崔莺莺的形貌："常服睟容，不加新饰，垂鬟接黛，双脸销红。"

⑤此句指崔莺莺婢女红娘半夜将崔莺莺裹于衾被之中抱至张生居室事。

⑥脉脉：连绵不断貌。

⑦惊魂：受惊的神态。

⑧春梦：春天的梦，喻易逝的荣华和无常的世事。

⑨冉冉：缓缓；娇媚美好。

⑩行云：用巫山云雨之典，比喻爱慕的女子，或是男女幽会。

⑪困亸（duǒ）：因疲困而下垂。

⑫金凤：钗上之装饰。

【译文】

崔家有一个名叫莺莺的女儿。在她识得人世间的种种之前便已经动了情。张生因为躲避兵祸而寄住于河桥的佛寺，第一次见到她的时候她正素面朝天。张生一见便动了情。在明月照耀下的院墙花影摇动着。半夜时红娘将崔莺莺抱来了，这担心被人发现的一幕，犹如春天的梦一般美好又虚幻。

春天的梦，在美好的居处中，看到院中墙上花树的影子摇动了。我在西厢等待晚上的到来是为了和谁在一起呢？由此更觉得她对我太好了。深夜时红娘把她抱来和我幽会，幽会后她趴在那里，头上的金钗也歪歪斜斜了。

【赏析】

这首词主要选取张、崔约好是夜幽会后，张生待月西厢一节，约略相当于后世元杂剧《西厢记》的第三本第二折。对于幽会急不可耐的张生死死地盯着院门，连花影颤动都以为是崔莺莺来了。此时的张生，对崔莺莺充满了美好的想象，想象着之后将会发生的事情。终于，红娘带来了崔莺莺。下面"困弹钗横金凤"一句，则是以象征手法表现幽会后女子的慵怠情态。唱至此，听众的情绪应已被提到最高点了吧。

采莲①

诗曰

若耶溪②边天气秋。采莲女儿溪岸头。笑隔荷花共人语，烟波③渺渺④荡轻舟。数声水调⑤红娇晚。棹转舟回笑人远。肠断谁家游冶郎⑥，尽日踟蹰⑦临柳岸。

曲子

柳岸，水清浅。笑折荷花呼女伴，盈盈⑧日照新妆面。水调空传幽怨，扁舟日暮笑声远。对此令人肠断。

【注释】

①采莲：采莲女，非特指某人。

②若耶溪：溪名。出浙江省绍兴市若耶山，流入运河。相传为西施浣纱之所。

③烟波：烟雾苍茫的水面。

④渺渺：水势浩大的样子。

⑤水调：曲调名。

⑥游冶郎：风流少年。

⑦踟蹰：犹豫、徘徊不前貌。

⑧盈盈：清澈貌；晶莹貌。

【译文】

若耶溪边已经是秋天了，采莲的姑娘们纷纷立在溪畔。她们隔着荷花彼此笑语，驾着轻舟荡到溪上的烟雾之中去了。夕阳西下时又听到数声船歌，她们驾着舟回来而后离开了这里。是哪一家的风流少年整日在溪畔的柳树下看着这一切并为此伤感呢？

长满垂柳的水岸，那里的溪水清且浅，采莲女在此折着荷花、和女伴笑语。太阳照在她们新化妆的晶莹的脸庞上，她们唱来的船歌传达了她们的心情。日暮时分，她们的笑声远去了，这是多么令人伤心的事啊！

【赏析】

"诗曰"部分是对李白《采莲曲》的再创作。李白原诗云："若耶溪傍采莲女，笑隔荷花共人语。日照新妆水底明，风飘香袂空中举。岸上谁家游冶郎，三三五五映垂杨。紫骝嘶入落花去，见此踟蹰空断肠。"比较两首诗，有许多句子雷同，所不同的是李白诗中的"游冶郎"是因为见采莲女驾舟进入水的深处、无法追上而伤心，秦观诗中的"游冶郎"则是在岸边偷看采莲女一日后、迟迟不敢上前表达心意以致于她们离去了而神伤，其意境大不相同，所反映出来的人物性格也是大异其趣。因此，虽然这只能说是文字游戏，但是亦可算作秦观一次成功地"夺胎换骨"的作品。而在"曲子"部分，秦观则将叙述的视角转到"游冶郎"身上，前半段叙他所见到的采莲女，后半段则表达在日暮时节她们各自回家时的惆怅之情，可以说是诗中所描绘出的场景的补充。

烟中怨①

诗曰

鉴湖②楼阁与云齐。楼上女儿名阿溪。十五能为绮丽③句，平生未解出幽闺。谢郎巧思诗裁翦。能使佳人动幽怨。琼枝④璧月结芳期，斗帐⑤双双成眷恋。

曲子

眷恋。西湖岸。湖面楼台侵云汉。阿溪本是飞琼⑥伴。风月⑦朱扉⑧斜掩⑨。谢郎巧思诗裁翦。能动芳怀幽怨。

【注释】

①烟中怨：唐传奇名，作者南卓。今《烟中怨》的原文已不存，其大致故事是：绍兴一带有一位杨姓渔者，有一女，名阿溪，一日作诗两句云"珠帘半床月，青竹满林风"，然后自称因想表达的事情太多了，辞难以达意，故中缀罢笔。后有少年谢生求娶，杨父开出的条件是要将这首诗续完，谢生于是接续两句云："何事今宵景，无人解与同"，阿溪出而谓："天生吾夫！"两个人遂成婚。七年后，阿溪过世。隔年，谢生在鉴湖中见到阿溪，阿溪自称本是水中仙子，因故谪居人间，现已回籍仙班，故不得不离去。

②鉴湖：即镜湖，在今浙江省绍兴市南。

③绮丽：形容辞藻华丽。

④琼枝：传说中的玉树。与碧月合用，即花好月圆之意。

⑤斗帐：小帐。

⑥飞琼：许飞琼，传说中的仙女，后泛指仙女。

⑦风月：清风明月。泛指美好的景色。

⑧朱扉：红漆门。

⑨斜掩：半掩。

【译文】

鉴湖上的楼阁与云一样高，楼上有一个姑娘名叫阿溪。她十五岁就能写出漂亮的句子，一生未曾离开过她的闺门。谢生有才能够写出好诗，打动佳人的心。于是在花好月圆的时候，他们踏入小帐之中结为连理了。

怀念那西湖的水岸，湖面上的楼台高耸直立插入银河之间。楼里的阿溪姑娘是仙女下凡，在这良辰美景之下，她的窗户正半掩着。谢生的诗才及作品，打动了她了心。

【赏析】

此处平铺直叙地讲了《烟中怨》的前半段故事，语言直白，确为市井大众所能听懂的唱词。唯未知秦观可否写了关于后半段故事的唱词，盖这一则故事情绪起伏当在后半段也。

离魂记①

诗曰

深闺女儿娇复痴。春愁春恨那复知。舅兄②唯有相拘③意，暗想花心临别时。离舟欲解春江暮。冉冉香魂④逐君去。重来两身复一身，梦觉春风话心素⑤。

曲子

心素，与谁语。始信别离情最苦，兰舟⑥欲解春江暮。精爽⑦随君归去，异时携手重来处。梦觉春风庭户⑧。

【注释】

①离魂记：唐传奇名，作者陈玄祐。故事大意为衡州张镒之女张倩娘自幼被许配给表哥王宙，成人后张镒想为她另择夫婿，王宙一怒之下决定离乡。半夜，倩娘跑到王宙的船上，两个人于是私奔入蜀。五年后，生两子，因倩娘思念父母，王宙只得带她回衡州。王宙先自行前往张镒处谢罪，张镒奇道："倩娘病在闺中数年，何其诡说也！"王宙坚称倩娘在舟上，张镒大惊，前去查看，果然见到倩娘在船中。此时，闺中久病不起的倩娘竟能下床走路，迎上前去，与自舟中来的倩娘合为一体。

②舅兄：舅父之子年长于己者。

③拘：牵挂。

④香魂：美人之魂。

⑤心素：即心愫，意为心意、心愿。

⑥兰舟：木兰舟，亦用为小舟的美称。

⑦精爽：魂魄。

⑧庭户：门户。

【译文】

深闺里的女子那么娇美、那么痴情，有谁能够知道她的春愁和春恨呢。虽然在离别的时候表哥的心里是那么不舍，但是也只能暗暗揣度她的心意。春日的傍晚，当他的船要离去时，她的魂魄悠悠地随着他而去。待到重新回到此地的时候，魂魄才又和身体合而为一，当着又一次的春风陈述自己的心情。

心事能和谁说呢？现在真的知道离别是最苦的事了。春天的傍晚，行船将要扬帆，因此我的魂魄追着你远去。日后重新回到这里的时候，我将在吹着春风的庭院中清醒。

【赏析】

读者阅至此处，想必已经发现了这一系列《调笑令》的规律了："诗曰"一般是站在客观的角度讲述故事，"曲子"则多是借用故事中的某一个人的口吻表达他的行动或情绪。虽然这样的做法自然有其合理性，但有大量重复的句子，读来颇令人生厌。这当然不能说是因为作者偷懒，而是这些文字其实不是给人看的，而是给人听的。因为娱乐场所中人声鼎沸，只唱一遍不但容易听不清楚内容，而且也不利渲染情绪，所以必然会有大量的重复。读者诸君试想一下，我们现代的流行音乐是不是高潮的部分也会重复演唱多次呢？因此，对于这一组《调笑令》，虽然在阅读时不胜其烦固属必然，但如果把它当成勾栏瓦肆里的唱曲，或许能多出几分"同情之理解"吧。

减字木兰花

天涯旧恨，独自凄凉人不问。欲见回肠①，断尽金炉②小篆香③。　　黛蛾④长敛，任是春风吹不展。困倚危楼，过尽飞鸿⑤字字愁。

【注释】

①回肠：比喻愁苦、悲痛之情郁结于内，辗转不解。

②金炉：香炉。

③小篆香：比喻盘香或缭绕的香烟。

④黛蛾：即黛眉，女子之眉。

⑤飞鸿：原意为大雁，亦可借指书信。

【译文】

流落天涯的愁怨，只有我独自一人为此神伤，没有人在意。想要知道我的柔肠究竟有多郁结，请看那香炉上缭绕的香烟和香炉里寸断的香灰吧。

我的眉头一直皱着，即使是春风也没办法将它吹展。虽然在这座高楼上飞过了许多大雁，但能见到的也只是愁怨而已。

【赏析】

本词写思妇念远。开篇即直诉其凄凉之情，并未铺陈故事。然而，在直赋胸臆后，连用三个比喻，对愁苦的心情进行了更艺术化的描写。先以炉香喻愁肠，化内在为外在，已是妙笔。次以自然现象入人事之中，再明媚的春光也无助于消其愁苦，以拟人的手法写此事，亦颇具妙趣。末点出其所思念的对象在极远之处，虽有家书，但于心情亦无补，同时利用中国古代文学对飞鸿意象的双关用手法，于写情之余，兼写景、写事，更见诗人艺术手法之高超。同时，自内而外、自近而远，层层递进、层层深入，这阕词非但没有变成单纯炫技用的文字游戏，反而深刻地表达了思妇的心境及处境，可谓是《淮海集》中的佳作之一。

木兰花

秋容①老尽芙蓉院，草上霜花匀似翦。西楼促坐②酒杯深，风压绣帘香不卷。　　玉纤③慵整银筝雁④，红袖时笼金鸭⑤暖。岁华⑥一任⑦委西风，独有春红⑧留醉脸。

【注释】

①秋容：秋色。

②促坐：靠近坐。

③玉纤：纤细如玉的手指，多以指美人的手。

④银筝雁：筝上弦柱斜列如雁行，故称。

⑤金鸭：镀金的鸭形铜制手炉。

⑥岁华：泛指草木，因其一年一枯荣，故谓。

⑦一任：听凭。

⑧春红：春天的花朵。

【译文】

长满荷花的院子里，因为秋天的到来，所以景色显得一派萧森；院中的枯草上已铺满了冰霜，犹如刚修剪过那般平整。在西楼中独自一人坐着，将酒杯里注满了酒；风吹过绣花的帘幕，却也未能将它卷起来。

这位美人慵懒着，也不愿意弹筝了，双手抱着暖炉并将之藏在袖中取暖。青春年华就这么听凭秋风吹散了，只剩下喝醉的脸颊上仍然留着好似春天的花朵一样的颜色。

【赏析】

本词写的是一位歌女在面对年华老去时的悲愁，以秋天庭院里的景象开篇，为整个场景铺上一种萧条的底色。在这样的底色上，歌女独自一人坐在楼上借酒浇愁。这位歌女门前冷落，已经没有人来听她弹唱了，于是她也将琴放置一旁，自顾自的取暖了。在这样清冷的色调下，秦观再度使用双关的手法，一面说草木被西风吹萎了，一面也指出她的青春也一并被西风带走了。然而，如果本阕词到此为止，那也只是很平凡的一篇感叹红颜易老的文字而已。这阕词的妙处在于最后一句，歌女醉红的脸上，仿佛还有春天的颜色。这一句话点出了这位歌女的性格：她的角色是比较调皮一点的，所以她内心的潜在台词就是"我不想老去，我还没老去！"于是，我们在读过了大段年华逝去的文字的时候，忽然又嗅到了点春天的气息——尽管这已经是春天的尾巴了，但只要尚有一丝希望，就要抓着不放。这种行为究竟是极力争取或是苟延残喘也都无所谓，重要的是，无论是这位歌女或是秦观，在时不我予的大环境下，仍然保有那最重要的倔强，并以此面对险阻重重的前程。

下篇

望海潮

　　梅英①疏淡②，冰澌③溶泄④，东风暗换⑤年华⑥。金谷⑦俊游⑧，铜驼⑨巷陌，新晴细履平沙。长记误随车⑩。正絮翻蝶舞，芳思交加⑪。柳下桃蹊⑫，乱分春色到人家。　　西园⑬夜饮鸣笳。有华灯碍月，飞盖⑭妨花。兰苑未空，行人渐老，重来是事堪嗟。烟暝酒旗⑮斜，但倚楼极目⑯，时见栖鸦。无奈归心⑰，暗随流水到天涯。

【注释】

①梅英：梅花。

②疏淡：变得稀疏。

③冰澌：解冻时流动的冰。

④溶泄：晃动貌。

⑤暗换：不知不觉地更换。

⑥年华：春光。

⑦金谷：借指仕宦文人游宴饯别的场所。

⑧俊游：快意的游赏。

⑨铜驼：铜驼街，洛阳城中著名的繁华区域，借指京城、宫庭。

⑩误随车：指游赏时的种种乐事。语出韩愈《嘲少年》："只知闲信马，不觉误随车。"

⑪交加：交集，同时出现。

⑫桃蹊：指桃树众多的地方。

⑬西园：在金明池畔，是皇家宴请进士之地，秦观曾于元祐七年（1092）三月得到邀请宴集于此。

⑭飞盖：高高的车篷。

⑮酒旗：即酒帘，酒店的标帜。

⑯极目：用尽目力远望。

⑰归心：回家的心。

【译文】

梅花已经渐渐变得稀疏了，冰冻的河面也已开始解冻，东风偷偷地带来了新的一年。金谷园中的胜景，铜驼巷中的繁华，我都曾在新晴的时节前去游赏。我还记得当年游赏时的种种乐事，那时正是柳絮纷飞、蝴蝶乱舞、缤纷杂错的时节。桃树、柳树都极为茂盛，肆意地将春天的气息送到每家每户。

那时我也曾在西园中夜饮、聆曲，那里高挂着的灯笼使月光黯然失色，冠盖往来密集，也遮蔽住了花树。现在那里依然有许多人游赏，但我这个不得不远行的人已经老去了，重新想起这些往事，真是令人不得不叹息。黄昏的烟雾下酒肆的旗子斜插着，我在高楼上远望，只见寒鸦皆已归巢。无奈我这颗想回家的心，只能随着流水漂泊到天涯海角，再也回不去了。

【赏析】

绍圣元年（1094），哲宗亲政，罢尽旧党，起用新党，被视为旧党的苏轼、秦观自然逃不了被贬斥的命运。在将要离京的当下，失意的秦观一连写下四阕词，这阕《望海潮》便是其中之一。开篇处，诗人选取梅花和河水两个意象，指出春天到了、新的一年来了。然而，此时的汴京，梅花已渐渐凋谢，河面浮冰也因气温还暖而融化。这一切都是在不知不觉间发生的，于是诗人不得不感慨"东风暗换年华"。这种感慨，虽然表面看来是对时光流逝的感慨，但同时也可以解读为对政治情势转变措手不及。无论是时光流逝或政治情势转变，都导致了"梅英疏淡"，即对过去所珍惜的美好事物将要消逝的警觉与不舍。于是，他想起了以往的春天，能够和三五好友在京城的各处名胜中四处游览，当时他是朝中官吏，正是春风得意之时，柳絮、蝴蝶、桃花、冠盖，都仿佛是为他而生一般。同样是春日，但那时的春日，"絮翻蝶舞，飞盖妨花"，将人间点缀得万紫千红，诗人与友人亦在阳春中"夜饮鸣笳"……然而，即便门掩黄昏，也无计留春住；旧梦毕竟是梦，睁开眼，回到现实，过去所珍视的一切都不见了，词人能见的只剩"烟暝酒旗斜"。过片之后，诗人笔锋一转，谓"兰苑未

空，行人渐老"，指出虽然柳絮、蝴蝶、桃花、冠盖依然如旧，但是自己已经被逐出这个圈子了，春天纵有再多的美好，自己已经无法分润，在这样的局势下，自己所能得到的只有如同北风一般的寒冽而已。但正是因为自己曾经得意过，所以在落魄时有了对比的对象，从而使得自己变得更加哀伤。词人忍不住回想往事，但往事却只能徒增伤感。想要归去，却又身不由己。自己的一片归心（对帝都的眷恋及乡愁），却无奈只能任流水将之带走，带到离汴千里、再难重回的天涯海角之处。末句与首句相互呼应：正是"东风暗换年华"导致"水渐溶泄"，终于使得落花将被流水带走。于是，秦观不只是自悼，同时也有着对将要分别的朋友思念情绪。全词一气呵成、文气饱满，是秦观的代表作，也是秦观后来被称为"千古伤心"的开端。

江城子

西城①杨柳弄春柔。动离忧②，泪难收。犹记多情③，曾为系归舟。碧野朱桥④当日事，人不见，水空流。　　韶华⑤不为少年留。恨悠悠，几时休。飞絮落花时候一登楼。便做春江都是泪，流不尽，许多愁。

【注释】

①西城：指汴京城西的金明池。

②离忧：离人的忧伤。

③多情：指钟情的人。

④碧野朱桥：代指当日曾游之胜景。

⑤韶华：美好的时光、年华。

【译文】

汴京城西的杨柳舞动着春日的温柔。却惊起了我即将离去的离愁，使我眼泪止不住地流。还记得当年初来此地时，那位知己曾经为我系住船绳迎接我。在原野、庭园中的游览都成了往事，当年的旧友再也见不着了，只剩下河水还依然在流淌。

美好的年华不为少年而留下。这种绵长的愁怨，究竟要到几时才能停休？我在柳絮纷飞、春花尽落的时候登上了高楼。假使春天的江水都是眼泪，也没办法将我的愁怨尽数带走。

【赏析】

在离开汴京城的当下，秦观见到了岸畔的垂柳，于是他想起了当初乘舟入京时的场景。在京多年，曾经的春风得意，现已消逝；曾经的良师益友，今皆离散。人事已非，景物依旧，怎能不令人感慨呢？下片极言词人此时哀愁之深，在柳絮、落花乱飞的画面中，词人看到了逝去的江水，他此时一定想起了李后主"问君能有几多愁，恰似一江春水向东流"的句子。李后主与自然景物尚有主客之分，秦观与落花江水却已融为一体，为这一千古名句翻出了新意。事实上，在本阕词中，词人与景物一直都是交融的，杨柳动离幽、碧野念故人，直至最后的飞絮落花和江水，一幕风景勾起一种哀愁，情绪节节递进，层次分明，足见其诗才之高，亦见其哀愁之深。

风流子

　　东风吹碧草，年华换、行客老沧州①。见梅吐旧英，柳摇新绿，恼人②春色，还上枝头。寸心乱、北随云黯黯，东逐水悠悠。斜日半山③，暝烟两岸，数声横笛，一叶扁舟。　　青门④同携手。前欢记、浑似梦里扬州。谁念断肠南陌⑤，回首西楼。算天长地久，有时有尽，奈何绵绵⑥，此恨难休。拟待倩人⑦说与，生怕人愁。

【注释】

　　①沧州：滨水之地。

　　②恼人：撩拨人，令人着恼。

　　③半山：山半腰。

　　④青门：汉长安城东南门，本名霸城门，因其门色青，故俗呼为"青门"或"青城门"。后泛指京城东门。

　　⑤南陌：南面的道路。

　　⑥绵绵：连续不断貌。

　　⑦倩人：请托别人。

【译文】

　　春风将枯草又吹绿了，又是新的一年，滨水之地的行人又老了一岁。我见到了梅花又开出新的花蕊，柳树也长出了新的绿叶，这样撩拨人的春色，又一次跃上了枝头。我的心绪大乱，因为我已随着北方依然寒冷的云和那东流的流水一齐将要离开这里。西下的夕阳已落至半山腰，傍晚的烟霞笼罩着河流的两岸，在河流上传来了几声笛声，还驶有一艘远去的扁舟。

曾经在京城里携手同游的往事，这些当年的欢乐，就像是一场春梦一般。现在有谁会想起我这个在南行道路上伤心的人，正在回首望着当年同游之处呢？我估计，天长地久终是有尽头，无可奈何的是我现在的愁怨却永无休止的一日。我想要找个人向他倾诉，只怕我这满腹牢骚会让他也跟着我一起哀愁。

【赏析】

写作这阕词的秦观，已经踏在离京的路上。读者们当一眼便能看出本词化用了"十年一觉扬州梦，赢得青楼薄幸名"、"天长地久有时尽、此恨绵绵无绝期"等名句，却剪裁得十分巧妙，完全看不出是自他人诗中摘出，可见作者的功力。但比起文字上的功力，这阕词更动人之处在于全词情绪数度转折，使读者们得以共同分享秦观的心路历程。

开篇之初除了重复时间流逝的意象之外，接下来继续描写春色。在满腹牢骚的秦观那里，梅花、柳叶这些美景，不但不赏心悦目，而且十分恼人，因为它们在提醒了诗人当年的美好及这些美好的失去。果不其然，秦观在下一句便点明了他即将离开这么美好的地方，只能坐在远去的行舟上，用笛声表达他的不舍。虽然过片中提及当年的往事，但是不像前几阕词中对往事有实质的描写，这是因为此时的秦观已经不再回忆了。是不愿回忆，也是不敢回忆，因为他已经接受了残酷的现实，再回想这些又有什么用呢？放下吧，那都只是一场梦而已。但是，笔锋又一转，词人又回首想要再看当年春风得意之处，于是我们发现，他其实还是未能放下。在这想要放下又放不下的纠结之中，诗人的情绪掉到更低点。找个人说说吧，也许能好些，这个念头刚起，他随即又自我否定了：不，不能给别人带来麻烦。然而，他不找人说真的是因为他不愿让别人同他一起哀伤么？恐怕不是这样的，真正的原因当是他身边已经没有一个可以倾诉的人了——良师益友苏东坡被贬天涯，红颜知己边朝华已遣送回家，途经泗州遇到的那位张姓太守对他只有一阵奚落……那还不如不说吧，就在此搁笔吧。

虞美人

　　高城①望断②尘如雾，不见联骖③处。夕阳村外小湾头④，只有柳花无数送归舟。　　琼枝玉树⑤频相见，只恨离人远。欲将幽恨⑥寄青楼⑦，争奈无情江水不西流。

【注释】

①高城：指汴京城。

②望断：向远处望去直至看不见。

③联骖（cān）：联骑并辔而行。

④湾头：水湾边。

⑤琼枝玉树：比喻人物姿容俊逸、才华超绝。

⑥幽恨：深藏于心中的怨恨。

⑦青楼：南朝齐武帝的兴光楼，后也泛指帝王之居。

【译文】

　　汴京城已经渐渐隐没在如同烟雾一般的扬尘之中了，当年同游之地再也见不到了。在这个夕阳西下的小村的水湾边，只有随风乱飞的柳花送我远行。

　　美好的人们啊！你们依然留在汴京，只恨我已经远离你们了。我想将我心中的怨恨说给皇帝听，只是无奈载着我这一叶小舟的河水不是往西流动的。

【赏析】

　　在这阕词的开篇处，秦观已经踏上了离京的道路。回首望去，马蹄的扬尘遮蔽了汴京城，再也望不见了。故国已远，只身一人踏上行路，没有人前来相送。朋友们不来，是因为他们已经不在了么？不，他们还在的，还留在汴京城里，继续当朝为官、吟诗作赋，只有秦观因为受到党争的牵连而不得不离开。对于这么一个谪臣，往日的朋友们怕也不愿意与他走得太近吧，所以唯一来为秦观送行的，只有漫天飞舞的柳絮而已。思及此处，自是人情冷暖，秦观也不会苛责别人。他满腹的怨怀，针对的当是这一切的始作俑者——哲宗皇帝，他是多么希望能当面向皇帝把自己的心里话一次说清，无奈他从前没有、以后也不会有这样的机会了，除了感叹世间无情外，他又有什么办法呢？当然，无情的不是东流的江水，而是不给他任何申辩机会的朝廷。

满庭芳

晓色①云开，春随人意，骤雨才过还晴。古台芳榭，飞燕蹴红英②。舞困榆钱③自落，秋千外、绿水桥平。东风里，朱门④映柳，低按小秦筝。　　多情。行乐处，珠钿⑤翠盖⑥，玉辔⑦红缨。渐酒空金榼⑧，花困蓬瀛⑨。豆蔻⑩梢头旧恨，十年⑪梦、屈指⑫堪惊。凭阑久，疏烟淡日，寂寞下芜城⑬。

【注释】

①晓色：拂晓时的天色、晨曦。

②红英：红花。

③榆钱：榆荚，因其形似小铜钱，故称。

④朱门：红漆大门，指贵族豪富之家。

⑤珠钿：嵌珠的花钿。

⑥翠盖：饰以翠羽的车盖。

⑦玉辔（pèi）：精美的马缰绳。

⑧金榼（kē）：精美的酒具。

⑨蓬瀛：蓬莱和瀛洲，皆神山名，泛指仙境。

⑩豆蔻：又名草果，多年生草本植物，诗文中常用以比喻少女。此句化用杜牧《赠别》诗："娉娉袅袅十三余，豆蔻梢头二月初。"

⑪十年：此处化用杜牧《遣怀》诗："十年一觉扬州梦，赢得青楼薄幸名。"

⑫屈指：比喻时间短或数量少。

⑬芜城：即扬州，语出鲍照《芜城赋》。

【译文】

拂晓的阳光拨开了云朵，春天是多么惬意，特别是下了一阵雨之后的晴天。我到楼台、水榭游赏，见到飞燕伴着落花舞动。舞跳得累了，榆树的叶子就落下来了，于是秋千那头的池塘便铺满了一片翠绿。春风吹着，朱红的大门与青翠的绿木节相互映照着，我在这样的美景中拨弄着琴弦。

我这样的多情之人，在这游赏的地方，当年还伴之佩着花钿、乘着香车的美人，拉着那辆车的马配着精美的缰绳、绳端，还饰以红缨。玩着玩着，渐渐地，酒杯空了，花儿谢了。看到豆蔻树已经结子，我才忽然惊醒，原来这十年来的快乐不过是短暂的一场梦而已，这梦短暂得令人悲哀。我痴立于楼台之上，所看到的只是迷迷蒙蒙的太阳，悄无声息地落到了扬州城的那一端。

【赏析】

秦观在被贬官前往杭州的路上，路过家乡扬州，看到扬州城的繁华依旧，自己的年华却已老去、处境亦已日非，因而写下这阕词。开篇之处，描写扬州城的春天的早晨，在一片芳菲之中，诗人开始了他的游览。楼台水榭、飞燕落花、秋千、池塘……诗人徜徉在这样的美景之中，好不闲适。过片中，走来了一位甚至是数位美人，与诗人一同在这美丽的画面中纵酒、嬉戏，岁月如此静好，要是能永远停留在这一刻，不知该有多好。

但是，不知不觉间，时光悄悄流逝了，酒杯空了，花儿谢了，美人离开了，自己也老去了，什么都没剩下，于是秦观再一次惊呼：当年的一切美好，都只不过是一场春梦，梦醒了便什么都没了。在意犹未尽之时醒来，所见到的只是夕阳西下，诗人的心里又添了几分凄凉。

纵观这阕词，虽然说是今昔对比的结构，但是四分之三的篇幅都用于描述过往的快乐，对于梦醒后的"今"只有四分之一的篇幅。这样的比例，突显了过往的岁月在诗人的心中占了大部分的比例，虽然"屈指堪惊"，但已是他的全部；抽去那短暂的一刹那，他的心中将只是空洞无物。而在最末四分之一的篇幅中，诗人又用了一个"渐"字，表示其实这一切的逝去都是有迹可循的，只是沉溺于其中的自己因为太过贪恋美好而忽略了环境的变动，最终心里有忽然梦醒的强烈落差，亦只能怪自己没有提早作好心理准备了。

273

当然，我们知道，秦观对于自己在官场中的处境，早在蔡州时期就有预感，但为什么在失去了一切之后，依然觉得是突然梦醒呢？这或许是因为他心中对朝廷仍抱有一丝的侥幸心理，或许是因为他总是希望能够把事情往美好的方面想。之所以会有这种心理，其实也是不得不然的。加入朝廷、报效国家，是身为士大夫的最重要责任。因此，即使明知官场险恶，投入它、改变它，甚至是承受它的压迫、为它献出生命，都是士大夫的宿命。既然是宿命，秦观在进入官场之时，也只能尽可能地往较美好的方向想象，想象皇上英明、想象满朝文武和衷共济、想象自己能建力立业、想象……否则他便会失去走下去的勇气。正因为如此，当他被贬官时，他的想象彻底破灭了，他不得不面对残酷的现实，于是有了自梦中被惊醒的感慨。

千秋岁

水边沙外，城郭春寒退。花影乱，莺声碎。飘零①疏酒盏，离别宽衣带。人不见，碧云暮合空相对。　　忆昔西池②会，鹓鹭③同飞盖④。携手处，今谁在？日边清梦断，镜里朱颜改。春去也，飞红万点愁如海。

【注释】

①飘零：飘泊流落。

②西池：即金明池。

③鹓（yuān）鹭：鸟名，飞行有序，比喻班行有序的朝官。

④飞盖：驰车、驱车。

【译文】

在河畔的沙滩上有座城郭，此时初春的寒冷已经退却了。漫野花枝乱放、黄莺纷纷鸣啼。无奈流落异乡的人已喝尽了杯中的酒，因为离别而消瘦了许多。他见不到故人了，所以只能呆呆地望着蓝天、白云而已。

他想起了当年在金明池的聚会，公卿大夫驱车往来，好不热闹。但当年一同游览的地方，今天还有谁还留在那里呢？他的白日梦被阳光打断了，惊见镜中的自己容颜已经苍老。他的春天已经离去了，此时漫天的飞花像海洋一样漫无边际，他的忧愁也像海洋一样漫无边际。

【赏析】

这一阕词以初春时节的风光开篇，这本该是一年之中最具生机的一个时节，但作者却在这时与故人离别。美好的时光，却面临着严酷的命运，两相对比，词人此时的悲苦得到更强烈的突显。到了过片，词人开始回忆起过往，那是某一年春光明媚的时候，他和许多达官贵人、青年才俊一同在汴京城的金明池畔同游同饮，这又是一幅多么美丽的图画，但笔锋接着再转至"今谁在？"已经没有人在了，至少自己是不在的，于是这样的画面又再一次被无情的笔锋或命运击碎。经历了三次转折，到了全词的最末，出现了淮海词最为后世评者所称道的句子："飞红万点愁如海"，将漫天落花比喻成海洋，以海洋之大喻其哀愁之深，一句两转，又能恰到好处，可谓是千古不朽之名句。当然，这样的意象在秦观日后的词作中会继续出现，但此为其开端。这样的句子，使读者读出其哀愁之深，他未来的命运其实在这里已经展现出来了，故时任衡阳太守的孔毅甫读到此句时，便惊呼"秦少游气貌大不类平时，殆不久于世矣！"

好事近

梦中作

春路^①雨添花，花动一山春色。行到小溪深处，有黄鹂千百。　　飞云当面化龙蛇，夭矫^②转空碧^③。醉卧古藤阴下，了不知南北。

【注释】

①春路：春天的道路。

②夭矫：屈伸貌。

③空碧：澄碧的天空。

【译文】

春天的道路上，雨后花朵显得更加娇艳，这些花朵将青山妆点出春的气息。我走入花丛、到了小溪深处，听到许多黄鹂鸟正在歌唱。

我眼前的飞云变成各式各样的形状，在澄碧的天空中任意地流转。我醉卧在古老的藤枝之下，从此忘了人间的一切事情。

【赏析】

据苏东坡说："供奉官莫君沔官湖南，喜从迁客游，尤为吕元钧所称，又能诵少游事甚详。为予诵此词至流涕，乃录本使藏之。"这阕词是秦观死后由莫沔转达苏轼，故而两个人才对此痛哭流涕。两个人之所以伤感，一是伤心秦观之死，一则是在这阕词中读出了秦观此时的悲苦，并且与自己的处境能够产生共鸣之故。

单就字面而言，上片写景，春雨后的路旁，花朵因雨水而变得更为鲜艳。顺着这条开满鲜花的道路走着，到了深处，有溪水、黄鹂，可谓是仙境。诗人在此驻足，倒一杯酒，悠闲地看到满天的飞云，在碧蓝的天空中变幻成各种形状。看着看着、喝着喝着，不知什么时候睡着了。此时的他，睡在古藤所结成的阴影之下，再也不记得世间的一切种种。心中还是赤子的秦观，其实所想要的只是一个与世无争的太平世界。然而，因为种种因素，他不得不身陷这个浑浊的尘世。苏轼和莫沔或许也是这样的人，即使不是，他们也一定偶尔也会在某个时刻希望能够放下一切机巧，真正做一回自己。因此，秦观此时的梦，也当是他们心中的梦。但这场梦毕竟是梦，不是现实，故除了徒呼负负以外，也只能哀叹了。

如梦令

幽梦①匆匆破后。妆粉乱痕沾袖。遥想②酒醒来，无奈玉销花瘦。回首。回首。绕岸夕阳疏柳。

【注释】

①幽梦：隐约之梦境。

②遥想：悠远地思索或想象。

【译文】

自哀伤的梦中惊醒。看到袖子上沾满了纷乱的妆痕。想起了刚才是酒醉睡着了，酒醒后又见到了镜里的容颜已经老去。回望来时路。回望来时路。夕阳已经落到堤岸的绿柳之后了。

【赏析】

这一阕词描述了一位女子梦醒之后哀伤的心境。这位女子的哀伤源于年老色衰而失宠。我国古代文学常有以自己比作女子、以君主比作负心的男子的传统，秦观即是利用这样一则老生常谈的故事表露自己为君王所弃的痛苦，当年的恩宠，如今已随夕阳一同西下。本词先言情感，再言原因，最终回首，末句收得尤其空灵。

浣溪沙

霜缟①同心②翠黛③连。红绡④四角缀金钱。恼人香爇⑤是龙涎⑥。　　枕上忽收疑是梦，灯前重看不成眠。又还一段恶因缘⑦。

【注释】

①霜缟：白绢。

②同心：同心结。

③翠黛：指画眉用的青黑色螺黛。

④红绡：红色薄绸。

⑤香爇（ruò）：燃香。

⑥龙涎：名贵之香料。

⑦因缘：佛教语，谓使事物生起、变化和坏灭的主要条件为因，辅助条件为缘，旧时常以宿世的"因缘"来解释人们今生的关系。

【译文】

用白绢织成了同心结，画眉用的螺黛系于其上；用红绸织成四角香包，缀以铜钱。但最令人喜爱的，仍是香炉里的龙涎。

忽然惊觉上述种种只是梦中的景象，在枯灯前重新取出同心结、香包一看，只能使自己更加神伤而无法入眠。这真是一段孽缘。

【赏析】

这一阕词依然用怨妇的口吻隐喻诗人在政治场域上的经历。想当年，情郎（皇帝）对自己恩宠有加，送来了精心雕饰的信物（赐宴金明池），仿佛真的想要永结同心的样子。然而，突然之间，不知怎么，这份恩宠忽然消失了。成为弃妇（逐臣）的主人公，只能在梦中回忆当年的种种情景，偶尔还将当年的信物取出，确认这一切并不只是梦一场。但是，当年如此，今日如此，两相比较，除了使主人公的境况更加难堪之外，似乎也没有别的作用。这种有过也不是、没有过也不是的情形，或许会使人感慨，要是当初没有遇见他（走上仕途）就好了，但之所以会如此，都是前世因缘所致，谁也无法逃脱。对于爱情，可以说是因为上辈子欠他的而这辈子来还债；而对于仕途，则是古代中国知识分子的宿命，但凡读过书、有点自我期许者，都绕不开这条路——尽管无数人都在踏上这条路后都后悔不已。

临江仙

千里潇湘挼蓝①浦，兰桡②昔日曾经。月高风定露华③清。微波④澄不动，冷浸一天星。　　独倚危樯⑤情悄悄⑥，遥闻妃瑟⑦泠泠⑧。新声⑨含尽古今情。曲终人不见，江上数峰青。

【注释】

①挼（ruó）蓝：浸揉蓝草作染料，诗词中用以借指湛蓝色。

②兰桡（ráo）：小舟的美称，代指当地传说人物屈原、湘灵等。

③露华：露水，或指清冷的月光。

④微波：微小的波浪。

⑤危樯：高的桅杆，指帆船。

⑥悄悄：忧伤、寂静貌。

⑦妃瑟：湘灵鼓瑟声。出自《楚辞·远游》："使湘灵鼓瑟兮，令海若舞冯夷。"湘灵，湘水之神，传为舜妃，溺于湘水，为湘夫人。

⑧泠泠：形容声音清越、悠扬。

⑨新声：新颖美妙的乐音。

【译文】

绵延千里的湘水颜色有如蓝草一般湛蓝，这里曾经是屈原、湘灵活动过的地方。此时月亮高高挂在天上，风已经停止了，月光笼罩着大地。江上没有一点微小的波浪，平整地倒映着满天寒星。

　　我独自静静地倚在帆船的桅杆旁，听到了湘灵清越悠扬的鼓瑟声。这美妙的乐音包含了古往今来的各种心情。一曲奏完，她不见了，只剩下江上的山峰依然一片苍翠。

【赏析】

　　据吴炯《五总志》说，在宋徽宗崇宁年间（1102—1106），有一位在湘江上饮酒聆曲的官员张才叔，听到一位官妓唱了"微波浑不动，冷浸一天星"，甚为激赏，索其全篇。歌妓答以记不全了，但每当月明之时，湘江之上总有男子哀怨地唱着这首歌。于是张才叔带着同事，在一个月明之夜前去寻找，果真见到一名男子三叹而歌，其中有一位名叫赵琼的人，是秦观的旧识，一听惊呼说"这是秦观的声音"。前去问讯，确是秦观的灵舟无疑。虽然这则故事是小说家言，但是之所以会传出这则故事，除了因为有人同情秦观的境遇之外，也必是因为这阕词所描绘的意境极其空幻、灵秀，让人觉得这就是湘水之神的歌声，而秦观就是湘灵的使者。

写作这阕词的时候，秦观已被贬至郴州。上阕先言湘江的景色，并且点出了此地曾经是屈原、湘灵等传说人物所生活的地方，隐然有以此自比的味道。他们的志行是那么高洁，反映在现实生活中，就似湘水波澜不惊、犹如明镜一般。在这样神圣之处，传来了神圣的声音，自也无足为怪。而这些高洁的先人化作的仙灵，正是秦观所仰慕、所仿效的对象，故而当初闻湘灵歌声时，他心中不知道有多欣喜，期盼着神灵能够来到他的船前，或是交流、或是启示。然而，恍惚之中传来的歌声并没有化作现实的相遇，在歌声结束之后，湘水依然是湘水，依然那么平静、高洁，但秦观曾经一度燃起与神灵交流之希望重新归于破灭。这阕词通篇未写诗人本人的情感，但怅然若失的感觉却自然而然地随着故事的推进、景色的描写而令读者感同深受，这才是写情的最高境界，也无怪乎这阕词被视为秦观重要的代表作之一了。

阮郎归

潇湘门①外水平铺，月寒征棹孤。红妆②饮罢少踟蹰③，有人偷向隅④。　　挥玉箸⑤，洒真珠，梨花春雨余⑥。人人尽道断肠初，那堪肠已无。

【注释】

①潇湘门：衡州城门。潇湘为湘江之别称，自南北流经衡州城东。

②红妆：女子的盛妆，因妇女妆饰多用红色，故称。此处指盛妆打扮的歌女。

③踟蹰：犹豫；迟疑。

④向隅：面向屋角而不悦。

⑤玉箸：喻女子之泪。

⑥本句化用白居易《长恨歌》："玉容寂寞泪栏干，梨花一枝春带雨。"

【译文】

潇湘门外的江水是如此平坦，在冷月映照之下，行人的小舟显得那么孤独。宴席上的歌女在敬完酒后忽然一愣，因为她见到有人正暗自面向屋角，显得不甚开心。

（得知那个人的故事后）她流着泪，泪像珍珠一样地洒下，脸上的妆也随着泪雨有如梨花一般散落。座中每个人都说这样的经历令人肝肠寸断，但是那个人他早就已经断尽肝肠、无肠可断了啊！

【赏析】

绍圣三年（1096），在从处州前往郴州的路上，秦观途经衡州，与旧友衡州知州孔毅甫重聚。短暂停留数日之后，秦观继续踏上南下的路途。在离开衡州前，秦观写下这阕词，作为给孔毅甫的纪念。

平坦的江水、清冷的月色，衡州城外的郊野显得那么开阔。在这开阔的平野之中，唯有一叶小舟，显得那么渺小、那么孤独，这就是秦观所乘坐的行舟。孔毅甫设宴接待远道而来的秦观，知道行人心中甚苦，故想以好酒、好菜及好表演来稍稍安慰谪臣的内心。不意秦观心里的痛苦远远超过人们的想象，在声色犬马之前，他毫无兴致，只是一个人偷偷地长吁短叹。原本的欢宴被这种"不合时宜"的表现打断，人们于是只能停下歌舞，听秦观诉苦。听罢之后，举座同垂涕。

是秦观特别苦大仇深么？抑或是他特别擅长调动他人的情绪么？可能是，但更可能的原因是在座诸人都曾是党争的受害者，虽然眼下的处境较秦观为好，但不知何时自己也会遭逢一样的命运。他们既是为秦观而落泪，也是为自己而落泪，更是为了大宋朝的明天而落泪。但在秦观看来，"感同身受"毕竟是虚拟的，实际经历后，心中的悲恸只会比想象的更深，于是有了这阕词的最后一句，也是在后世评者看来立意新奇、描摹生动的警策之句——但这只是帮闲的文学评论者单就技巧论，并非其真正之佳处。事实上，这五个字之所以如此深入人心，是因为它不是用墨写就的，而是用血染成的。

如梦令

遥夜①沉沉②如水。风紧③驿亭④深闭。梦破⑤鼠窥灯，霜送晓寒侵被。无寐⑥。无寐。门外马嘶人起。

【注释】

①遥夜：长夜。

②沉沉：深沉貌。

③风紧：风急。

④驿亭：驿站所设的供行旅止息的处所。

⑤梦破：梦醒。

⑥无寐：不能入睡。

【译文】

长夜有如深深的水塘一般深沉。刮着大风的时候驿站将门窗都紧紧闭上了。半夜自梦中醒来，看到油灯旁躲着一只老鼠，降下来的霜将拂晓的寒冷带入了我的被褥。不能入睡。不能入睡。门外的马嘶了一声，于是我站起来了。

【赏析】

这阕词与《题郴阳道中一古寺壁二绝》一诗作于同时，都是在绍圣三年（1096）秋秦观被削秩、徙郴州之时的路中所作。驿亭一般建于远离城镇之处，在一个寒冷、刮风的夜晚，秦观投宿于此，该是多么孤寂。夜里，在恶劣的环境下，风声、鼠声打断了秦观的睡眠。如此凄惨的漫漫长夜，失意的人未能成眠，最容易胡思乱想，此时的秦观，一定是在思考自己是怎么沦落到这一步的。越想越觉伤悲，而四周的环境，对其情绪更起了推波助澜的作用，于是秦观越发不能成眠。翻来覆去之下，传来了马嘶的声音，于是秦观霍然站起。这时的站起，是自行决定不再尝试入睡或是被押送之人催起，词中并未写明，但无论是哪种情况，都绝不愉快。于是，原本已经十分丧气的秦观，在睡眠不足、满腹恼怒的情况下，踏上了将会使他更为不快的旅程。当然，这些情景都是读者的"脑补"，秦观在文中并无一语言情，这种留给读者大量想象空间的作品，正是中国传统文艺的一大特点。

阮郎归

湘天风雨破寒①初，深沉②庭院虚。丽谯③吹罢小单于④，迢迢清夜徂⑤。　　乡梦⑥断，旅魂⑦孤，峥嵘⑧岁又除。衡阳犹有雁传书，郴阳和雁无。

【注释】

①破寒：驱寒。

②深沉：深邃隐蔽。

③丽谯（qiáo）：高楼。

④小单于：曲名。

⑤徂：到。

⑥乡梦：思乡之梦。

⑦旅魂：客死他乡者的鬼魂。

⑧峥嵘：岁月逝去。

【译文】

在寒意稍有减退之时湘地起了风雨，幽深的庭院里，除了风声、雨声，什么都没有。远处传来了城楼上的画角声，标志着漫长的夜晚的到来。

思乡之梦已经断了，远游异乡的人正孤独，此时正是迎来新的一年的时候。在衡阳的时候尚有大雁能够传来节日的问候书信，到了郴州可是连大雁都见不到了。

【赏析】

本词作于绍圣三年（1096）除夕，当时秦观正在郴州。这阕词一开篇便点明了时间和地点，那是一个初春的雨天，秦观独自幽居在狭小的院落之中，听着城楼处传来凄凉的画角声，开始怨叹寂寞的漫漫长夜是多么地难耐。过片直言其当时的处境：归乡已是不可能了，又没有人能够伴随他踏上旅途，就这样在外飘泊了一年又一年，直到现在又是除夕，即将迎来新的一年。这本该是和家人团聚的日子，但自己的家人却远在天边。身为一个罪臣，他不能和家人联系，朋友们可能对他也避之犹恐不急。于是，在郴州这么一个放逐

的处所，他找不到任何一个人和他共度这个佳节，甚至连听到旧友的音讯也已是不可能了。全词上片写景，下片则直述其所面临的困境。对于这样足以使人肝肠寸断的经历，秦观的语气却似是平铺直叙、不带一丝感情那般，盖以其当时早已万念俱灰、"那堪肠已无"了！

踏莎行

雾失楼台①，月迷津渡②，桃源③望断④无寻处。可堪⑤孤馆⑥闭春寒，杜鹃⑦声里斜阳暮。　　驿寄梅花⑧，鱼传尺素⑨，砌成此恨无重数。郴江幸自⑩绕郴山，为谁流下潇湘去？

【注释】

①楼台：指神仙楼台。

②津渡：指引济渡之道途。

③桃源：即桃花源，代指想象中的乐土。

④望断：向远处望直至看不见。

⑤可堪：哪堪。

⑥孤馆：孤寂的客舍。

⑦杜鹃：鸟名，春末夏初，常昼夜啼鸣，其声哀切。

⑧本句引用《荆州记》陆凯赠范晔诗之典故："折梅逢驿使，寄与陇头人。江南无所有，聊赠一枝春。"

⑨本句化用古乐府《饮马长城窟行》："客从远方来，遗我双鲤鱼。呼儿烹鲤鱼，中有尺素书。"

⑩幸自：原来。

【译文】

大雾遮蔽了神仙的楼台，月影藏住了渡往彼岸的码头，我四处寻找着桃花源却怎么样也找不到。更别提在这个乍暖还寒的时候，一个人在孤寂的客舍里，听着杜鹃鸟的叫声，对着将要西沉的夕阳了。

驿馆代递而来的书信，来自旧友的音信，都勾起了我无数的伤心情绪。郴江自顾自地绕着郴山流动，究竟是为了谁而往湘江流去的呢？

【赏析】

本词作于绍圣四年（1097）春，为宋词名篇，据说苏东坡最爱末二句，并且读到此常感慨："少游已矣，虽万人何赎。"关于内文，秦观一开篇便表达了他渴望寻找桃花源，但怎么样也找不到路的彷徨之情。事实上，这一时期，因为秦观仕途的不顺，所以对于自己的命运多有哀叹，常常质疑自己选择入仕究竟是不是选错了。其《反初》诗中曾经提及："夜参半不寝，披衣涕纵横。誓当反初服，仍先谢诸彭。"便是渴望能够得到一次重来的机会，这时他将抛下功名利禄或经世救国等迷惑了自己本性的虚妄之念，去过自己真正想过的生活。这样的情绪，在下一阕《点绛唇》中将会有更明白的发挥，这里先不多论。

勾起秦观自我否定情绪的，是接下来的"孤馆闭春寒"以及加深这孤独感的杜鹃啼声。这样的自我否定的情绪，其实秦观一开始也是打算排遣的，于是他想到透过书信来与朋友联系，希望能得到一些宽慰人心的消息。然而，由于绍圣年间秦观所属的旧党依然是被打压的对象，所以估计他的旧友们处境都不如人意，于是一封封的书信只能不断加深他的郁闷。这样的世道究竟有何天理可言？在孤愤之余，他见到眼前不断流动的郴江，禁不住要问：你究竟是依循着什么规则而流动的呢？你是为了什么而不断流动的呢？你往湘江、长江去了，又是为了什么呢？这种拷问，在后世词学名家王国维看来，是秦观词境的一大转变——之前是"凄婉"，现在则变成"凄厉"了。

点绛唇

醉漾轻舟①，信流②引到花深处③。尘缘④相误，无计花间住。　　烟水⑤茫茫⑥，千里斜阳暮。山无数，乱红如雨⑦，不记来时路。

【注释】

①轻舟：航行速度快的小船。

②信流：任随流水。

③花深处：指桃花源。

④尘缘：佛教中指污染人心、使生嗜欲的根源。

⑤烟水：雾霭迷蒙的水面。

⑥茫茫：渺茫，模糊不清。

⑦本句化用李贺《将进酒》诗："桃花乱落如红雨。"

【译文】

我在醉中荡着小舟，任随流水把我带到桃花源。但因为俗世因缘的牵绊，我没办法长久留在这里居住。

这时江面上满是雾霭，时间也已黄昏。无数青山、漫天飞花，我竟然认不得来时的道路了。

【赏析】

在前面那阕《踏莎行》中曾经提到，秦观此时正深切地质疑自己选择入仕究竟是不是错了。在这一阕词中，这样的情绪有了更明显的展开。这两阕词共通的叙事情节是词人因"迷欢赏"而入了花深处，也确实在花深处有过一段美好的时光。然而，"尘缘相误，无计花间住"，或许是因为花终要凋零，又或许是自己误于尘缘无法超脱地看花开花谢，终于只能"空惆怅"。因为曾经有过，所以失去了便更觉痛苦，这时的痛苦已超越了诗人能忍受的极致，于是他兴起了寻归路的念头。这样的情感，与其说是想要回到当初的欢乐时光，倒不如说是后悔：不如回到最初、误入花丛之前，不要再待在这"乱红如雨"的伤心地了，回到那个没有花丛的地方去吧！前路不可追，于是只能思考下一步要怎么走，但同样的，秦观也没有答案，只能自己问自己"我如今怎向"。

"尘缘相误"是秦观对于自己一生多舛的命运的总归因。当然，我们前面也说过，中国士大夫的宿命便是投入仕途，为了经世济民、修齐治平而献出自己的一切，秦观也正是在相信这样的儒家价值观的情形下选择了这条"错误"的道路。这样的"错误"，既悲怆又伟大。这一切怪不得任何人，是限制住古往今来的中国文人的必然"尘缘"，如果没有这样的关怀，那么传统士大夫的灵魂便不再伟大，自然也不可能留下灿烂的中华文化。只是这样的伟大，是放在时间长河中所积聚而成的伟大，对于秦观这个个体生命而言，他是无法承受的、也是无法忍受的，于是他只能尝试寻求其他道路、却又遍寻不着。在这个时候，除了彷徨外，他又能做什么呢？

鼓笛慢

乱花丛里曾携手，穷艳景①，迷欢赏②。到如今谁把，雕鞍③锁定，阻游人来往。好梦随春远，从前事、不堪思想④。念香闺正杳，佳欢未偶⑤，难留恋、空惆怅。　　永夜⑥婵娟⑦未满，叹玉楼⑧，几时重上。那堪万里，却寻归路，指阳关⑨孤唱。苦恨⑩东流水，桃源路⑪、欲回双桨。仗何人，细与丁宁⑫问呵，我如今怎向⑬。

【注释】

①艳景：美景。

②欢赏：欢畅。

③雕鞍：华美的马鞍，借指宝马。

④思想：想念，怀念。

⑤未偶：未遇。

⑥永夜：长夜。

⑦婵娟：明月。

⑧玉楼：华丽的楼，此处指所思念的女子所居住的楼房。

⑨阳关：即《阳关三叠》，古代离别之曲。

⑩苦恨：深恨。

⑪桃源路：指通往美人住处的路，语出冯延巳《酒泉子》："陇头云，桃源路，两魂销。"

⑫丁宁：音讯，消息。

⑬怎向：奈何。

【译文】

在繁花盛开的时候，我们曾经一起欣赏美景、游览各处。到了现在，是谁把马驹系住了，不让我们来往？春天过去了，梦也醒了，过去的往事，已经不能再想念了。想起你的闺房已是那么遥远，我们的良缘也未能修成正果，什么都没留下来，我只能暗自惆怅。

　　漫漫长夜里，月亮未能圆满，我究竟要什么时候，才能再度登上你居住的那栋楼宇呢？更何况我将要前往万里之外，虽然想要寻找回去的道路，但是只能孤身一人唱着离别的歌曲。最恼恨那东流的逝水，阻止我荡起双桨划向你的住处。我能找谁将我的音讯与问候传达给你呢？我怕是已经没有办法亲自前去了。

【赏析】

　　在直抒悲苦之情的后期秦观词作中，这是一首难得的思念一位可能真实存在的故人或美人的作品。这阕词的开篇处描绘了两个人当年的种种欢情，但这回忆并未持续太久，诗人很快地梦醒，并且陷入了失落的深渊。不但再也见不着远方的她，而且甚至连一件能够用来寄托思念的物件都找不到，此时他除了黯自神伤外又能做什么呢？但是诗人对于情人的思念还是较为深切的，他是多么盼望能够再一次见到她啊，于是有了过片中的追问。但转念一想，诗人除了自我否定之外，其实也无能为力。这时的秦观，或许已经预料到朝廷中新党对他的政治追杀将要继续升级了，这样一来，他将会离伊人的居处更加遥远，想要归去也变得更加不可能了。在这举目无亲的地方，除了自己替自己唱一首送别曲之外，也是无事可做。就在这即将启程的当下，诗人想到的却还不是自己将要面临什么样的未来，而是担心自己想要再见到情人变得难上加难了，可见其用情之深。末句虽收得像是寻常口吻，但这也正是因为此时秦观"肠已无"，已失去了高声痛哭的力量了，所以虽然不呼天抢地，但在细细体会之后，这一句的哀伤极为绵长、深沉。

如梦令

　　池上春归何处。满目落花飞絮。孤馆悄无人，梦断月堤①归路。无绪②。

无绪。帘外五更风雨。

【注释】

①月堤：月光下的堤防。

②无绪：没有头绪，没有线索。

【译文】

水塘上的春天去哪儿了？只见到满天都是落花和飞絮。孤独的客馆里一个人都没有，我那归乡的梦亦在月光下的堤防上惊醒了。我将往何处去？我毫无头绪。这时已是五更时分，帘外刮起了一阵风雨。

【赏析】

这阕词开篇仍是此一时期常见的春景、春归、孤寂、梦断等几种意象的组合，但其语清新自然、深情厚意，言有尽而味无穷，故亦是淮海词的佳作之一。尤为评者所注意的是末句"帘外五更风雨"，可以单纯只是用于文学上加深其孤寂之感，亦可理解为秦观已经感受到"山雨欲来风满楼"的政治阴云正在帘外窥伺，即将对秦观施以更进一步的打击。是耶？非耶？读者可自行脑补。

如梦令

楼外残阳红满。春入柳条①将半。桃李不禁②风，回首落英无限③。肠断。肠断。人共楚天④俱远。

【注释】

①柳条：柳树的枝条。

②不禁：经受不住。

③无限：没有穷尽，谓程度极深、范围极广。

④楚天：楚地的天空。楚地，即楚国故地，大约在今湖北、湖南一带。秦观现被贬至岭南，故亦远离楚天了。

【译文】

楼外挂着一颗红色、圆状的夕阳，春天到来，柳条也已绿了大半。桃花和李花经受不住风雨，一转眼已经花落满地了。伤心啊！伤心啊！我将要远远地离开楚地了。

【赏析】

政治阴云果然来了，秦观不但被驱逐至更远的横州，而且也被"除名"——即取消士人的身份。此时，他的身份已与罪人无异了。在离开郴州的当下，秦观留下了这阕词。春天来了，本应是一个欣欣向荣的季节，但自己却丝毫见不到一分生气；春风来了，本应是抚慰人心的暖风，但迎来的却是吹落桃花的寒风。这种别开生面的描写，颠覆了对春天的传统意象，虽然可能失之于偏激，但却也是时代、经历所激出来的。在这个了无生趣的春天中，秦观即将踏上更令人难以接受的未来之路，故除了"肠断"外，他已经没有什么可以说的了。这样的伤春作品，因为承载了作者自身的命运，所以使得它不只是简单的伤春而已。文学史上总说晚年的秦观将身世之感带入词中，即此之谓也。

满庭芳

碧水惊秋①，黄云②凝暮，败叶③零乱④空阶。洞房⑤人静，斜月照徘徊⑥。又是重阳近也，几处处，砧杵⑦声催。西窗下，风摇翠竹，疑是故人来。　　伤怀⑧。增怅望，新欢⑨易失，往事难猜。问篱边黄菊，知为谁开。谩道⑩愁须殢酒⑪，酒未醒、愁已先回。凭阑久，金波⑫渐转，白露⑬点苍苔。

【注释】

①惊秋：秋令蓦地到来。

②黄云：黄尘、沙尘。

③败叶：枯叶。

④零乱：散乱。

⑤洞房：幽深的内室。

⑥徘徊：来回走动，此处指徘徊之人，即秦观本人。

⑦砧杵：捣衣石和棒槌，指捣衣。

⑧伤怀：伤心。

⑨新欢：新的欢乐，新的欢快。

⑩谩道：别说。

⑪殢（tì）酒：醉酒。

⑫金波：月光。

⑬白露：秋天的露水。

【译文】

秋天忽然来到了这潭碧水之处，漫天的沙尘使黄昏的景色变得不甚清晰，无人行走的阶梯上堆满了杂乱的枯叶。幽深的房中，我沉默不语；初升的月亮，照亮了我这个正在来回走动的人。重阳节又要来了！到处都是捣衣的声音。在窗边，西风吹过，竹子晃动，我几乎以为是有旧友来拜访他了。

伤心啊。不管怎么样都令人伤感，新得到的欢乐很容易失去，曾经经历过的一切已经不知道哪里去了。竹篱下新开了黄色的菊花，但它到底是为谁开的呢？别和我说哀愁的时候须要借酒浇愁，事实上每次酒还未醒的时候，哀愁又已涌上心头。我独自倚靠着栏杆，月光已经渐渐换了角度了，秋天的露水也开始积到了苍苔之上。

【赏析】

岭南的秋天，黄的是叶，也是漫天的沙尘。这样的意象，有别于中原大地的老生常谈，描写了对于事不关己者而言较为"新奇"的秋日景象。但是，对于生活在此种"瘴疠地"中的秦观，沙尘对于生活的影响自然较落叶为甚，故他也只能独自闭关在狭窄的房舍中，面对斑驳、空无一物的墙面，沉浸在自己的情绪中。但是，秦观并没有写他在想什么，而是静静地等待沙尘停止、月亮高挂之时走出房门，他仿佛要去哪里，但其实只是四处徘徊、无处可去。他为什么彷徨呢？因为远处传来的捣衣声提醒他重阳节要到了。"遥知兄弟登高处，便插茱萸少一人"，但秦观的兄弟、朋友们却也早已星散，少的不只是一人。虽然他是多么盼望能够与旧交会面、尽诉衷肠，但是竹子随风而动的影子燃起了他的希望，随即使他落入失望的深渊之中。在没有人能够与他说话的情况下，他只能透过这阕词向不知道在何时、何地读到这阕词的读者倾诉，这阕词的下片便是以娓娓道来的口吻说着自己近年来的情感。他是怎么说的，读者可以自行阅读，这里便不代他立言了。直到末句，他独白完毕，那时月亮已经移到了别的位置、露水也已重重落下，可见已经过了好一段时间，也可见得他想说的话究竟有多少了。

醉乡春

唤起一声人悄。衾冷梦寒窗晓。瘴雨①过，海棠②晴，春色又添多少。 社瓮③酿成微笑。半缺瘿瓢④共舀。觉倾倒，急投床，醉乡⑤广大人间小。

【注释】

①瘴雨：指南方含有瘴气的雨。

②海棠：落叶乔木，叶子呈卵形或椭圆形，春季开花，呈白色或淡红色。

③社瓮：社日所用之酒。

④瘿（yǐng）瓢：瘿木制的瓢。

⑤醉乡：醉中之境界。

【译文】

蓦地一声，我被从梦中唤醒，但却什么也没能听到。被褥根本没法耐寒，于是我在半睡半醒中，等到黎明的到来。充满瘴气的雨已经停了，海棠花正对着晴空开放，转瞬之间便已满目春色了。

当社日所用的酒酿成时我微微一笑。拿起已有缺损的木瓢舀入口中。当我觉得快要醉倒的时候，我连忙躺到床上，这时我只觉得醉中的境界是多么广大，而这个人间又是多么渺小。

【赏析】

虽然本词上片写景，但目的只是为下片的饮酒故事搭起时间背景的舞台，喝酒、喝个大醉，才是秦观此时唯一想做的。据说，这阕词是秦观在横州时，在开满海棠花的池子上的桥独自痛饮，醉了直接睡在桥上，醒来后在柱上题下的。后来，在雷州时期，秦观也是整日痛饮，其《饮酒诗》

四首最足以反映秦观此时的生活。在那一组诗中，秦观以"我观人间世，无如醉中真"这样的句子开门见山，化用了李后主"醉乡路稳宜频到，此外不堪行"的修辞，此处亦然。至此，秦观的心已经彻底死了，他的生命也即将迎来终结。

江城子

南来飞燕北归鸿。偶相逢，惨愁容①。绿鬓朱颜②，重见两衰翁③。别后悠悠君莫问，无限事，不言中。 小槽④春酒滴珠红。莫匆匆，满金钟⑤。饮散落花流水、各西东。后会不知何处是，烟浪⑥远，暮云重。

【注释】

①愁容：忧虑的神色。

②绿鬓朱颜：形容年轻美好的容颜。

③衰翁：老翁，时苏轼年六十五，秦观年五十二。

④小槽：古时制酒之器的一个部件，酒由此缓缓流出。此处借用李贺《将进酒》诗："小槽酒滴真珠红。"

⑤金钟：金属酒杯。

⑥烟浪：烟波。

【译文】

从南方来的燕子和正要北归的大雁，它们偶然相逢了，却满面愁容。因为曾经有着年轻美好容颜的两个青年，在再度重逢时已经是两个糟老头了。自上次分别后彼此经历了什么，我们也不必多说了，在一片沉默中，已经表明了一切。

酒壶中新酿的酒像是珍珠一样红艳。但可别这么匆匆地便斟满喝尽了。因为喝完后我们就要像落花一样随着流水，各自奔向各自的天涯了。

下次见面不知道又是什么时候了，只见前途一片烟雾，日暮的云彩也厚积了起来。

【赏析】

元符三年（1100），徽宗即位，是年五月下赦令，苏轼自海南移廉州，秦观被命复宣德郎、放还衡州，两个人在海康短暂相遇，这一阕词是分别之时所作。多年未见的旧友，如今终于得见，该有千言万语想诉说吧？在前面的《满庭芳》中，秦观以整个下片进行独白，说得月儿都已移了位，可见秦观想说的话很多。但是到了这里，当真的能听他倾诉的良师益友苏东坡真的与之会面了，他却以一句"君莫问"淡淡地带过，什么也不说了，这又是为什么呢？也许是因为这样的苦，苏轼也经历过、不待多言；也许是因为不愿提起这煞风景的事、破坏了被赦免的好心情；也许是怕说多了又引起政敌的攻击；也许是两个人都已到了"肠已无"的境地了，说了也不会得到宽慰，那还不如不说吧，人生也就是那么回事，得过且过也就是了……既然什么都不说了，那么只剩下酒可以传达彼此的心情，于是两个人分别斟满了酒杯。斟满酒之后，秦观又后悔了，因为酒尽了，两个人也即将分别，于是才谓"莫匆匆，满金钟"。但再怎么强留，相聚的这一刻也有到头的时候，苏轼必须启程了，下次相见恐怕是没有下次了吧。永别了，秦观在送别处独自站着，望着苏轼离去的背影，走入了一片烟波之中，渐渐地远去了、不见了。他极力将目光投向更远的远方，但最终能够见到的只是满天的晚霞。这是元符三年（1100）六月二十五日海康地区的黄昏，是秦观生命的黄昏，是苏轼生命的黄昏（苏轼于隔年去世），也是大宋朝廷的黄昏。

附录

宋史本传

　　秦观，字少游，一字太虚，扬州高邮人。少豪隽，慷慨溢于文词。举进士，不中。强志盛气，好大而见奇。读兵家书，与己意合。见苏轼于徐，为赋《黄楼》。轼以为有屈、宋才，又介其诗于王安石，安石亦谓清新似鲍、谢。轼勉以应举为亲养。始登第，调定海主簿、蔡州教授。元祐初，轼以贤良方正荐于朝，除太学博士，校正秘书省书籍。迁正字，而复为兼国史院编修官，上日有砚墨器币之赐。

　　绍圣初，坐党籍，出通判杭州。以御史刘拯论其增损《实录》，贬监处州酒税。使者承风望指，候伺过失，既而无所得，则以谒告写佛书为罪，削秩徙郴州，继编管横州，又徙雷州。徽宗立，复宣德郎，放还。至藤州，出游华光亭，为客道梦中长短句，索水欲饮，水至，笑视之而卒。先自作《挽词》，其语哀甚，读者悲伤之。年五十三，有文集四十卷。

　　观长于议论，文丽而思深。及死，轼闻之，叹曰："少游不幸死道路，哀哉！世岂复有斯人乎？"弟觌，字少章；觏，字少仪。皆能文。

秦观大事年表

宋仁宗皇祐元年（1049） 一岁

秦观，字太虚，后改字少游，别号邗沟居士，学者称为淮海先生。先世居江南，中徙维扬，高邮州武宁乡左厢里人。父元化公，是当时著名学者胡瑗的门生，就官于南康（今江西省赣州市西部）。

宋仁宗至和元年（1054） 六岁

始入小学。

父元化公归，极力称赞太学中海陵王观、王觌兄弟的才学，故为秦观起名"观"字，为秦观之弟起名"觌"字。

宋仁宗嘉祐八年（1063）十五岁

父元化公过世。

宋英宗治平四年（1067）十九岁

娶潭州宁乡县主簿徐成甫之长女文美为妻。

宋神宗熙宁三年（1070）二十二岁

叔父秦定登进士第，授会稽尉。

宋神宗熙宁五年（1072）二十四岁

孙觉任吴兴太守，秦观任其幕僚。

宋神宗熙宁七年（1074）二十六岁

通过关系将诗稿呈予苏轼，苏轼惊为天人，但本年度两人未见面。

宋神宗熙宁八年（1075）二十七岁

岳父徐成甫卒。

宋神宗熙宁九年（1076）二十八岁

伴孙觉自官署回乡守孝，途中同游各地风光。

宋神宗熙宁十年（1077）二十九岁

赴徐州访苏轼，正式成为苏门中人。

宋神宗元丰元年（1078）三十岁

举进士未第，退居高邮。

宋神宗元丰二年（1079）三十一岁

本年与苏轼同游，并赴会稽访叔父，在当地游历。

七月末，苏轼因乌台诗案下狱，秦观前去探视，归程复四处游历。

宋神宗元丰三年（1080）三十二岁

回高邮，杜门读书。

宋神宗元丰四年（1081） 三十三岁

叔父返高邮，从其读书。

下淮南诏狱，不知何故。

宋神宗元丰五年（1082） 三十四岁

出狱。祖父病故。

宋神宗元丰六年（1083） 三十五岁

乡居读书。

宋神宗元丰七年（1084） 三十六岁

乡居读书。

九月，苏轼向王安石推荐秦观。

宋神宗元丰八年（1085） 三十七岁

进士及第，除定海主簿，未赴任；授蔡州教授，奉母赴蔡州。

改字少游。

宋哲宗元祐元年（1086） 三十八岁

在蔡州学官任。

宋哲宗元祐二年（1087） 三十九岁

在蔡州学官任。弟秦觌、秦觏客居京师，作小室读书，黄庭坚名之曰"寄寂斋"。

宋哲宗元祐三年（1088） 四十岁

入京应制科，上进策三十篇。其时京中洛党与蜀党党争剧烈，秦观于诗文中多有抱怨。

宋哲宗元祐四年（1089） 四十一岁

在蔡州学官任。

宋哲宗元祐五年（1090） 四十二岁

五月，因范纯仁荐，召至京师，应制科，除太学博士，校对黄本书籍。

宋哲宗元祐六年（1091） 四十三岁

在京，任职秘书省。

弟秦觌（少章）进士及第，授仁和县主簿。

七月，由博士迁正字。

八月，以"不检"故，罢正字，依旧职司书籍校对。

宋哲宗元祐七年（1092） 四十四岁

在京，任职秘书省。

二月，赐馆阁官酒。

三月，赐宴金明池。

宋哲宗元祐八年（1093） 四十五岁

在京，任职秘书省。

六月，授左宣德郎。

八月，升任编修官，修《神宗实录》。

宋哲宗绍圣元年（1094） 四十六岁

四月，改元祐九年为绍圣元年，被贬为杭州通判，未到任再贬为处州酒税。

宋哲宗绍圣二年（1095） 四十七岁

在处州酒税任。

宋哲宗绍圣三年（1096） 四十八岁

夏，受西浙运使胡宗哲弹劾"败坏场务"，送郴州编馆。

十月，过衡州，受知州孔毅甫招待。

腊月，抵郴州。

宋哲宗绍圣四年（1097） 四十九岁

二月，皇帝再下诏，将秦观移送横州编管，此时已形同罪犯。

宋哲宗元符元年（1098） 五十岁

九月，上谕："横州编管秦观特除名，永不收叙，移送雷州编管。"

冬，抵雷州。

宋哲宗元符二年（1099） 五十一岁

在雷州贬所。

宋哲宗元符三年（1100） 五十一岁

正月，哲宗崩。

四月，官复原职，放还衡州。

六月，苏轼与秦观会于雷州。

八月，抵藤州。十二日，中暑卧光化亭，索水欲饮，笑视而卒。

宋徽宗建中靖国元年（1101）

子秦湛前往藤州迎回棺木，暂停殡于潭州（今湖南省长沙市）

宋徽宗崇宁元年（1102）

九月，诏立《元祐奸党碑》，秦观入列；隔年，禁毁秦观文集。

宋徽宗崇宁四年（1105）

秦湛奉秦观灵梓，归葬扬州。

宋徽宗崇宁五年（1106）

正月，诏毁《元祐奸党碑》。

宋徽宗政和六年（1116）

秦湛任常州通判，迁葬秦观于无锡璨山，与徐夫人合墓。

宋高宗建炎四年（1130）

宋高宗下诏恢复秦观名誉，并追封龙图阁学士。

参考文献

[1] 石海光 . 秦观词全集 [M]. 武汉：崇文书局，2015.

[2] 徐培均，罗立刚 . 秦观诗词文选评 [M]. 上海：上海古籍出版社，
   2018.

[3] 周义敢，程自信，周雷 . 秦观集编年校注 [M]. 北京：人民文学出版
   社，2001.

[4] 周义敢，周雷 . 秦观资料汇编 [M]. 北京：中华书局，2001.